로크미디어가
유혹하는
재미있는 세상

ROK
MEDIA
로크미디어

南宮魔帝 남궁마제

남궁마제 11

2022년 9월 13일 초판 1쇄 인쇄
2022년 9월 16일 초판 1쇄 발행

지은이 문운도
발행인 김정수 강준규

기획 이기헌 왕소현 박경무 강민구 조익현
책임편집 백승미
마케팅지원 이원선

발행처 (주)로크미디어
출판등록 2003년 3월 24일
주소 서울시 마포구 성암로 330 DMC첨단산업센터 318호
Tel (02)3273-5135 **편집** 070-7863-8595 **Fax** (02)3273-5134
홈페이지 rokmedia.com **E-mail** rokmedia@empas.com

ⓒ 문운도, 2021

값 8,000원

ISBN 979-11-354-8061-4 (11권)
ISBN 979-11-354-7200-8 04810 (세트)

차례

움직일 진進 죄 화禍: 운명의 중첩

퍼어어억――!

"이 악물어라, 이 개새끼야!"

퍼―억!

사패천주의 주먹에 기둥 하나가 뜯기듯 날아갔다.

"대체 왜 이러시는 겁니까!"

"왜? 씨방! 네 입으로 '왜'라 그랬냐? 왜?"

퍼어억―!

우각살호권은 말 그대로 쇠뿔로 호랑이를 들이받아 죽이는 형세라, 험한 사파 무림을 헤치면서 사패천주가 오로지 살아남기 위해 만든 무공이었다. 아무나 일단 걸리기만 하면 뒈지라는 염원을 담아 만들면서 초식 하나하나가 일격필살

(一擊必殺)을 담고 있었으니.

퍼어어억——!

"크어어억!"

쇠뿔이 아니라 호랑이 주먹질에 내쳐지듯 사패천 무인이 나가떨어졌다.

다행히 양팔을 교차하며 사패천주의 주먹을 막아 낸 덕에 턱이 찢겨 나가는 것만은 피했다.

"컥! 천주, 자꾸 이러면 나도 참지 않겠습니다!"

입에 고인 피를 뱉어 내며 사패천 무인, 사패천 서열 오 위 송혈방주가 억울한 듯 소리쳤다.

그러나 사패천주는 더러운 걸 들었다는 듯 바닥에 침을 뱉었다.

"퉤엣! 천주는 씨발. 안 참으면? 네가 안 참으면 어쩔 건데, 이 개새끼야?"

"대체 왜 이러시는 겁니까! 이유라도 좀 압시다!"

"허? 이 뻔뻔한 새끼 보소?"

사패천주가 기가 막힌다는 듯 코웃음을 쳤다.

동시에 송혈방주는 당장이라도 죽일 듯 살기를 피워 올렸다.

"애초에 역천비록은 잘 아는 놈들 외에는 누구의 것인지 알지 못해. 나는 그걸 얼마 전 사랑탑에서 딱 한 번, 혼현마 제의 것이라고 말했거든. 그런데 그게 새어 나갔네?"

"그, 그건……!"

송혈방주의 얼굴이 하얗다 못해 새파랗게 질렸다.

"그거고 저거고, 개똥같은 아가리 싸물어, 새끼야."

사패천주의 주먹에서 붉게 아지랑이가 피어올랐다.

휘이이이—!

"자, 잠깐!"

심상치 않은 기운의 공명에 송혈방주가 급히 기운을 끌어올렸다.

'함정이었구나! 내가 함정에 걸린 거야!'

송혈방주는 사패천주의 오해가 풀어질 가능성이 없다는 것을 깨달았다.

애초에 오해가 아니라 진실을 알게 된 것이니까.

"아직 죽지 마라—!"

살기 가득한 눈빛이 어느새 송혈방주의 코앞에 있었다.

"젠장!"

파파파파팟——파앗!

마루가 다 뜯겨 나가는 포악한 우살각호권에 송혈방주가 전신의 기운을 끌어 올려 막았다.

어리석은 선택이었다.

사패천주가 이를 드러내며 웃었다.

그리고 동시에.

퍼—————엉!

감히 대항할 사이도 없이 힘에서 밀린 송혈방주는 그대로 한쪽 기둥 속으로 온몸이 박혀 버렸다.

"커억!"

온몸이 부서진 듯한 고통과 함께 목구멍을 타고 올라오는 피를 뱉어 냈다.

하지만 거대한 나무 기둥 깊숙이 박혀 들어간 몸은 거기서 꼼짝도 할 수 없었다.

관 속에 갇힌 것 같았다.

잠시 후.

사랑탑주가 안으로 들었다.

그의 뒤로 흑살대주 추소량도 따라 들어왔다.

"크으……."

머리와 코에서 피가 흘러내리고 정신이 가물가물해지는 와중에 송혈방주가 겨우 눈을 뜨고 흑살대주를 보았다.

송혈방주만큼이나 피투성이가 된 옷차림.

단, 흑살대주의 것은 아니었다.

"송혈방은 모두 정리가 끝났습니다. 총관과 장로를 비롯한 수족들과 직계가족은 모조리 잡아 왔습니다."

흑살대주의 말에 송혈방주의 눈이 파르르 떨렸다.

송혈방은 사패천 칠 대 기둥 안에는 들지 못했지만 규모 면에서는 어떤 곳에도 밀리지 않을 곳이었다.

송혈방주 또한 사패천 오 위에 드는 무력에, 사패천주가 함정을 놓고 일대일로 붙지 않았더라면 누구에게도 쉬이 잡히지 않을 것이었다.

그 모든 세력을 어떻게 지켰는데.

저자의 왈패 같은 사패천주의 밑에서 숨을 죽이고, 사파 하늘을 바꿀 날만 기다리고 기다렸었는데.

모든 꿈이 한순간에 날아갔다.

"크으, 흐……."

송혈방주는 뭔가 입을 열고 싶어 했지만, 그때마다 피가 흘러나왔다.

그 모습을 보며 사랑탑주가 눈살을 찌푸렸다.

"나중에 따로 관을 짤 필요는 없겠네요. 쯧, 알아낼 것이 많으니 적당히 하시라니까요."

"알아내긴 개뿔. 이놈이 꼭대기지. 사랑탑 꼭대기 층에는 태금호 놈도 함부로 들지 못했다고! 저 개새끼! 언제부터 배신했는지 모르지만, 이참에 송혈방이랑 손톱 한 개라도 얽힌 놈들은 모조리 치워 버려!"

"존명!"

사패천주의 말에 흑살대주가 우렁차게 답한 뒤 밖으로 나갔다.

사패천 안에서 손가락 안에 드는 규모의 송혈방.

그곳과 연관된 곳이라면 크고 작은 문파와 일파가 수백 개는 될 것이라, 한동안은 그들의 피로 땅이 마를 날이 없을 것이었다.

"저놈도 데리고 가서 죽고 싶다고 애원할 때까지 괴롭히다 죽여 버리라고!"

"어휴, 제가 무슨 백정입니까?"

"아, 글쎄!"

"예, 예, 존명."

사패천주의 말에 사랑탑주가 건성건성 대답했다.

하지만 사랑탑주는 진짜 심사가 뒤틀렸을 때 이렇게 불성실하게 건들거리는 편이었다.

아니나 다를까, 사랑탑주의 손짓에 기다렸다는 듯 하사대원들이 들어왔다.

그리고 인정사정없이 나무 기둥에 박혀 있는 송혈방주를 끄집어내었다.

"끄아아아아……!"

정말로 온몸의 뼈가 부러진 듯, 송혈방주가 고통스러운 듯 비명을 지르다 결국 기절했다.

하사대원들이 축 늘어진 송혈방주의 몸을 질질 끌고 나갔다.

갑자기 조용해진 집무실.

잔뜩 달아오른 열이 조금 가라앉은 사패천주가 자리에 앉자, 사랑탑주가 태연하게 물을 대령했다.

"가짜 역천비록이라니, 언제부터 노리신 겁니까?"

사랑탑주가 슬쩍 물었다.

"크아."

단번에 물 한 사발을 들이켠 사패천주는 그제서야 속의 불이 좀 가라앉는 듯했다.

"처음부터."

"네?"

"그 맹랑한 남궁세가 애송이가 태금호를 잡자고 할 때부터 말을 꺼내더군. 태금호는 우리 힘만으로도 잡을 수 있으니, 거래가 신통치 않았거든. 그랬더니 역천비록을 대가로 사패천의 모든 첩자들을 걸면 어떻겠냐고 하더군."

사패천주의 말에 사랑탑주의 눈이 커졌다.

천주의 생각인 줄 알았는데, 그 남궁 공자의 생각이었단 말인가.

"오호! 대단한 공자로군요."

사랑탑주가 진심으로 감탄했다.

그러자 사패천주의 얼굴이 와락 일그러졌다.

"……젠장, 그놈 나한테 하나 더 있는 걸 알았을까?"

사패천주가 탁상 서랍에 아무렇게나 들어 있던 책자 하나를 꺼냈다.

사랑탑주의 눈이 휘둥그레졌다.

"그때 내가 거래가 신통치 않다 어쩐다 하니 그놈이 음흉하게 웃었거든. 사패천에 있는 모든 첩자는 물론 수뇌부까지 일소하게 되었으니, 우리 쪽이야말로 거래가 신통치 않잖아!
……이것까지 줘야 할까?"

"……."

'언제부터 그렇게 정정당당했다고? 아니, 애초에 그걸 왜
가지고 계신 건데요? 어차피 필요도 없는 거, 그냥 주지. 쫌
생이.'

사패천주의 물음에 사랑탑주는 머릿속에 떠오른 말들 중
알맞은 답을 찾지 못했다.

"그럼 진짜 역천비록은 적호단이 가지고 움직이는 겁니
까?"

"글쎄."

사패천주의 대답도 신통치 않았다.

남궁세가.

본가로 들어오기 위해서는 성벽에 닿기도 전에 동서의 충
성스러운 청평원을 거쳐야 한다.

청평원을 지나 의천문을 넘었다 한들, 남궁세가의 오 대
무단 중 세 개 무단은 반드시 본가 정면에 상주하고 있었다.

뒤로 기습을 하려 해도 험준한 천주산과 온갖 기관 진식이
가득한 청림을 뚫는 건 사람을 뚫는 것보다 힘들었다.

바로 그 한복판에 남궁세가 직계들의 거처인 창천원이 있
는 것이다.

당금 무림에서 가장 안전한 장소.

그곳에서 남궁가주가 홀로 죽간으로 탑을 쌓고 뭔가를 옮겨 적고 있었다.

"경이 녀석, 어쩐 일로 남해검문에 가는 일을 서두른다 했더니. 곰 같은 녀석이 이럴 때만 눈치가 빨라선……. 아버님도 왜 갑자기 개벽지에 드신다고……. 인간들이 죄다…… 아오! 심지어 이건 대체 무슨 글자냐고!"

남궁가주가 정신없는 사람처럼 붓을 놀리며 끊임없이 구시렁거렸다.

역천비록은 아주 오랜 비법서라, 서책으로 된 것도 있었지만 이렇게 죽간으로 된 것도 있었다.

안에 있는 글자들도 대부분 귀천성의 암호로 되어 있었다.

사패천에서 내준 것은 그런 암호가 빼곡하게 쓰인 서른 개가 넘는 분량의 죽간으로, 적의 습격이 예상되는 와중이니 이것을 옮길 수는 없었다.

그래서 내린 결론이, 완벽하게 믿을 수 있는 사람, 남궁가주 홀로 이것을 전서로 작성해서 곧바로 정의맹 군사부로 보내기로 한 것이다.

남궁세가에 매응이 존재하기에 가능한 일이었다.

"제갈성질 새끼, 그 새끼는 왜 갑자기 날 믿는다고 해서 이 고생을 시키는 건지. 아이고, 내 팔자야."

모두 남궁세가와 정의맹 사이의 굳건한 신뢰를 바탕으로

이뤄진 일이나, 남궁가주의 입에서는 끊임없이 불평이 쏟아졌다.

적호단과 사패천 일행은 어느덧 양청현의 코앞에 다다랐다.

하지만 적호단주와 강무련은 속도를 올리기보다 한번 쉬어 가기로 했다.

해신단을 먹긴 했지만 강무련을 비롯해서 사패천 무인들에게 진짜 휴식이 필요했기 때문이다.

"나 참, 누가 해신단을 먹고 그렇게 날뛰냐고. 소천주님도 그렇게 안 봤는데 꽤 막 나가십니다?"

"하하하하, 약성에 너무…… 기댔나 봅니다."

적호단주의 타박 섞인 말에 강무련이 민망한 듯 웃었다.

그러면서 한쪽에 있는 진화를 슬쩍 보았는데, 찔리는 게 있었던 진화는 강무련 쪽으로 고개를 돌리지 않았다.

"여기 우리 전부가 묵을 만한 제법 큰 객잔이 있습니다. 그쪽으로 가시죠."

"음? 아는 곳인가?"

"흐흐흐, 잘 아는 곳이죠."

남궁구가 의미심장하게 웃으며 일행을 안내했다.

그리고 남궁구가 적호단과 사패천 무사들을 데려간 곳은, 사층 높이의 커다란 건물이 두 개 붙어 있는 큰 객잔이었다.

객잔의 앞에는 커다랗게 현판도 있었다.

여남객잔.

"……."

진화가 말없이 현판을 보았다.

뒤에서 남궁교명이 비꼬는 소리가 들렸다.

"퍽이나 잘 아는 곳이군."

"오, 추억 돋는 곳인데?"

"끄응……."

현판을 보며 관서겸이 반색하는 반면, 제갈상은 눈 둘 곳을 찾지 못하다가 손으로 제 눈을 아예 가려 버렸다.

"뭐야? 다들 아는 곳인가?"

영문을 모르는 일행은 예사롭지 않은 이들의 반응에 호기심을 표했다.

그러나 누구도 제대로 답을 해 주지 않았다.

"오? 도, 도련님-!"

"도련님? 아! 공자님-!"

여남객잔 앞을 지키던 점소이들이 진화 일행을 알아보았다.

정확하게는 진화를 알아본 것이다.

진화도 그들이 낯설면서도 어딘가 익숙했다.

아주 오래전 가물가물한 기억.

진화는 그제야 그들의 좀 더 어릴 적 얼굴이 떠올랐다.

"어? 너는? 여기서 계속 일한 거야?"

남궁구가 먼저 그들을 알아보았다.

"헤헤헤헤, 그럼요. 이제는 주인 중에 한 사람이라고요!"

진화 일행이 정의무학관에 들기 위해 여남현에 들렀을 때.

그때 진화를 도왔던 그 거지 고아들이 지금은 어엿한 객잔
운영자가 된 것이다.

"그런데…… 여기 묵으시려고요?"

"응? 아, 우리가 너무 갑자기 왔지? 어렵겠나?"

"아, 아니요! 됩니다! 이, 일단 안으로 드세요! 전부 드셔
도 됩니다!"

점소이 중 하나가 진화 일행을 안으로 들였다.

여전히 손님들로 시끌벅적한 식당.

"이야, 맛있겠다!"

"오랜만에 기름칠 좀 하겠군."

오랫동안 따뜻한 음식을 먹지 못했던 적호단원들과 사패
천 무사들은 제일 먼저 식당에 자리를 잡았다.

그 모습을 흐뭇하게 지켜보던 강무련이 점소이에게 조용
히 물었다.

"조용하고 깨끗한 방 하나 있나?"

"방요?"

질문을 한 건장한 사내 뒤로 웬 괴상하게 생긴 노인이 이불에 뭔가를 둘둘 말아서 들고 있는 모습.

좀 꺼림칙한 표정을 한 점소이가 슬쩍 진화의 눈치를 보았다.

점소이는 진화가 고개를 끄덕이자, 그제야 웃으면서 위로 안내했다.

"방 있습니다! 저쪽으로 가시지요!"

"흐음. 뭔가 억울한 기분이 드는군요."

"하하하하!"

홍랑대부 초산하의 말에 강무련이 웃음을 터뜨리며 점소이의 뒤를 따라 위로 올라갔다.

진화가 그 모습을 유심히 지켜보았다.

정확히는 홍랑대부 초산하의 품에 안긴 한수림에게서 눈을 떼지 못했다.

'할아버지와 백부님이 당했던 독을 저 아이가 견디고 있는 건가.'

진화는 이불에 둘둘 싸여 유독 작아 보이는 형체에서 눈을 떼지 못했다.

하지만 곧 그들이 삼 층 어딘가로 사라지자, 진화도 일행의 곁으로 돌아왔다.

진화가 앉은 식탁에는 남궁구와 남궁교명, 현오, 팽수가 있었고, 바로 옆 식탁에는 관서겸과 제갈상, 나하연, 당혜군, 팽신이 앉아 있었다.

"흐흐흐, 이거 누구랑 마주 앉으니 기분이 이상하군."

"흐음."

남궁구의 능글맞은 말에 제갈상이 헛기침을 했다.

남궁교명과 관서겸도 얄궂게 웃으며 제갈상을 놀렸다.

다른 일행은 영문을 모르는 듯 그들을 보았다.

그때, 준비를 마친 점소이가 그들에게 다가왔다.

"오랜만에 오셨으니, 여남객잔의 명물을 드셔야죠?"

차를 내려놓으며 하는 말에 배고픈 일행은 금세 점소이의 말에 빠져들었다.

"호, 여기 명물도 있어?"

"그럼 그거 먹어야지. 뭔가? 고기? 고기?"

현오의 물음에 점소이가 당황스러운 얼굴로 그를 보았다.

"이 땡중아, 스님이 고기 찾으니까 점소이가 놀라잖아. 여기가 무학관이야? 채식해야 하는 거 아냐?"

"제발! 제발! 이제 소림이 다가오고 있단 말이네! 그때까지만 날 좀 내버려 두게!"

남궁교명의 타박에 현오가 없는 머리카락을 붙잡고 괴로워했다.

"신경 쓰지 말고, 명물이 뭐가 있나? 추천해 주는 대로 먹겠다."

팽수가 큰 덩치로 현오를 가리며 물었다.

어지간해선 나서는 법이 없던 팽수가 그러는 것을 보니 꽤 나 허기가 진 듯했다.

그건 다른 일행도 마찬가지였다.

하필 독에 당하는 바람에 오는 내내 먹는 것을 조심하느라 육포와 밀가루로만 연명해 왔기 때문이다.

"여남객잔에 오시면 한 분당 오색국수 하나씩 드시고, 동파육과 어향육채도 꼭 드셔야죠!"

점소이가 웃으며 요리를 권했다.

싸고 양 많은 개인별 음식에 비싼 요리 두어 개를 끼워 넣는 모습이 퍽 자연스러웠다.

하지만 그건 배고픈 무인들의 식탐을 간과한 추천이었다.

"일인당 오색국수, 동파육, 어향육채 하나씩 하지."

"네?"

"전부 열 그릇씩 부탁하겠다."

"아, 여, 열 그릇요? 아, 예! 예!"

팽수의 단호한 주문을 거듭 확인한 점소이는 놀란 기색이 역력한 채로 허둥지둥 주방으로 들어갔다.

팽수와 현오가 달려가는 점소이를 흐뭇하게 보았다.

"……"

"동파육에 어향육파라…… 맛있겠네."

진화의 말과 함께 갑자기 조용해진 식탁.

진화가 서늘한 눈빛으로 입꼬리만 올렸다.

남궁구, 남궁교명, 관서겸 그리고 제갈상의 시선이 묘하게
얽혀들었다.

"그지? 맛있겠지? 팽수, 자네, 잘했네. 일인 일동파, 일어
향, 일국수! 완벽하네. 성불하겠어."

"모자라면 더 시키자."

"암, 암!"

현오와 팽수만 화기애애하게 떠드는 속에, 적호단주와 강
무련의 시선이 진화에게 닿았다.

"음식 나왔습니다!"

"어……?"

식당에 음식 냄새와 김이 모락모락 피어올랐다.

진화와 일행이 있는 식탁에서 음식들이 한가득 차려졌다.

그런데 음식을 받은 현오가 의아한 표정을 지었다.

주문했던 동파육과 어향육채가 아니라 다른 음식이 나왔
기 때문이다.

"저기…… 음?"

"하하하, 맛있지? 여남객잔만의 특색이 있는 음식이야. 우
리 땡중 묵언 수행하듯 처묵처묵 하셔."

남궁구가 현오의 입을 막듯 음식을 쑤셔 넣고 그를 재촉했
다.

"으음."

점소이를 부르려던 현오는 여전히 의아한 듯했지만 일단

입에 들어온 고기부터 씹었다.

그리고 곧 입안을 가득 채운 음식에 집중할 수밖에 없었다.

강렬하게 심처를 때리는 첫 불향과 고소한 돼지기름의 풍미, 달짝지근하면서도 짭조름한 양념 사이로 부드럽게 녹아내리는 살코기의 식감.

현오가 눈을 감으면서 콧구멍을 벌름거렸다.

현오뿐 아니라 일행 모두 얼굴 가득 만족스러운 미소가 피어올랐다.

'그래. 동파육이 이렇게 생길 수도 있다. 어향육채에 생선이 없지만, 뭐, 물고기 어(魚) 자가 아닌가 보지.'

이제 주문과 달리 나온 음식에 신경 쓰는 사람은 아무도 없었다.

"크아!"

오색국수의 국물까지 시원하게 들이켠 현오가 그릇을 놓았다.

현오를 제외하곤 모두 식사를 마쳤지만 자리를 뜬 사람은 아무도 없었다.

일단 적호단에서 관도생들만으로 이뤄진 조의 조장은 진화였고, 진화가 다음 일정에 대해 아무런 언급을 하지 않았기 때문이다.

현오까지 식사를 마치자, 진화는 기다렸다는 듯 관도생들을 주목시켰다.

"조금 이따 검을 들 거다. 그리고 보이는 적들은 전부 죽여."

"……뭐?"

남궁구가 저도 모르게 되물었다.

하지만 곧 남궁구와 남궁교명, 관서겸, 제갈상은 잔뜩 긴장한 채 각자의 무기에 손을 가져갔다.

지금까지 방에 올라가 편히 쉴 것만 기다리고 있던 나머지 일행은 영문을 모르는 얼굴로 진화를 보았다.

그때.

드르르르륵―.

의자를 밀고 일어나는 소리가 식당 안을 크게 울렸다.

시끌벅적한 식당에서 의자 밀리는 소리가 나다니.

그 잠깐 동안의 기묘한 정적이 진화 일행뿐 아니라 적호단과 사패천 무인들을 대번에 긴장시켰다.

"가자! 보이는 놈들은 전부 죽여라―!"

"추―웅!

적호단주의 커다란 외침과 함께 적호단이 망설이지 않고 검을 빼 들고 움직였다.

그것이 마치 신호라도 된 듯.

휘이이이이익!

사방에서 귀면을 쓴 흑의인들이 적호단과 사패천 무인들을 공격해 들어왔다.

광룡귀면대였다.

'그래, 광마제 당신이 빠지면 섭섭하지.'

진화의 입가에 서늘한 비소가 맺혔다.

살기 어린 눈빛이 뭔가를 찾는 듯 부지런히 움직였다.

"우리는 위층으로 올라간다!"

"존명!"

강무련과 사패천 무인들도 검을 빼 들고 움직였다.

쉐에에엑———!

강철 그물이 막고 있는 계단은 사패천 교룡대주 곡병서가 단번에 베어 냈다.

"크아아아—!"

적호단주 팽치가 위에서 떨어진 강철 그물을 힘으로 끌어당겼다.

휘익! 쿵! 쿵!

"광룡귀면대다! 확실하게 죽여라!"

푸-욱!

위에서 떨어진 광룡귀면대원들의 위로 어김없이 적호단원들의 검이 꽂혔다.

"이 새끼들이! 또 당할 줄 알고?"

퍼어어억—!

남궁진혜가 기둥을 타고 올라 천장에 숨어 있던 광룡귀면
대원을 바닥으로 집어 던졌다.

　　진화와 일행도 어느새 자연스럽게 적호단에 섞여 광룡귀
면대와 싸우고 있었다.

　　순식간에 벌어진 아수라장이었다.

　　하지만 미리 준비된 전투이기도 했다.

　　퍼어어억-!

　　"이놈들이 있는 건 언제 안 건가?"

　　현오가 염주를 감은 주먹으로 광룡귀면대원 하나의 얼굴
을 주저앉히며 물었다.

　　귀면과 함께 얼굴이 움푹 꺼지고 깨진 귀면 사이로 피거품
이 올라오기 무섭게 현오가 다른 광룡귀면대원을 잡았다.

　　쉐에에엑-!

　　"처음부터."

　　진화가 현오가 들고 있던 광룡귀면대원의 목을 베며 말했
다.

　　현오의 얼굴로 피가 흠뻑 튀었지만 아무도 신경 쓰지 않았
다.

　　"여긴 제갈소현과 사건이 있은 후로 동파육과 어향육채를

팔지 않거든. 갑자기 여남객잔에 위기가 있었을 때의 요리를 말하다니, 이상할 수밖에. 음식을 주문하면서 적호단주와 소천주에게도 전음으로 알렸다."

"아, 그래서⋯⋯."

진화의 말에 현오가 납득이 되는지 고개를 주억거렸다.

처음 요리를 가져다준 뒤 점소이들은 물론 주방, 계산대, 객실에서 일하는 점원들이 전부 보이지 않던 것이 이제야 이해가 되었다.

진화에게 위험을 전한 후에 전부 미리 몸을 피한 것이다.

타타타타탁.

당혜군의 은화대침이 일행의 머리 위로 떨어지는 강철 그물을 그대로 한쪽 벽에 박아 버렸다.

벽에 박힌 강철 그물은 오히려 나하연과 팽수, 팽신이 벽을 타고 오르는 좋은 발받침이 되어 주었다.

탓탓탓—!

"흐아아앗—!"

제일 먼저 위층 난간에 오른 나하연이 난간에 있던 광룡귀 면대원의 멱살을 쥐고 끌어당기는 반동을 이용해 자신은 안쪽으로 뛰어올랐다.

"간다!"

"오!"

"준비되었다!"

나하연이 신호와 함께 난간을 따라 걸어 나가며 용수팔반의 연속기로 광룡귀면대원들은 밀쳐 냈다.

그리고 팽수와 팽신이 벽에 매달린 채 옆으로 이동하며, 난간에서 떨어지는 광룡귀면대원의 몸을 두들겼다.

퍼어어억!

퍽! 퍽!

하북팽가의 파갑추는 주먹과 대상의 거리가 얼마나 짧은지 상관없이 폭발적인 힘을 실어 주는 절기라, 팽가 형제의 주먹이 꽂히는 족족 광룡귀면대원들이 어디 한군데가 부러져 땅으로 떨어졌다.

퍼억!

"……아."

잘못하다 벽으로 주먹을 움푹 넣고 만 팽수가 뒤늦게 신음을 내고, 팽신이 그런 형을 보며 고개를 저었다.

"하늘에서 쓰레기가 우수수 떨어지는군."

아래에선 제갈상과 관서겸이 부상당한 적들을 확실하게 처리하고 있었다.

남궁구와 남궁교명은 복잡한 교전 상황 속을 자유롭게 움직이면서 적호단원들을 돕고 있었다.

퍼어어어엉——!

사 층 객실이 터져 나가고.

적호단은 강무련과 사패천이 꼭대기인 사 층까지 밀고 올라갔음을 알게 되었다.

한편, 한창 치열하게 싸우는 중에도 진화의 눈이 부지런히 누군가를 찾았다.

'교성흑오대가 한바탕 휩쓸고 간 뒤 가장 피로하고 방심했을 때를 노리는 건 효서의 방식이지.'

기감을 끌어 올린 중에도 효서의 기운은 느껴지지 않았다.

'쥐 새끼같이 기운을 숨겼군.'

진화의 기감에 느껴지지 않는다는 건 지금 효서는 싸움에 끼지 않았다는 의미였다.

그 순간 진화의 머릿속으로 어떤 생각이 스쳤다.

수많은 무인들 사이에 없다면 어디에 숨었을까.

이 싸움을 지켜보면서도 힘들이지 않고 숨을 수 있는 곳.

"잠깐 다녀오지."

진화가 순식간에 여남객잔의 다른 쪽 건물로 움직였다.

파-팟!

진화는 옆 건물로 들어서자마자 날아드는 무언가를 급하게 쳐 냈다.

그리고 그것이 날아온 곳을 향해 검을 휘둘렀다.

쉐에에에엑-!

새파랗게 빛나는 검강이 한쪽을 가리고 있던 벽을 베어 냈다.

스르르륵-. 쿵!

콰과광, 쾅!

정확하게 나뉜 두 조각이 어긋나면서 벽이 완전히 무너졌다.

그리고 안쪽에서, 주방에서 일하는 점원을 인질로 삼은 효서가 모습을 드러냈다.

"거대하고 새까만 쥐가 여기 숨었군."

진화가 흑의에 사나운 쥐 원귀 모양의 가면을 쓴 효서를 향해 비꼬았다.

그 말에 효서가 거칠게 가면을 벗었다.

단정하게 생긴 얼굴이 사정없이 일그러져 진화를 노려보았다.

"어떻게 알았지?"

효서의 질문에 진화는 오히려 코웃음을 쳤다.

"왜 모를 거라고 생각하지? 난 쥐 새끼처럼 숨어 있는 광룡귀면대를 보자마자 네가 있을 거라 눈치챘는데. 이런 불리한 싸움에 나설 정도로 용감하지 않잖아? 또 다른 대원들을 던져 놓고 제 살 궁리만 하고 있었겠지."

세상에서 제일 귀한 것이 제 목숨밖에 없는 여자였다.

광룡귀면대에서 원귀가면을 쓸 정도로 성장해 놓고 상황이 불리해지면 서슴치 않고 동료를 버리고 도망가는 효서를 보며, 진화는 그녀의 본성이 조금도 달라지지 않았다는 걸 알았다.

그래서 효서를 놓아주었다.

진화나 현오같이 천운이 닿아 탈출한 경우가 아니라면, 제물양육실 출신 따위에게 돌아갈 곳이 있을 리 없으니. 결국 도망치고 도망치다 광마제가 있는 곳을 제게 알려 주리라 생각한 것이다.

진화의 예상대로 효서는 그때도 광마제에게 돌아갔고, 다시 진화의 앞에 모습을 나타내었다.

광마제는 여전히 제가 효서에게 어떤 정을 가지고 있다고 생각한 모양이다.

효서 본인조차 그딴 건 기대도 하지 않는데.

"광마제의 상태는 어떻지?"

진화가 비웃음을 삼키며 묻자, 효서의 표정이 흔들렸다.

놀라움 반, 의심 반.

그녀는 진화가 질문하는 의도를 이해하지 못한 눈빛이었다.

"내가 그걸 대답할 거라고 생각하는 거야?"

거친 목소리에 황당함이 가득했다.

그에 진화가 한쪽 입꼬리를 비틀며 물었다.

"대답을 안 하면, 어떻게 살아 나갈 작정이지?"

"……!"

진화의 질문이 정곡을 찌르며 효서의 얼굴이 창백하게 굳었다.

하지만 곧 제 품에 있는 인질을 앞으로 들이밀었다.

"이자를 죽일 셈이야?"

"아아, 안타까운 희생이지."

진화가 태연하게 답했다.

"으읏."

진화의 태연함에 오히려 효서가 입술을 깨물었다.

효서는 진화가 인질의 목숨 따윈 신경도 쓰지 않을 거라 믿어 의심치 않았다.

진화가 효서를 기억하듯, 효서 또한 제물양육실에서 태연하게 간수들, 심지어 저를 괴롭힌 아이들까지 죽이던 진화의 모습을 기억하고 있었기 때문이다.

정파인의 탈을 바꿔 쓴들, 인간으로서 가진 본성이 달라질까.

효서가 아는 진화는 그 어린 때부터 사람을 죽이는 데에 거리낌이 없는 괴물이었다.

"대답을 한다면, 살려 줄 건가?"

효서가 물었다.

완벽하게 불신이 깔려 있는 물음이었지만, 그녀가 붙잡을 것은 그것밖에 없었다.

푸른 검강을 번뜩이는 모습에서 그녀는 진화와의 싸움을 포기했다.

"대답에 따라 살려 주지."

진화가 온화하게 미소를 지으며 약속했다.

다만 진화의 미소는 효서가 아닌 그녀의 손에 잡힌 점원을 향하고 있었다.

진화는 효서에게 약속을 하는 한편, 눈물 범벅이 되어 떨고 있는 점원에게 전음을 보냈다.

─조용히, 숨을 죽이고……. 그래요. 아무 걱정하지 말고 있다가 안전해지면 도망쳐 나가세요. 날 믿어요. 알겠으면 눈만 깜박여요.

진화와 눈을 마주친 점원이 눈을 깜박거렸다.

점원의 뒤를 잡고 진화만 보고 있는 효서는 결코 알 수 없을 것이었다.

진화가 당연한 듯 효서에게 입구를 내주었다.

"……궁금한 게 뭐지?"

효서가 여전히 불안한 듯 인질을 붙잡고 서서히 걸어 나왔다.

입구 가까이로 가서 입구를 등지고 선 모습에서, 여차하면 대답 후에 곧바로 도망치겠다는 의도가 여실히 드러났다.

하지만 진화는 여전히 그 모습을 웃으며 보고 있었다.

"광마제의 현 상태. 힘을 찾았나?"

"……아직. 하지만 곧 찾으실 거다."

변명하듯 말하는 효서의 대답에 진화의 미소가 짙어졌다.

"광룡귀면대는, 여기 온 자들이 다인가?"

"내가 맡은 조는."

"마지막으로 묻지. 너는 무맥의 이름을 받았나?"

마지막 진화의 물음에 효서가 인상을 찌푸리며 저도 모르게 고개를 갸우뚱거렸다.

"무슨 소리야? 무맥은 네가 죽였…… 헉!"

진화의 말에 답하던 효서가 믿을 수 없다는 듯 두 눈을 부릅떴다.

하지만 눈을 부릅뜨고 다시 보아도, 제 배를 뚫고 눈부시게 푸른 번개가 번뜩이고 있었다.

"컥. 왜, 살려 준다고……?"

효서의 입가로 피가 흐르는 중에, 그녀의 얼굴에 억울함과 불신이 가득했다.

진화가 다가오자 효서가 저도 모르게 뒷걸음질을 쳤다.

그사이 잡혀 있던 인질이 후다닥 밖으로 빠져나갔다.

그리고 진화가 효서에게 가까이 다가갔다.

"대답에 따라 살려 준다고 했지. 마지막 답이 틀렸다."

"무……슨?"

효서는 죽어 가면서도 의문을 표했지만, 애석하게도 진화는 거기까지 알려 줄 생각이 없었다.

푸욱!

"커-헉!"

진화의 검이 효서의 몸에 더 깊이 박혀들어 왼쪽으로 반바퀴 비틀렸다.

　효서의 간이 산산이 부서지는 동시에 온몸의 기혈이 터져나가며, 결국 효서의 몸이 바닥으로 떨어졌다.

　진화가 무심한 얼굴로 순식간에 빛이 사라지는 효서의 눈을 보았다.

　"첫 번째 대답이 정답이었다. 광마제가 아직 힘을 찾지 못했다면, 진짜 전쟁은 아직 멀었다는 거니까."

　귀천성의 처음 발호 때에도, 이전 생에도 모두.

　귀천성이 중원을 몰고 들어올 때에 가장 광폭한 행보를 보인 이는 다름 아닌 광마제였다.

　광마제가 힘을 회복하지 못하고 그에게 종속된 '진짜' 광룡귀면대가 완성되지 않았다면, 아직 귀천성의 완전한 부활까지 시간이 남았다는 의미였다.

　진화가 효서에게 얻고 싶은 정보는 그것이 다였다.

　'진짜 광룡귀면대를 완성하는 게 광마제의 발목을 잡는 일이 될 테니까.'

　진화가 죽은 효서를 무심하게 내려다보았다.

　"대답을 잘했을 때 살려 준다고 하진 않았잖아."

　이전에는 필요에 의해 살려 두었지만, 지금은 오히려 그녀가 없는 편이 좋았다.

　그녀를 살려 주었을 때처럼, 그녀를 죽인 이유 또한 단지 그뿐이었다.

 진화가 돌아갔을 때 상황은 거의 정리가 되었다.
 다음 날이 되자, 적호단과 사패천 무인들은 아무 일도 없었던 듯 정의맹으로 출발했다.

 적호단과 사패천 무인들이 정의맹으로 들어서자 수많은 시선들이 그들의 뒤를 따랐다.
 정사 연합은 무림의 평화를 상징하는 것이었지만, 이처럼 정파의 심장부라 할 수 있는 곳에 사패천 소천주와 사패천의 무단이 나타난 적은 없었다.
 게다가 정사 연합은 결국 귀천성에 대항하기 위해 만들어진 것.
 사패천의 뒤로 귀천성의 그림자가 비쳤다.
 사패천의 방문을 환영하면서도 기묘한 침묵이 맴도는 이유였다.
 아주 잠깐.
 복귀 보고와 함께 사패천 무인들도 정의맹주를 비롯한 주요 인사와 인사를 나누었다.
 다만 긴 여정을 오는 동안 귀천성의 공격으로 사패천 무인들의 회복이 덜 되었기에, 거처를 내주고 중요한 일정은 다음 날로 미루었다.

그리고 부군사 남궁진휘가 강무련과 사패천 일행을 의선문으로 안내했다.

"의선문 안가에 환자를 위해 마련된 비처가 있습니다. 치료를 위해서는 좌활백설옥이 필요하여 따로 다른 곳에 모시지 못함을 양해 바랍니다."

"정의맹의 호의에 감사드리는 바입니다."

남궁진휘의 설명에 강무련이 고개를 숙여 인사를 하면서도, 두 사람의 표정이 그다지 밝지 못했다.

의선문에서도 한수림에 대한 치료에 대해 마땅한 수가 없다는 것을 알았기 때문이다.

의선문 밖에는 의선이 직접 마중을 나와 있었다.

"폐를 끼치게 되었습니다."

강무련이 공손하게 인사를 했다.

정의맹에 소속되어 있긴 하지만 의선은 천하제일의 신의로서 모든 무림인들의 존경을 받고 있었다.

의선이 단 한 번도 정, 사에 따라 환자를 가려 받지 않았기 때문이다.

"환자가 의원을 찾는 것이 어찌 폐가 되겠습니까. 안으로 드시지요."

실로 의선다운 말과 함께, 의선이 일행을 안으로 안내했다.

사실 한수림은 이미 홍랑대부 초산하와 함께 먼저 의선문에 들어 있던 차였다.

강무련의 방문은 가장 가까운 가족으로서의 확인 절차였다.

"아으으……."

"어휴, 해신단을 먹고 누가 그렇게 무식하게 싸웁니까! 독기를 눌러 놓는 약 기운 때문에 내공을 움직일 때마다 기혈의 압박이 상당했을 텐데, 적호단 사람들이 아무것도 알려 주지 않았습니까?"

신음하며 앓는 사패천 무인을 향해 백소하의 잔소리가 쏟아졌다.

귀천성이 쓰는 독에 대해서는 어지간한 건 모두 해독제를 준비해 두었던 터라, 사패천 무인들에게 주는 것은 문제가 되지 않았다.

다만 해신단의 약성을 믿고 과격하게 싸우느라 기혈이 상한 이들이 예상보다 많다는 것이 문제였다.

"하긴 적호단원들도 본인들이 알았어야 알려 주지! 아니, 몰라도 아프면 멈춰야지요! 다들 멍청이입니까?"

화가 난 백소하의 잔소리가 의선과 남궁진휘, 강무련의 귀에서 쏙쏙 박혀 들었다.

"허허허허, 사내 녀석이 잔소리만 늘어선……."

"······송구합니다."

백소하의 잔소리도, 의선문이 갑자기 바빠진 것도 모두 사패천 무인들 때문이었기에, 강무련은 민망한 듯 고개를 숙였다.

강무련 그 자신도 잠시 후면 백소하의 앞으로 줄을 서야 할 것을 생각하면 벌써부터 얼굴이 화끈해졌다.

그렇게 도착한 의선문의 제일 안쪽.

울창한 정원에 가려 잘 보이지 않는 작은 별채에, 한수림은 따로 마련된 침상에 누워 있었다.

창백하다 못해 검게 물들어 가는 얼굴을 애타게 보았던 것이 며칠 전인데, 침상에 누운 한수림은 약간이나마 혈색이 돌아와 있었다.

"해독제도 없이 이만큼 독기를 막아 내 데려오시다니 홍랑 대부의 명성이 과언이 아니었습니다."

"다행입니다, 늦지 않아서."

일견 깊은 잠에 빠진 듯 편안해 보이는 얼굴.

강무련이 한수림의 얼굴을 쓰다듬었다.

"이렇게 얌전한 모습이 어울리지 않는 아이인데 말입니다. 깨어나면 예쁜 형아와 다시 만났다며 좋아할 겁니다."

"하하하, 진화와의 일화라면 저도 들었습니다. 소공자가 어서 일어나서 우리 진화가 오랜만에 당황하는 모습을 보았으면 좋겠군요."

남궁진휘가 강무련의 농담을 받아 주며 그를 위로했다.

"허허, 그럼 이제 환자는 편히 쉬게 두고, 다음 환자를 치료하러 가 볼까요?"

"예? 알고 계셨습니까?"

"허허허, 제 손주 녀석 앞에 줄을 서시긴 체면 상하실 테니 제게 치료받고 가시지요."

"감사합니다."

강무련은 쑥스러운 듯 의선의 배려를 넙죽 받았다.

다음 날, 정의맹 연맹회의.

분위기가 묘했다.

제 사형제들을 모조리 죽인 잔인한 자다, 어쨌다 소문이 무성하던 사패천 소천주는 생각보다 호의적이고 상식적인 인사였고, 귀천성의 습격에도 불구하고 적호단은 기지를 발휘하여 역천비록을 무사히 정의맹으로 보냈다.

그 과정에 남궁세가의 협조가 절대적이었지만, 어쨌든 모두가 만족할 만한 결과였다.

하지만 그 모든 사소한 것들이 좋은 결과를 내었다고 해서, 지금 상황이 좋아진 것은 아니었다.

"귀천성과의 전쟁에 기회는 한 번뿐이다…… 제왕검께서 그런 말을 전해 왔소이다. 아마 본 승을 제외하고도 이 자리에 그 말을 실감할 사람은 많을 것이외다."

정의맹주 운현대사의 말에 분위기가 술렁거렸다.

늘 제갈가주에게 회의의 진행과 토론을 이끌도록 하고, 본인은 뒤로 빠져서 험악해지는 분위기를 중재하는 역할만 하던 운현대사였다.

정의맹을 유지하고 이끌어 가는 데에 소림의 희생이 가장 많았기에 그 누구도 운현대사의 역할에 불만을 표하지 않았다.

정의맹주로서 다소 존재감이 부족하다는 말이 나오기는 하지만 운현대사의 인품과 신망만큼은 어떤 반론도 없었다.

그렇게 늘 뒤로 빠져 있던 운현대사가 강한 어조와 비수같이 날카로운 말로 회의를 시작했다.

모두에게 익숙한 일이 아니었다.

"사실 그 기회라는 것이 과연 있기는 할지, 그것조차 확신할 수 없소이다."

운현대사의 눈빛이 서릿발처럼 냉정하게 좌중을 아울렀다.

"대반격에서 우린 승리했고 귀천성을 멈추었지만, 어쨌든 역천마제와 팔마제를 멈추기 위해 우리는 천수현인 제갈길현과 매화성검, 곤학진인, 검왕 진청 어른 그리고 독제를 잃었소. 솔직히 십이좌회에 알려지지 않은 고수들 중에도 희생이 없었다 할 수 없소이다."

운현대사의 입에서 거론된 천하제일을 다투던 고수들.

한때 곤륜은 곤학진인으로 인해 도문 최고가 될 수 있었으나 그의 죽음으로 한순간에 문파를 잃고 도망해야 했다.

화산파와 종남파는 한때 매화성검 구산용과 검왕 진청이라는 남궁세가의 제왕검과 비견되는 천하제일 고수를 가졌었다.

절대 고수를 가졌던 문파의 위상과 비교하자면 지금은 초라하기 짝이 없었다.

당문은, 독제의 유언에 따라 그가 죽자마자 모든 가문의 세를 낙양으로 옮겨 피해가 적었다 할 수 있으나 무가로서의 자존심은 크게 훼손당해 회복할 길이 멀었다.

굳이 문파가 멸문되다시피 하여 도망쳐 온 공동파나 아미파, 청성파는 언급할 필요도 없었다.

귀천성에 의해 무너진 곳은 하나같이, 수십 년이 지난 지금까지 재기하지 못하고 있었다.

한 번의 싸움으로 모든 역사와 영화를 잃은 것이다.

"내가 왜 이 말을 꺼내는지 다들 알 것이외다. 역천마제가 부활했고, 그들의 마수가 서서히 영향을 넓히기 시작했소. 귀천성이 이전과 같은 전철을 밟기 시작한 것이오!"

운현대사가 힘 있게 말했다.

마치 정신을 차리라는 듯 운현대사의 목소리와 시선이 회의장에 있는 장문인들 하나하나를 향했다.

노승의 용감한 훈계에 흔들리던 장문인들이 고개를 들었

다.

"그들은 이전에도 그러했소. 혼현마제와 독마제가 중원을 혼란에 빠뜨리고, 광마제와 검마제, 혈마제를 앞세운 혈풍이 몰아치기 시작하는! 아직도 시간이 있다 말하는 분이 계신다면 정의맹주로서 단언하겠소. 그들은 이미 전쟁을 시작했소이다! 하여 정의맹주로서 본인은, 지금부터 모든 정파 연맹들에게 정의맹 중심의 전시체제에 들기를 요구하는 바이오!"

정의맹 중심의 전시체제란, 정의맹 소속 문파들이 모두 정의맹의 명에 따라 각종 재화와 인력을 움직이는 것을 말했다.

단지 정의맹과 협조하는 것과 문파에 대한 지배권을 정의맹에 이양하는 것은 크게 다르기에, 이제까지 수많은 장문인과 문파의 저항을 받았다.

하지만 전쟁이 목전에 다가온 이상, 정의맹주는 그것을 더이상 미룰 수 없었다.

어수선해진 분위기.

장문인들조차 뭐가 옳은지 혼란스러워하는 기색이었다.

그럴 수밖에.

전쟁에 무엇이 옳고 그르다고 할 수 없는 상황에서, 그들의 권력부터 내려놓는 것은 모두에게 쉽지 않은 일이었다.

그때, 제갈가주가 나섰다.

"정의맹은 지금까지처럼 연맹회의를 통해 일을 진행할 것입니다. 다만 연맹회의를 통해 각 문파의 무단에 직접 명령을 내리는 것뿐입니다. 시간을 아끼기 위해 절차를 간소화하는 것이라 여겨 주십시오."

제갈가주의 말에 불편한 얼굴을 하고 있던 장문인들도 한결 누그러진 시선으로 그를 주목했다.

"중요한 것은 시간입니다. 역천마제를 비롯해서 광마제와 혈마제, 검마제가 아직 완전하게 움직이지 못하는 지금. 혼현마제와 독마제가 무림을 혼란에 빠뜨리려 하고 있습니다. 이전에는 몰라서 당했지만, 지금은 다르지요."

"음, 무슨 생각이 있는 것이오?"

"물론입니다. 놈들이 신 제국을 움직인다면 우린 한 제국과의 공조를 강화할 것이고, 지금부터 사패천과 정의맹 모든 문파들은 귀천성 소속 문파들의 연계를 잘라 내는 것에 집중할 것입니다. 또한, 역천비록의 해석이 막바지에 들고 있습니다. 사패천 술법사들에 홍랑대부 초산하가 역천대법을 풀어내며 의선문과 함께 결과를 내고 있습니다."

홍랑대부 초산하의 명성은 정파 무림에도 널리 알려져 있었다.

사실 의선이 천하제일 의원으로 유명하다면, 홍랑대부 초산하야말로 천하제일 술법사로 불리기 때문이다.

그의 이름이 나오자, 제갈가주의 말에 신뢰가 더해졌다.

"가장 확실한 전략은, 전쟁을 시작하기 전에 이기는 것이라지요. 역천대법의 해석이 끝나는 대로 각 마제들을 사전에 제거할 방법을 찾을 것입니다. 부디 각 문파의 협조 부탁드립니다."

"흠, 뭐, 그런 것이 나온다면야……."

"정의맹 식구가 아니오. 당연한 말이외다!"

제갈가주가 고고한 머리를 숙이고 나오자, 불편한 표정을 짓고 있던 이들조차 민망한 듯 목소리를 키웠다.

맹주인 운현대사의 강성 발언이나 제갈가주의 겸손한 자세는 평소 그들의 모습과 정반대되는 것이었나, 그래서 더 잘 먹혀들어 갔다 할 수 있었다.

결국 연맹회의는 정의맹 휘하의 전시체제로 들어가는 것에 모두가 동의하면서 끝이 났다.

모두가 자리를 뜨고.

운현대사와 제갈가주가 따로 자리를 가졌다.

연맹회의를 자신들의 의도대로 잘 이끌어 낸 사람들치고, 그들의 표정은 그다지 밝지 않았다.

"역천비록을 연구한들, 현존하는 마제들을 제거할 방법이 있겠는가?"

"남궁세가가 소리마제를 죽이고, 사패천이 권마제를 죽였습니다. 월하성녀와 ……남궁진화가 환마제를 죽였고요. 확실한 것은 그놈들도 전쟁에서 회복하지 못했다는 것입니다. 지금의 무림 전력이라면 놈들을 죽일 수 있습니다."

"……역천비록은?"

"의선의 말로는 영생을 얻는 것이라더군요."

"영생이라……."

"정확하게 홍랑대부의 말로는 고대의 실혼인이나 강시를 만드는 술법이 섞여 있다 합니다. 허황되긴 하지만 혼을 이동시키거나 육신을 바꿀 수 있는 술법이라면, 영생과 다를 바가 없겠지요."

"허어! 그래서 그 많은 생명을 필요로 한 것인가."

"수천 명의 생명을 뽑아낸 독수와 운명을 공유하는 최종 제물."

"운명을 공유한다라……."

"홍랑대부의 말로는 운명의 중첩이라 말하더군요. 하여튼 그런 최종 제물이라면 포기하기 쉽지 않을 것입니다. 때를 노려 놈들을 하나씩 죽일 것입니다. 우리의 준비도 그리 만만치는 않습니다. 다만……."

"다만?"

"십이좌회의 빈자리가 문제겠지요. 결국 팔마제를 모두 죽이고 역천마제까지 죽여야 끝나는 전쟁입니다. 역천마제 그자를 죽일 십이좌회의 빈자리를 채우는 것이 시급합니다."

"십이좌회의 빈자리라…… 허허허, 결국 부처님의 뜻을 기다려야 하는 겐가. 나무아미타불 관세음보살."

노력한다고 해서 천하제일을 다툴 만한 고수를 만들 수 있다면 벌써 수많은 이들이 나왔을 것이었다.

결국 남은 과제는 인력을 넘어서는 일이라, 불경을 외는 운현대사의 목소리에 힘이 빠졌다.

그날 밤.

진화가 의선문 안처를 찾았다.

역천비록 연구가 시작된 후로 의선문 안처는 외부 출입이 엄격하게 통제되었지만, 진화의 또 다른 신분으로 인해 막아서는 사람은 아무도 없었다.

게다가 사패천 소문주가 친분을 인정하며 한수림의 병문안을 허락했기에 문제가 될 것은 없었다.

"……."

잠을 자는 듯 새근새근 숨소리를 내고 있는 아이.

금방이라도 눈빛을 반짝이며 조잘거리던 아이의 모습이 눈에 아른거렸다.

정이라도 든 것일까.

사실 이전 생의 진화는 같은 정의맹 사람들조차도 같은 편이라 여겨 본 적이 없었다.

　실제로 진화는 남궁을 이용하거나 등을 보이는 정파인들을 제 손으로 죽인 적도 한두 번이 아니었다.

　진화에게 정파 무인들은 필요에 의해 함께하는 이들일 뿐이었다.

　그들의 죽음도 진화에겐 그리 무겁지 않았다.

　하지만 새롭게 삶을 시작하고, 진화의 삶은 외면적으로뿐만 아니라 내면적으로 많은 변화가 있었다.

　주작단이나 소림 무승들의 희생을 무덤덤하게 넘겼으나, 이제는 적호단원들의 희생을 막기 위해 검을 휘둘렀다.

　장안 사람들 절반이 죽는다 해도 눈 하나 깜짝하지 않았지만, 현오가 걱정되어 사흘 밤낮을 매달리기도 했다.

　사패천 무인들이 얼마가 죽어 나간들 상관없었지만, 이 작은 아이의 아픔이 자꾸 눈에 밟혔다.

　무엇이 변한 것일까.

　아이를 보는 진화의 눈에 검은빛이 번뜩였다.

　아이의 몸속.

　청명하게 흐르는 진기 곳곳에 검게 침범한 독기가 눈에 보이는 듯 느껴졌다.

　그때, 의선이 진화의 곁으로 다가왔다.

　"짧아서 아쉬운 인연이 있지. 소공자의 세상이 이곳까지 넓어졌구려."

의선이 아이의 곁에 선 진화를 향해 자애로운 미소를 지었다.

의선의 말에 진화는 한참 한수림에게 눈을 고정한 채 대답 없이 서 있었다.

그러다가 의선을 보며 조심스레 물었다.

"저 독기를 태운다면, 아이에게 지장이 없겠습니까?"

진화의 말에 의선의 눈이 커졌다.

"독기를 태운다고? 남궁 공자, 그게 무슨 의미인지 알고 말하는 겐가?"

의선의 목소리가 조금 떨렸다.

경악을 금치 못하는 의선의 표정과 불신의 시선.

그것을 마주하며 진화도 조용히 고개를 끄덕였다.

그 모습에 의선의 입이 떠억 벌어졌다.

"허어!"

의선은 아무리 생각해도 기가 막힌 듯했다.

무림인들의 의원으로 무공에 대해서 빠삭한 의선이었기에, 그는 진화의 말이 무얼 의미하는지 알아챘다.

다만 쉽게 믿기지 않는 것이었다.

그의 상식을 너무 훌쩍 뛰어넘는 이야기라…….

아주 어릴 적에 경지의 벽을 넘고, 불과 얼마 전 제왕검과의 대련으로 또 다른 경지에 올라섰단다.

육십 평생, 아니 그보다 오랫동안 읽은 고서와 의서를 모

두 합쳐도, 약관도 되기 전에 화경을 넘어 현경을 넘본 고수
는 들어 본 적도 없었다.

중단전과 상단전을 열고 삼화취정을 피운다는 것을 읽고
그 정도면 우화등선이 더 빠르지 않나 생각했었는데…….

"이런 미…… 아니, 제왕검, 아니 남궁에서는 소공자를 세
가 밖으로 다니게 둬도 괜찮은 것이오? 어디 조용히 처박아
놓고 제왕검이랑 수련이나, 아니, 내 말은, 아니 효율성으로
만 따지면 딱 일 년만 가둬 놔도 귀천성 놈들은 다 때려잡는
것 아니오?"

본인이 얼마나 논리적이지 않은 말을 하고 있는지 누구보
다 의선이 잘 알았다.

그저 논리가 막힐 정도로 놀란 상태였다.

진화의 입으로 정확하게 밝힌 것은 아니나, 진화와 의선
모두 의미를 주고받은 상태.

"허어! 참! ……허어! 하늘이 중원을 버리진 않으신……
허어! 그럼 제왕검 같은 분들은, 아니 역천마제는 얼마
나…… 허어! 허어!"

의선은 그 후로도 한참 동안 진정하지 못했다.

그렇게 잠시 시간이 흐르고.

본래부터 조용히 있던 진화와 이제 숨을 고르고 생각에 빠
진 의선 때문에 방 안에는 고요한 침묵만 흘렀다.

그리고 반경 정도 지났을까.

의선이 무거운 얼굴로 입을 열었다.

"가능성이 영 없는 것은 아니네. 다른 기운에 이질적이지 않게 섞여 들어가서 독기만 없앤다니. 독기를 태운다면 상한 장기와 기혈은 의선문에 있는 해약제와 자양제, 좌활백설옥으로 충분히 보완할 수 있을 것이네. 단, 실패할 가능성을 배제한다면 말일세. 독기가 조금이라도 장기에 침범한다면 그것으로 소공자는 죽을 것이네."

의선이 진중한 눈으로 진화와 눈을 맞추었다.

의원으로서 자신의 판단에 대한 자신감과는 별개로 아직 어린 환자.

의선 혼자 판단할 수 있는 문제가 아니었다.

"사패천 소천주와 홍랑대부, 두 사람과 이 일을 의논해도 되겠는가? 아니, 그 전에, 자네의 경지가 밝혀지게 되는 일이네. 자네 또한 남궁세가와 의논해 봐야 할 것이 아닌가."

의선의 말투가 변했다.

소공자, 남궁 공자라 진화를 부르던 호칭이나 존대와 하대를 자연스럽게 섞어 쓰던 말투는, 의선이 진화를 그의 어린 환자로 기억하고 보살펴야 하는 대상으로 여기고 있다는 증거였다.

그런데 돌연 '자네'라 변한 호칭과 격식 있는 하대.

의선이 이제는 한 사람의 어엿한 무인으로 진화를 인정하고, 그를 의선문주로서 대하기 시작한 것이다.

하긴 약관도 되지 않아 절대 고수의 반열에 오르는 무인을 어떻게 인정하지 않을 수 있겠는가.

"남궁세가의 소가주님을 잘 설득하는 것이 문제겠군. 허허허."

의선이 살짝 굳은 진화의 어깨를 두드리며 말했다.

"형님을 설득하고 다시 찾아뵙겠습니다."

"나도 그동안 구체적인 방법에 대해 연구하고 있겠네. 다음에 자네가 올 때는 사패천 소천주와 홍랑대부와 함께 자리를 마련하지."

의선은 진화가 마음을 굳힌 것을 알고 흐뭇하게 웃었다.

진화가 한수림을 살리기 위해 한 선택은 한수림뿐 아니라 진화에게도 큰 의미가 있어 보였기 때문이다.

신 제국, 선건궁.

역천마제의 앞에 모든 마제들이 모였다.

모든 마제들이라고 해 봤자, 혼현마제와 광마제, 검마제가 다였지만.

"빈자리가 많군."

역천마제의 말에 모두의 눈이 한 곳을 향했다.

권마제 태금호를 찾는 것은 아니었다.

어리석게 죽어 버린 옛 동료를 아직까지 추억할 만큼 정이 많은 사람들이었다면 악마라 불리지도 않았을 테니까.

"환마제는 신주에 있습니다. 한창 마무리 작업 중이라 내내 그곳에 머물러 있는 것으로 알고 있습니다."

"허허, 어린 녀석이 열심히 하는군."

어린 손자를 칭찬하는 듯한 역천마제의 말투에 혼현마제가 작게 입꼬리를 말았다.

역천마제가 환마제를 손자처럼 생각할 리도 없었지만, 약하디약한 그를 칭찬할 리도 없었다.

혼현마제 또한 그것을 모르지 않으니 웃은 것이었다.

"가야 할 길이 멀다 보니 조급한 모양입니다. 하지만 환마제의 이형주인공을 완벽하게 구사하고 있으니, 곧 힘을 모을 수 있을 듯합니다."

혼현마제의 말에 역천마제가 고개를 끄덕였다.

"소리마제와 권마제의 자리는 어찌하겠나?"

"혈수문주와 접촉 중이나, 암림혈귀갑이 우리 손에 없다는 것을 알고 있어서인지 몸을 사리는 모습입니다."

"허허허……."

웃음소리 끝에 느껴지는 살기.

"사흘 후에 혈수문 자체를 없애 버릴 생각입니다."

혼현마제의 말이 있고서야 역천마제가 고개를 끄덕였다.

겉모습은 세상 해탈한 신선 같았지만, 속에는 자신을 거역

한다는 사실조차 용납하지 않는 폭군이 들어 있었으니.

혼현마제는 역천마제의 속을 미리 읽은 듯 모든 조치를 준비해 놓았다.

사실 이번엔 역천마제의 분노가 아니더라도, 감히 귀천성의 부름을 거절한 자의 최후를 세상에 보일 필요가 있었다.

소리마제와 권마제의 죽음 이후 귀천성의 권위가 땅에 떨어졌기 때문이다.

혼현마제의 머리가 부지런히 굴러갔다.

그때.

역천마제가 다시 말을 꺼냈다.

"그런데, 권마제의 자리는 어찌 말을 하지 않지?"

역천마제의 눈길이 혼현마제와 광마제, 두 사람에게 닿았다. 두 사람 때문에 일부러 꺼낸 말인 것이 뻔했다.

"두 사람 모두 대차게 실패했더군. 허허허, 실로 오랜만의 일이야. 그렇지 않나?"

농담과 질책. 그리고 조롱.

세 가지가 모두 담겨 있는 말이었다.

혼현마제와 광마제의 얼굴이 사정없이 일그러졌다.

교성흑오대는 섣불리 움직이면서 처음부터 적을 경계하도록 만들었고, 광룡귀면대는 교성흑오대를 돕지 않고 홀로 작전을 펴다 전멸했으니.

혼현마제와 광마제는 서로가 서로의 실책을 탓하고 있었

다.

"아주 완전한 실패는 아닙니다."

광마제를 노려보던 혼현마제가 앞으로 나섰다.

완전한 실패가 아니라니.

교활한 혼현마제가 앞으로는 광마제와 함께 움직이는 척, 뒤로는 온갖 수작을 벌여 놓은 것이 분명했다.

광마제가 혼현마제의 뒷모습을 죽일 듯 노려보았다.

"실패는 아니다? 말해 보라."

역천마제가 자연스럽게 관심을 보였다.

아니, 보이는 척하는 것이었다.

그는 언제나 결과만 듣고 싶어 하는 편이었으니까.

사실 결과 그 자체도 그의 세상에서 벌어지는 아주 사소한 일일 뿐 큰 관심사는 아니었다.

그래서 역천마제가 싫어하는 일이, 그토록 하찮은 일로 그의 신경을 거스르는 것이었다.

"남궁금영을 죽이는 일은 실패했지만 이곳으로 오는 독부에게 역천비록을 부탁해 놓았습니다. 독부가 그것을 들고 오고 있다더군요. 게다가 독부의 독으로 제 수하가 사패천주의 하나밖에 없는 아들을 산송장으로 만들었으니, 이번 일로 우리 쪽이 얻어야 할 것은 전부 얻은 셈입니다."

혼현마제가 여유로운 미소를 지으며 말하자, 역천마제가 화통한 웃음을 터뜨렸다.

"하하하하, 그러면 그렇지. 혼현마제, 자네가 일을 허술하게 처리할 리 없지."

신뢰감 가득한 목소리와 자애로운 웃음소리.

광마제는 독마제가 끼어들었다는 말에 썩은 감을 먹은 듯 표정이 일그러졌지만, 역천마제는 그딴 건 신경도 쓰지 않는 눈치였다.

"남은 일정도 차질없이 진행되고 있습니다. 부득이 소리마제와 권마제의 빈자리는 채우기 힘들지 모르나……."

"아, 괜찮다. 사소한 건 넘어가자고."

"……예. 그리하겠습니다."

일전에 말했듯 팔현성의 자리를 채우는 건 중요한 문제였다.

하지만 역천마제의 말이라면 사소하게 스쳐 가는 말조차 천금같이 받들어야 했다.

귀천성에서는 그의 말이 곧 법이고 진리였으니까.

'그래. 오히려 이쪽으로 신경을 꺼 준다면 나쁠 것도 없지.'

혼현마제는 아직 정리되지 않는 문제들을 떠올리며 공손한 태도로 역천마제의 명을 받들었다.

선건궁을 나온 뒤.

혼현마제는 광마제를 향해 비소를 남기고는 뒤도 돌아보지 않고 궁을 나갔다.

"허!"

광마제가 그 모습을 보며 헛웃음을 터뜨리고 말았다.

속에서 부글부글 열이 끓어오르긴 했지만, 한편으로는 우스웠다.

자신이 아직 힘을 되찾지 못한 상태임을 알면서도 자신에게 이기기 위해 제 수하들까지 희생시키는 혼현마제의 수작이⋯⋯.

'아니지! 혼현마제가 그렇게 단순하고 유치한 인물은 아니지. 대체 뭘까, 저 능구렁이를 저렇게 조급하게 만드는 것이.'

광마제의 눈매가 가늘어졌다.

은밀하지만 매섭게.

수풀에 숨은 맹수처럼 조용히 혼현마제의 뒷모습을 살폈다.

"이상하지, 벌써 독부 은요까지 달려오다니."

혼현마제가 다급하게 선건궁을 떠나고, 수오가 뒤늦게 달려왔다.

그는 혼현마제가 떠난 것을 알지 못하고 고개를 두리번거리고 있었다.

그런 수오를 보며, 광마제가 천천히 다가갔다.

수풀에 숨어 있던 맹수가 거대한 몸집을 드러내고, 평소보다 품위 있게 걸어갔다.

"아, 저, 광마제를 뵙습니다."

수오가 당황한 얼굴로 광마제에게 고개를 숙였다.

광마제가 그런 수오를 향해 자애롭게 웃어 보였다.

"네가 사패천까지 다녀왔다지. 그것도 홀로 임무를 성공시키고?"

"송구합니다. 저는 그저 시키시는 대로 했을 뿐입니다."

수오의 목소리가 긴장감으로 가늘게 떨렸다.

수오도 일이 어찌 진행되었는지는 들었다.

혼현마제가 광룡귀면대를 속이기 위해 교성흑오대를 희생시키고, 뒤로는 자신과 독마제를 이용해 일을 꾸민 것.

광마제의 화가 어쩌면 자신에게까지 미칠지도 몰랐다.

그리고 그런 수오의 생각은 정확하게 들어맞았다.

"아니야, 아니야. 당연히 해야 할 일을 한 것이지."

광마제가 고개를 저었다.

그리고 아무렇지 않게 씨익 웃어 보였다.

"하여튼 대단해. 운명의 중첩을 이렇게 이용할 줄이야."

광마제의 감탄에 수오가 의아한 눈으로 그를 보았다.

순진하게 호기심을 표하는 수오를 보며 광마제의 눈빛에 이채가 번뜩였다.

"자네는 최종 제물은 아니지만 혼현마제와 같은 운명을 타고났지. 혼현성의 현명함을 그대로 가졌을 테니, 참 써먹기 편한 수하가 아닌가. 하하하! 아, 아니지, 자네 입장에선 그게 아닐 수도 있겠군."

광마제의 말에 수오의 눈빛이 크게 일렁였다.

그리고 광마제의 입꼬리가 스르륵 말려 올라갔다.

"자네로선 조금 아깝겠어. 귀한 빛이 먼저 태어난 빛에 뻗어 나갈 길이 막혔으니."

광마제가 수오의 등을 두드리고 만족스러운 듯 자리를 떴다.

격려나 칭찬 같지만, 결국 혼현마제 때문에 수오를 흔들려고 한 말이었다.

수오도 그걸 모를 정도로 멍청하지 않았다.

하지만 지나치며 괜한 악담을 남기고 가는 광마제의 태도, 대수롭지 않은 그의 태도가 수오의 마음을 흔들었다.

'진짜 중요한 말이었다면 이렇게 지나치듯 할 리 없겠지. 하지만 진짜 중요한 말도 아닌데, 거짓을 말할 리도 없잖아!'

혼현마제는 아직 젊은 몸이었다.

그래서 수오가 최종 제물일 필요가 없었던 것이다.

'내가 혼현성을 타고났다고? 운명의 중첩, 그게 뭐지?'

홀로 남은 수오의 눈동자가 이리저리 맹렬하게 움직였다.

의선의 말처럼 남궁진휘는 진화의 성취에 크게 놀라면서

동시에 크게 축하했다.

남궁세가 본가에서는 비밀만 지켜 준다면 진화가 한수림을 치료하는 데 나서도 좋다는 허락이 떨어졌다.

여기까진 진화나 의선도 예상한 일이었다.

의선은 당장 사패천 소천주와 홍랑대부를 불러 진화의 생각을 전했다.

그들은 처음 몹시 놀란 눈으로 진화를 보면서 진화와 의선의 말을 불신했지만, 곧 진화와 의선의 진지한 모습에 더욱더 경악을 금치 못했다.

"지, 진심이란 말이오?"

"예, 다만 걸리는 것은 소천주께서 상황에 따르는 위험을 감수할 수 있느냐 하는 문제입니다."

의선의 말에 강무련의 눈이 진화와 홍랑대부를 번갈아 지났다.

하지만 결국 그의 눈은 누워 있는 한수림을 향할 수밖에 없었다.

만에 하나, 일이 잘못된다면?

강무련과 사패천은 진화를 용서할 수 있을까? 아니, 사패천주는 강무련을 용서할 수 있을까?

그보다 한수림이 잘못될 가능성이 있다는 자체가 강무련에게 큰 부담이었다.

"조금 더 고민해 보십시오."

"해, 해독제를 찾아낼 가능성은 없습니까?"

"……부끄러운 말이지만, 수십 년째 그것을 찾고 있답니다."

찾지 못했다는 말보다 더 막막한 말이었다.

포기하지 않고 노력하는 데도 실패했다는 말이었으니까.

의선의 말에 강무련의 고민이 깊어졌다.

게다가 진화의 결정은 그가 생각지도 못한 곳에까지 영향을 끼쳤다.

강무련의 고민은 사흘 동안 이어졌다.

매응을 통해 사패천주의 답이 왔지만, 그게 오히려 강무련의 고민을 깊어지게 만들었다.

나는 너를 믿는다.

"망할 영감탱이. 그냥 평소대로 '하라', '마라'만 말해 줄 것이지."

"후후후후."

"대부께선 어떻게 생각하십니까? 해독제를 기다리는 건, 영 가능성이 없어 보이십니까?"

"……우리 소공자 옆 방에 누가 있는지 보았소?"

"옆 방이라면……?"

"천수현인 제갈길현. 그자 또한 전대 혼현마제의 육신이 터지면서 나온 독기에 당했지. 그게 벌써 수십 년 전의 일이오. 초기에 스스로 겨우 독기를 제어했음에도 결국 혼수상태에 들고 말았다지."

홍랑대부 초산하의 말에 강무련이 무겁게 입을 다물었다.

천수현인 제갈길현의 명성이야 사패천에서도 귀 아프게 들었다.

그런 사람조차 이겨 내지 못한 독이라니.

"평범한 독과는 다르다는군. 육신을 공격하는 것이 아니라 기운과 부딪혀서 육신을 무너뜨리는, 독이라 말하기 힘든 독. 독마제, 독부 은요의 독이네. 본래 기운이 강할수록 독기와 부딪힘이 커지고 본래 기운이 약하면 독기에 무너지기에, 달리 해독할 방법이 없지. 의선이 매달려 해독한 지도 꽤 되었지만, 할 수 있는 거라곤 좌활백설옥에서 장기가 썩어 가는 것을 막고 있는 것뿐이었다는군."

"……."

"소천주, 우리 소공자는 천수현인처럼 오래 버티지 못할 것이오."

"아……."

홍랑대부 초산하의 말에 강무련이 탄식을 뱉었다.

그냥 천수현인처럼 잠들어 있다가 해독제를 찾으면 안 될까, 막연하게 그런 안일한 생각을 하고 있었던 것을 이제야 깨달았다.

"오래 할 수 있는 고민이 아니었군요."

강무련이 스스로를 자책하듯 말했다.

홍랑대부 초산하는 그런 강무련을 안타까운 눈을 보았다.

"소천주께서 고민하셔야 할 것은 남궁 공자와 의선을 믿을 수 있는가. 일이 잘못되었을 경우, 남궁 공자를 원망하는 것을 떠나 정사 연합 자체가 위험해질 수 있다는 것도 염두에 두어야 할 것이오."

홍랑대부 초산하의 충고에 강무련이 잠시 생각에 빠졌다.

그리고 무슨 생각을 떠올렸는지, 고개를 들어 놀란 눈으로 홍랑대부를 보았다.

"대부께선 이미 어떤 선택을 해야 하는지 알고 계셨군요!"

"……안타깝지만 우리 소공자에게는 시간이 천금과 같지."

강무련의 말에 홍랑대부 초산하가 씁쓸한 얼굴로 말했다.

처음부터 선택지는 하나밖에 없었지만, 초산하조차 강무련에게 충고하기까지 많은 망설임이 필요했을 뿐이었다.

강무련의 고민은 거기에서 끝났다.

강무련은 사패천의 이름으로 이 일에 대한 책임을 남궁세가나 정의맹에 묻지 않겠다는 약속을 했다.

그리고 그날 바로, 한수림을 앞에 두고 진화와 의선, 강무련과 초산하가 섰다.

긴장감이 도는 가운데, 강무련이 물었다.

"그런데 말이오. 남궁 공자는 왜 위험을 무릅쓰고 우리 수림이의 일에 나서 준 것이오?"

"……소공자가 무사히 일어났으면 좋겠습니다."

아이를 걱정하기에 이겨 내야 하는 부담감과 치료에 필요한 용기, 후폭풍에 대한 각오. 정사 무림의 관계. 수많은 것들을 생각해야 하지만, 모두 부차원적인 것들이었다.

결국 환자를 바라보면서 바랄 수 있는 것은 환자의 쾌유, 그것 외에 무엇이 있겠는가.

진화의 말에 강무련이 고개를 끄덕였다.

의선과 초산하도 흐뭇한 얼굴로 진화를 보았다.

"시작하겠습니다."

"우리는 진기가 원활하게 돌 수 있도록 보조하겠네."

진화가 한수림의 곁에 가서 앉고, 의선과 초산하가 양쪽에서 각자 보조를 준비했다.

파지지직.

진화가 한수림의 손을 잡는 순간, 두 사람 사이에 뇌전이 튀었다.

강무련이 불안한 눈으로 그 모습을 지켜보았다.

관조(觀照).

눈을 감은 진화의 머릿속엔 제 몸을 흐르는 천뢰기가 느껴졌다.

혼돈지체의 혼돈기가 만들어 낸 천뢰가 천뢰제왕신공을 따라 자연스럽게 온몸을 순환하고 있었다.

진화는 이제 천뢰기와 천뢰제왕신공을 통해 얻은 내기를 구분하지 않았다.

온통 불꽃이 번뜩이는 파괴적인 평화, 그것이 진화의 몸이 가진 조화였다.

그리고 진화의 감각이 한수림에게 집중되었다.

작고 여린 기혈을 통해 흘러야 할 기운이 멈춰 있었다.

기운을 억지로 읽어 들어가자 그제야 심장의 연약한 박동이 느껴졌다.

아슬아슬하게 순환하고 있는 단전은 마치 곧 꺼질 듯한 불꽃 같았다.

간과 비장이 짙게 드린 검은 독기가 정기를 간직하지 못하도록 막고 있었다.

몸속에 강(江)을 이룬 위와 삼초, 방광은 독기 때문에 정체되어 흐르지 못했다.

가장 먼저 건드려야 하는 부분.

"간부터 가겠습니다."

진화의 말과 함께 모두가 바짝 긴장했다.

파지지지직!

진화에게만 느껴지는 충돌의 소리.

한수림의 정기 속으로 흘러들어 간 진화의 천뢰기가 간에 짙게 머물고 있는 독기와 충돌하기 시작했다.

존재하지도 않을 매캐한 냄새가 코끝을 스치는 듯, 진화의 기운과 부딪히며 독기들이 타들어 가듯 흩어지기 시작했다.

의선이 금구천약지침으로 한수림의 간에 기운을 불어 넣었다.

약의 기운을 빌어 간의 정기를 보호한 것이다.

그렇게 다음은 비장, 위, 방광, 삼초 순으로.

진화의 천뢰기가 독기와 부딪히고, 의선이 약침으로 한수림을 보호했다. 홍랑대부 초산하는 좌활백설옥의 기운을 증폭시켜 한수림의 생기를 북돋웠다.

달이 뜨고 숲의 정기가 만연할 때 시작한 일은 동이 틀 때까지 계속되었다.

이 또한 의선이 한수림의 회복을 위해 치밀하게 계산한 시간이었다.

동이 트며 방 안 가득 충만한 양기가 들어오며 한수림이 깊게 숨을 들이마셨다.

"하아……."

모두가 숨을 죽이고 한수림이 내뱉는 숨소리에 귀를 기울였다.

그리고 마침내 한수림의 숨소리가 터져 나왔을 때, 네 사람도 크게 한숨을 내 쉬었다.

"……후, 무사히 끝났군요."

"하!"

"감사합니다. 수고하셨습니다."

한수림의 상태를 확인한 의선의 말이 있고, 강무련은 크게 안도하며 고개를 숙였다.

"허허, 남궁 공자가 제일 수고했지요."

의선의 말과 함께 모두의 시선이 진화를 향했다.

진화는 제가 해 놓고도 믿을 수 없다는 듯 조금 가쁘게 숨을 쉬고 있는 한수림에게서 눈을 떼지 못하고 있었다.

아직 약해진 곳들을 회복하기 위한 열기가 남아 있을 뿐, 안색은 한결 좋아졌다.

'……살렸구나.'

평생, 누군가를 죽이는 것만 생각하고 살아왔던 진화는 어쩐지 가슴이 벅차오르는 것 같았다.

누군가를 살리기 위해 적을 죽이는 것 외에 다른 방법으로 타인을 구한 것은 처음이었다.

"감사하오, 남궁 공자! 이 강무련, 아니 사패천 전체가 이 은혜를 잊지 않을 것이오!"

강무련이 감격한 얼굴로 진화에게 포권하며 감사 인사를 전했다.

진화는 조금 상기된 얼굴로 고개를 저었다.

"아닙니다. 감사 인사는…… 소공자가 깨어나고 나서 듣고 싶습니다."

"아! 그러겠소! 하하, 수림이가 깨어나면 그때 함께 감사 인사를 하겠소."

진화의 말에 강무련이 더 감동한 듯 강렬한 눈빛을 보냈다.

진화가 한수림의 치료에 나섰다는 건 정의맹에서도 맹주와 군사인 제갈가주만 알고 있는 일이었다.

강무련의 약속이 있었지만, 정의맹에서는 사패천과의 관계를 염두에 두고 불안할 수밖에 없는 상황.

게다가…… 같은 건물에 수십 년째 누워 있는 아버지, 천수현인 제갈길현을 생각하며 제갈가주는 쉽게 잠이 들 수 없었다.

새하얗게 밤을 보내고 동이 뜬 아침.

집무실에서 업무를 보고 있던 제갈가주가 놀란 눈으로 이른 아침부터 집무실 문을 연 사람을 보았다.

"자네가 이렇게 이른 시간부터 어쩐 일인가?"

"궁금하실 듯해서요."

부군사인 남궁진휘가 제갈가주를 향해 웃어 보였다.

제갈가주의 눈동자가 흔들렸다.

"성공……했나?"

"예. 무사히 끝나서 소공자가 깨어나길 기다리면 된다고 합니다."

"아……!"

남궁진휘의 말에 제갈가주의 입에서 깊은 탄성이 새어 나왔다.

기다리던 소식을 들은 반가움 혹은 안도, 아니면 그 반대인지 정작 제갈가주조차 알 수 없는 감정이었다.

한수림의 치료가 가능할 수 있다는 소식을 들었을 때부터 그랬다.

괜한 희망은 아닌지, 가능성을 믿고 도전해야만 하는 것인지.

불안과 의심, 그럼에도 자꾸 들썩이는 기대와 자신을 짓누르는 부담감.

그래서 잠자코 지켜보기만 한 것이었다.

하지만 이제 치료가 무사히 끝났고, 제갈가주는 선택을 해야만 한다는 것을 알았다.

제갈가주가 조용히 보고 있던 죽간으로 시선을 옮겼다.

귀천성의 정복 전쟁을 멈춰 세운 불세출의 기인.

천수현인이 깨어난다면 정의맹 무인들의 사기가 크게 오를 것은 뻔한 일이었다.

또 천수현인의 능력 자체도 앞으로 전쟁에 크게 쓰일 것이었다.

하지만 그래서, 혹시나 일이 잘못될까 두려움이 컸다.

누워 있지만 어쨌든 살아 있는 천수현인과 죽은 천수현인은 무림에 끼칠 충격의 크기가 다를 테니까.

그리고 그렇게 된다면 잃게 되는 것은 천수현인만이 아닐 것이다.

정의맹 군사로서, 어차피 쓰러져 있는 천수현인을 살리기 위해 약관도 되기 전에 절대 고수의 반열에 오른 남궁진화를 잃을 수는 없었다.

제갈가주의 고민이 깊어지는 이유였다.

한편.

맡은 임무를 해내고도 혼란만 얻었던 수오는 평소처럼 혼현마제를 따라 움직였다.

혼현마제가 사사롭게 내리는 명을 수행하는 외에, 수오의 모든 시간은 잠잘 때를 제외하고 혼현마제와 함께였다.

그의 시야가 닿는 곳에서 그림자처럼 사는 삶.

수오는 슬슬 그것에 답답함을 느끼고 있었다.

"꺄아아아악—————!"

풍—덩.

누군가 비명과 함께 구덩이 속으로 내던져졌다.

그리고 곧 '우아아아——!' 하는 함성이 터져 나왔다.

"성녀님! 성녀님—!"

수십, 수백 명의 사람 바닥에 엎드려 누군가를 바라고 있었다.

주문을 외는 듯 광기 어린 목소리가 동굴 안을 가득 울리는 속에.

스르르릉—.

석벽이 열리며 속이 훤히 비치는 붉은 옷을 입은 여인이 앞으로 나왔다.

"성녀님——!"

"아아아아, 성녀님, 우리를 구원해 주소서!"

사람들은 미친 듯 여인을 향해 손을 뻗고 소리쳤다.

붉은 옷의 여인은 사람들 사이를 헤쳐 오며 그들의 머리에 구원을 내리듯 손길을 뻗었다.

"아아아……!"

붉은 연기가 여인의 손길을 따라 사람들의 몸속으로 들어갔다.

그중 한 사람이 벌떡 일어섰다.

"히, 힘이 솟는다. 내가, 내 몸이…… 섰다! 내가 섰어!"

호족의 집에서 죽도록 매타작을 당하고 평생 앉은뱅이로 살던 사내였다.

사내는 믿을 수 없다는 듯 벌떡 서 있는 자신을 보았다.

"섰다! 내가 섰다! 아아아, 성녀님! 감사합니다! 감사합니다!"

사내가 눈물을 흘리며 성녀를 향해 절을 했다.

주변에 있던 사람들 중 몇몇 사람이 붕대를 풀고 소리를 질렀다.

하나같이 아픈 곳이 나았다며 성녀를 향해 절을 하고 열성적으로 이름을 부르짖었다.

"아아아아아————!"

"성녀님, 만세! 만세——!"

비정상적인 기적 그리고 광기가 동굴 안을 가득 채웠다.

그리고 성녀라 불린 여인은 자애로운 얼굴로 사람들 앞에 서 섰다.

"대가 없이 얻는 것은 아무것도 없어요. 신이 내려 주는 이치도 그러합니다. 믿음과 헌신. 그대들이 바칠 수 있는 것을 드리고 원하는 것을 얻으세요. 신은 기쁘게 그대들이 원하는 것을 내려 줄 것입니다. 아무 대가 없이 얻은 자들은 전부 부정한 방법으로 그것을 얻은 것뿐! 일어나세요! 부정한 자들에게 지지 마세요! 그대들의 곁엔 나와 신이 있을 것입니다!"

"우아아아아————!"

성녀의 외침에 수백 명의 사람들이 일제히 들고 일어섰다.

그리고 방금 전처럼 몇몇 사람들을 끌고 나와 구덩이 속으로 집어 던졌다.

"아아악! 살려 줘!"

"아아악——!"

"우와아아아————!"

"성녀님 만세!"

구덩이로 던져지는 이들의 비명과 여인을 향한 광기 어린 고함이 섞여 동굴 안을 가득 채웠다.

머릿속이 멍해질 정도의 혼돈과 광기.

그 모습을 지켜보며 혼현마제는 만족스러운 미소를 지었고, 수오의 얼굴은 점점 굳어 갔다.

"허허, 환마제에게 던져 주려고 거지굴에서 주워 왔던 제물이 제법 환마제처럼 하는군."

"······그러게요."

거지굴에서 잡아 온 더럽고 삐쩍 마른 여자.

그 여자가 힘을 가지고, 손끝으로 사람들을 부리고 있었다.

여자의 시선이 혼현마제와 수오에게 닿자, 수오는 찬물이라도 뒤집어쓴 듯 가슴이 서늘하게 내려앉았다.

'감히 네까짓 것이 날 내려다봐!'

수오의 주먹에 힘이 들어갔다.

"부정하게 취한 자들에게 지지 말아요. 굴복하지 말아요! 모두 들고일어나 맞서 싸워요!"

"와아아아───!"

여인에게 호응하는 사람들.

혼현마제가 입꼬리를 말아 올렸다.

"제물을 늘이는 가장 좋은 방법이 뭔지 아느냐?"

"네? 아······ 저렇게 사람들을 현혹하는 거요?"

갑작스러운 질문에 당황했던 수오가 여자를 보며 입꼬리를 비틀었다.

혼현마제의 시선은 여인과 스스로 제물을 바치는 사람들에게 고정되어 수오를 보지 못했다.

"저 사람들을 현혹한다고 고작 몇천 명이나 죽겠느냐."

"그럼요?"

"전쟁이다. 저들을 이용해서 수만, 수십만 명이 죽도록 전쟁을 벌일 것이다."

혼현마제가 동굴 안보다 짙은 광기를 뿜으며 눈을 빛냈다.

혼현마제의 광기를 마주하며 수오의 눈빛도 크게 흔들렸다.

부릅뜰 진瞋 불 화火 : 움직이는 제국

깊은 밤.

진화는 또다시 의선문 안가에 있는 별채를 찾았다.

탁. 탁. 탁.

숨기지 않은 발소리가 한수림의 방을 향하기 전, 진화는 자신도 모르는 이유로 옆을 돌아보았다.

세상만사에 관심이 적은 진화답게 평소엔 쳐다보지 않고 지나던 문인데 이상하게 오늘따라 진화의 시선을 끌었던가.

특별한 의식 없이 지나 한수림의 방문을 열기 전에 한번, 진화가 옆방의 문을 보았다.

'천수현인 제갈길현이 있다 했지.'

한수림과 같은 독.

이전 생에 제왕검과 남궁가주가 손도 쓰지 못하고 당했던 그 독에 제일 먼저 당해 누워 있는 사람.

이전 생에 진화는 천수현인의 치료에 대해 알지 못했다.

식구들과 거리를 두고 있었던 터라 제왕검과 남궁가주의 중독 사실을 너무 늦게 알아 버렸기 때문이다.

또한 그들의 문제를 해결하는 데에 제가 나서는 건 주제넘은 짓이라는 생각도 있었다.

'그러고 보니 제왕검께서는 그 독에 당하고도 쓰러지지 않고 해약을 찾기 위해 나서셨는데…… 나름 독기를 없애는 법을 이미 알고 계셨던가? 결국 가주님도 일어나긴 하셨었고.'

단지 그 정도.

천수현인의 방문을 보고 든 생각은 단지 그 정도였다.

진화에게 그 독이 중요했던 건 독의 출처나 해독 방법이 아니라 '누가 중독시켰는가.' 하는 것이었기 때문이다.

진화는 죽은 듯 고요함이 전해지는 방을 무시하고 한수림의 방문을 열었다.

"……."

"아아아아……!"

진화가 의아한 눈으로 강무련을 내려다보았다.

갑자기 강무련이 문 옆에 서 있다가 그대로 주저앉았기 때문이다.

"아니, 기척은 아까부터 느껴졌는데 안 들어오고 서 있으니까…… 그, 그거인 줄 알고. 후우."

"그거라니…… 설마, 귀신?"

한숨까지 쉬던 강무련이 고개를 끄덕였다.

그러자 진화는 조금 황당한 얼굴을 했다.

독에 당하고도 해신단 하나 믿고 날뛸 때는 목숨도 아끼지 않고 싸우는 용맹한 무인이라 생각했는데, 설마 귀신을 무서워할 줄이야.

"……비밀로 해 드리죠."

"……그러는 게 더 수치스럽소만."

진화는 강무련의 체면을 생각해서 배려했지만, 무슨 이유인지 강무련이 그걸 거절했다.

그런데 그때.

"헤헤. ……얼레리……꼴레리…….'

가늘게 들리는 어린아이의 목소리.

진화와 강무련이 눈을 번쩍 떴다.

"하하하, 예쁜 형아 보면서 깨는 걸 보니, 역시 똥 꿈이 좋은 꿈인가 보네."

한수림이 깨어나 진화와 강무련을 향해 웃고 있었다.

"소공자!"

"수림아―!"

진화가 한수림을 부르는 것과 동시에 진화의 뒤에 있던 강무련이 한수림에게 튀어 나갔다.

앞에 있던 저 작자가 왜 내 뒤에서 나왔을까.

눈물을 그렁거리며 기뻐하는 강무련을 보며 진화가 한숨을 쉬었다.

눈물을 글썽이며 한수림을 부둥켜안은 것을 보니, 강무련은 의선을 불러야 한다는 건 까맣게 잊은 모양이었다.

결국 진화가 강무련을 대신해서 밖으로 나갔다.

'정말 다 나은 것 같았지……?'

진화의 입가에 작게 미소가 맺혔다.

희작등당(喜鵲登堂), 까치가 집 안에서 울 때 기쁜 소식이 생긴다는 말이 있다.

그런데 까마귀는 어떠한가?

고작 흰무늬 조금 없다고 불길한 새로 여겨지기 십상이다.

그러나 까치와 까마귀는 따지고 보면 같은 족속이었다.

머리 좋고 영악하며 말귀를 알아듣는 새.

사람이 주는 먹이를 받든 사람 주변에 모인 쥐를 노리든, 사람을 이용해서 먹이를 탐할 줄 아는 새.

독부 은요는 까마귀를 좋아했다.

같은 족속, 같은 능력을 가졌음에도 버림받은 모습이 딱

제 모습을 닮았기 때문이다.

　까-악. 까-악.
　까치인가 반갑게 보았던 궁인들의 눈이 휘둥그레졌다.
　울음소리를 듣고 한두 마리 예상했던 것과 달리 수백 마리
는 족히 넘어 보이는 까마귀 떼가 궁궐 지붕을 따라 앉아 있
었기 때문이다.
　"에구머니! 이게 무슨 일이야!"
　"어서 쫓아!"
　붉게 옻칠 된 궁궐 지붕에 행여나 똥이라도 쌀까, 내관들
과 궁녀들이 뛰쳐나와 긴 장대를 휘둘렀다.
　"훠이- 훠이-!"
　푸드드드득.
　까마귀들은 그런 내관들을 비웃기라도 하는 듯, 장대를 피
해 날아올랐다가 아무 일 없었던 듯 다시 자리에 앉았다.
　그리고 조용히 아래를 내려다보았다.
　"뭐, 뭐야, 저 요물들은?"
　"이 일을 어쩌지?"
　그런 일이 몇 번 반복되자 내관들과 궁녀들은 까맣게 자신
들을 내려다보는 눈동자마저 불길하게 느껴졌다.
　숫자가 워낙 많으니 오히려 겁을 집어먹은 것이다.
　고개를 까닥이는 까마귀들의 모습이 그런 그들을 비웃는

듯했다.

그렇게 잠시.

궁인들이 까마귀 떼를 두고 고민하는 사이, 까마귀들은 주인을 기다리는 정예병처럼 그 자리를 지켰다.

그리고 마침내 그들의 주인이 도착했다.

까-악. 까-악.

시끄러운 울음소리와 함께 검은 옷을 입은 근육질의 무사들이 가마를 짊어지고 궁 앞으로 들어왔다.

황제를 제외하고 궁 안에서 가마를 타는 것은 금기시된 일이었지만, 가마가 멈춘 궁이 어디인지 확인한 이들은 모두 모르는 척 고개를 숙였다.

신 제국 궁궐 안 선건궁.

그곳은 일반 사람의 상식에 벗어난 괴물들의 거처가 된 지오래라, 황제마저도 그들에게 법도에 대해 논하지 않았으니 그에 대해 따지는 이는 아무도 없었다.

가마 안에서 길고 검은 손톱이 나왔다.

마치 죽은 사람의 그것처럼 바짝 말라 비틀리고 갈라진 손톱은 값비싼 보석으로 장식되어 있을지언정 결코 아름답지 않았다.

곧 길고 검은 머리카락이 흘러나오고 가마 안에 있던 여인이 모습을 드러내었다.

허리까지 내려온 부스스한 검은 긴 머리와 생기 없이 창백한 피부와는 반대로, 큰 눈과 붉디붉은 입술, 마른 듯 육감적인 몸매를 가진 아름다운 여인이었다.

멀리서 보기엔 처녀 귀신 같았지만, 가까이에서 보자면 잘 만들어진 인형 같달까.

독마제, 독부(獨婦) 은요.

온전하게 살아 있는 팔현성 마제들 중 마지막 한 자리의 주인.

나이 열두 살에 팔려 가듯 시집간 집에서 남편을 비롯해 그 일가를 모두 독살하고 스스로 독부가 된 악녀였다.

까마귀처럼 매섭고 무감한 눈동자가 선건궁 서거전을 살피자, 궁인들이 행여나 눈을 마주칠까 허리를 숙였다.

그때.

서거전 안에서 누군가가 나왔다.

독부 은요가 안에서 나오는 사람을 확인하자, 인간미 하나 없던 얼굴에 화사한 웃음이 걸렸다.

"무진 님!"

은요는 아이처럼 반가운 얼굴로 한달음에 혼현마제에게 달려갔다.

"어찌 나오셨어요? 제가 온다는 걸 아셨나요?"

"도착할 때가 되었다 생각했다."

선건궁 서거전의 지붕에 까마귀들이 잔뜩 앉았는데 모르는 게 더 이상하지 않나.

수오는 저걸 질문이라고 하는 독마제도, 그걸 받아 주는 혼현마제도 이해할 수 없었다.

'저 미친 여자 장단을 받아 주시는 걸 보면, 저 여자가 역천비록을 들고 온 게로군.'

수오가 뭐가 웃긴지 깔깔 웃으며 혼현마제의 팔짱을 끼고 들어가는 은요의 뒷모습을 보며 입술을 삐죽거렸다.

한낮의 유희를 찾는 연인들처럼 다정했던 분위기는 얼마 가지 못했다.

탕!

콰광―!

죽간이 바닥으로 사정없이 버려지고, 죽간이 있던 상자도 바닥에 떨어졌다.

죽간을 읽던 혼현마제가 몇 줄 읽지도 않아 그것을 집어 던지고 상자도 쳐 내 버렸기 때문이다.

"무진 님!"

놀란 은요가 혼현마제를 불렀다.

혼현마제는 파르르 떨리는 눈매를 겨우 참으며 매서운 눈으로 버려진 죽간을 노려보고 있었다.

"……가짜다."

"네?"

"가짜라고! 네가 놈들에게 속았구나!"

낮게 으르렁거리는 울음소리처럼, 혼현마제가 목소리를 죽이고 은요를 질책했다.

크게 소리치는 것보다 억지로 긁어내린 목소리에서 더 큰 분노가 느껴졌다.

독부 은요는 그때까지도 믿을 수 없다는 듯 죽간과 혼현마제를 번갈아 보았다.

하지만 자애롭게 그녀를 마중 나갔던 혼현마제는 이미 싸늘하게 식어 버렸다.

'기사년 병진월 을해일 진시라고? 내가 바꿔 놓은 가짜잖아!'

몇 줄까지 확인할 것도 없었다.

최종 제물에 대해 적어 놓은 생년월일이 혹시 몰라 제가 만들어 둔 가짜였던 것이다.

그 뒤로 적힌 문장들은 제가 만든 가짜조차 제대로 따라하지 못한, 가짜 중에서도 하품이었다. 아마도 자신들을 속이기 위해 만든 급조품이었던 게 분명했다.

'하긴 나도 어디 있는지 모르는 내 역천비록을 제 놈들이 어떻게 알겠어! 이게 진짜인 줄 알고 그럴듯하게 꾸며 우릴 속이려 한 거겠지. 그렇다면 놈들이 진짜라고 가진 것도 결국 내가 만든 가짜일 터! 달라질 것은 없다.'

불처럼 타오르던 혼현마제의 눈빛이 점점 가라앉았다.

진짜 역천비록을 빼돌린 것이라 생각했다가 뒤통수를 맞은 격이었지만, 혼현마제는 금세 평정을 찾았다.

결국 자신의 역천비록은 누구도 찾지 못한 상태인 것이니.

"멍청하게."

혼현마제가 싸늘하게 은요를 내려다보다 교성흑오대를 움직이기 위해 자리를 벗어났다.

혼현마제의 싸늘한 말에 맞아 얼음이 된 듯, 은요는 그가 자신을 지나칠 때까지 꼼짝도 하지 못했다.

'급한 것도 아니니까. 천수현인 그 빌어먹을 놈이 일어나지 않는 이상 당장 누구도 내 진짜 역천비록은 찾지 못하겠지.'

자신은 이미 제갈무진의 육신을 얻었다.

게다가 제 몸을 터뜨려 천수현인에게 복수까지 해 줬으니, 오히려 이렇게 된 것이 잘된 일이 아닌가.

그 누구도 제 비밀에 대해 알지 못할 것을 확인한 셈이니 말이다.

냉정하게 집무실을 나가는 혼현마제의 입가엔 비릿한 웃음마저 걸려 있었다.

그리고…….

"이이…… 아아아아악-! 빌어먹을! 젠장! 빌어먹을! 아아악!"

쾅! 팍. 팍. 팍. 팍!

얼음처럼 굳어 있던 은요는 혼현마제가 나가자마자 주체할 수 없이 폭발한 분노를 터뜨렸다.

"나를 속여! 감히! 이 빌어먹을 개자식들이 감히!"

퍽. 퍽. 퍽.

굽이 높은 신발에, 바닥에 있던 죽간과 상자가 엉망으로 짓밟혔다.

그렇게 분을 풀고서야 독부 은요가 겨우 분을 가라앉히고 숨을 골랐다.

"감히 이 독부를 속여? 하! 확실히 그때 재밌는 게 있었구나! 발칙한!"

낭랑한 코웃음에 독기가 서리고, 새까맣게 어둠으로 물든 눈동자에 살기가 번들거렸다.

다그닥.

망자의 것인 듯 섬뜩한 손톱을 달그락거리던 독부가 조용히 방을 나갔다.

원한을 가진 모든 사람을 끔찍하게 죽였던 악녀가 이 일을 그냥 넘어가지 않을 것이 자명했다.

혼현마제와 독부 은요가 나가고 침묵이 내려앉은 방.

조용히 기둥 뒤에서 수오가 나왔다.

수오는 처음부터 그들의 곁에 있었지만, 두 사람 모두 그의 존재를 전혀 의식하지 않았다.

아니, 무시하고 있었다는 게 옳을까.

그들의 생각이 어떠하든 수오는 그렇게 느끼고 있었다.

그림자처럼 그의 존재를 무시하는 것이 어디 하루 이틀 일이었던가.

수오는 차라리 그게 편하다고 생각했다.

오늘만큼은.

"이게…… 가짜라고?"

수오가 바닥에 널브러진 죽간을 들었다.

'사부는 이게 가짜라는 걸 어떻게 알았지?'

독부 은요의 발길질에 엮어 놓은 실이 끊어지거나 정렬이 흐트러졌지만, 안에 암호를 알아보는 데는 아무 문제가 없었다.

수오는 죽간들을 조용히 챙기고 그 자리를 치웠다.

평소 그가 하던 일이라 아무도 그것을 이상하게 생각하지 않았다.

한수림이 깨어나고, 홍랑대부는 확신했다.

"권마제가 죽고, 수림이가 죽을 위기를 겪었습니다."

"그러나 살았지요."

의선은 운명, 정확히 역술이라는 것에 조금 회의적이었다.

중원에는 깨알처럼 많은 사람이 태어나고 자라는데, 생일과 시가 겹치는 것이 무어 그리 대수냐는 것이다.

하지만 홍랑대부 초산하의 생각은 달랐다.

"생일과 시가 겹치는 사람은 많지만 천문은 다릅니다. 운명을 점칠 때는 그날의 천문이 어디를 향하는가도 중요하지요. 특별한 무언가가 있기에, 놈들도 그것을 알아보았을 겁니다."

"하아, 글쎄요. 그때의 천문이라니, 그걸 계산할 수 있단 말이오?"

"후후후, 하늘의 순리는 제법 이치에 맞게 흐릅니다. 변하지 않기에 순리(順理)라 부르는 것이지요. 이치를 꿰고 있다면 순리에 따라 천문을 계산하는 것도 어렵지는 않습니다. 천문을 읽고 계산하여 이치를 비트는 것이 술법의 본질이랍니다."

홍랑대부의 말에 의선이 순수하게 놀랐다.

그의 생각에 전부 동의하는 것은 아니나, 천문을 계산한다는 자체가 놀라운 일이었다.

그런 의선의 마음을 읽은 홍랑대부 초산하가 가는 눈을 부드럽게 접으며 말했다.

"우연의 일치인지 아닌지, 이 역천비록의 운명이라는 것을 좀 더 확인해 보면 알 수 있지 않겠습니까."

"옳은 말이오. 마침 우리에게 비교할 대상도 있소. 생년,

월, 일, 시를 정확하게 아는 이들이 두 명이나."

홍랑대부 초산하의 말에 의선도 눈을 빛내며 동조했다.

천문을 살펴 비교하는 것은 역천비록 연구에 있어서 의선이 한 번도 시도해 보지 않은 방향이었다.

이 또한 홍랑대부 초산하가 있기에 가능한 일이라, 의선은이 도전을 기회라 생각했다.

그리고 그날.

한수림이 깨어났다는 것이 주요 인물들에게 알려지고.

새로운 도전을 결심한 사람은 또 한 명 있었다.

"제갈가주가요?"

"그래. 사람들의 눈을 피해 찾아와 주길 바란다는구나."

남궁진휘가 전하는 말에 진화가 의외라는 얼굴을 했다.

하지만 곧 진화의 머릿속에 숨소리도 고요하던 방문이 스쳐 갔다.

달빛도 구름에 가린 까만 밤.

진화가 정의맹 담장을 넘었다.

순식간에 전각 지붕을 밟고 정의맹 본관으로 올랐다.

까만 어둠 속에 숨은 기척들이 느껴졌으나 굳이 아는 척을 하진 않았다.

탁.

진화가 열려 있는 창을 통해 총군사의 집무실에 들어갔다.

"⋯⋯자네?"

제갈가주가 깜짝 놀라다 못해 경악한 얼굴로 진화를 보았다.

"혹시 약속 시간이 지났습니까?"

진화는 제갈가주의 반응이 의아했다.

"밖에⋯⋯ 아닐세."

정의맹 본관을 지키는 무사들에게 미리 진화가 방문할 것이라 알려 두었지만, 진화가 이곳까지 오기 전에 그에게 먼저 알려 준 이는 없었다.

진화의 접근을 알아차린 이들이 없었다는 것이다.

'남궁진화가 암살자였다면 난 죽었겠군.'

제갈가주가 떨떠름한 얼굴로 진화에게 자리를 권했다.

그러면서 밖에서 자신처럼 놀라고 있을 무사들을 은근히 째려보았다.

제갈가주가 맞은편에 앉은 진화를 보았다.

은은한 촛불 아래 담담한 얼굴이 제갈가주가 보기에도 천상화에 뒤지지 않았다.

'운이 좋은 양자라 생각했는데, 운이 나빴던 황자님이었다

라…… 어느 쪽이든 남궁세가가 큰 행운을 잡았군.'

속은 쓰리지만 이제는 씁쓸하게나마 웃으며 말할 수 있었다.

사실 오늘 일도 정의맹 본관을 지키는 무사들을 탓할 수 없었다.

나이를 떠나 경지를 넘어선 무인.

심지어 다른 사람의 몸속에 스며든 독기를 태울 수 있는 무인이라니.

그의 성공을 귀로 듣고도 경악을 금치 못했다.

'……완벽한 패배로군.'

홀로 남궁세가를 이기기 위해 고군분투했던 제갈가주는 그렇게 홀로 패배를 인정했다.

제갈세가는 혼현마제로 인해 가문의 평판이 흔들리는 것은 간신히 막았으나, 가문의 무력에 심각한 타격을 받았다.

이로써 황제의 은인까지 되어 승승장구하는 남궁세가를 따라잡기란 요원한 일이 된 것이다.

다만 제갈가주는 자식들의 실패에 대해서만큼은 혼현마제의 탓으로 돌리지 않았다.

사람들은 제갈세가의 자식들이 혼현마제의 계략에 빠져 망가졌다고 했지만, 제갈가주는 그것이 아니란 걸 알고 있었다.

제갈후현은 세가의 기대를 배경 삼아 오만하고 이기적이었고, 제갈용성은 비뚤어진 복수심에 혼현마제가 아닌 누구의 손이라도 잡았을 것이었다. 제갈소현은 명가의 직계로 살아남기엔 너무 어리석었으며, 제갈지현은 능력보다 큰 야심으로 인해 잘못된 선택을 했다.

반면, 집안의 기대를 한 몸에 받는 부담감을 짊어지고도 남궁진휘는 훌륭하게 저를 보좌하고 있었고, 오빠와 비슷한 능력을 가졌다는 평가를 받으면서도 남궁진혜는 많은 것을 욕심내지 않았다.

게다가 누구보다 차별받는 위치에 있었던 남궁진화는 스스로 절대고수가 되어 보였다.

제갈가주는 비슷한 환경을 제공하고도 이런 차이가 났다면 그 차이는 바로 자신의 방식에서 기인한 것이라 판단했다.

가문과, 귀천성과의 전쟁에 인생의 모든 것을 걸었기에 그 절반의 실패는 뼈아플 수밖에 없었다.

그러나 제갈가주는 한번 실패했다고 주저앉을 정도로 무른 사람이 아니었다.

"부탁이 있어 보자고 했네."

"말씀하십시오."

제갈가주의 말에 진화가 기다렸다는 듯 담담하게 고개를 끄덕였다.

그 모습에 제갈가주는 진화가 모든 상황을 짐작하고 있음을 눈치챘다.

'영리하기까지 하군. 하긴 깨달음의 벽을 넘어선 사람의

사고가 부족할 리 없지.'

제갈가주가 조용히 고개를 끄덕였다.

"먼저 한수림을 치료했다는 것을 들었네. 정의맹을 대표해서 감사하네."

"대의 같은 거창한 의도가 아니라, 제 작은 인연을 위해 한 일이었습니다."

"하나 결과적으로 대의를 가지게 되었지. 무림의 감사를 받을 자격이 있네."

제갈가주의 말에 진화는 겉으로 티내지 않았지만 내심 놀라는 중이었다.

제갈가주가 남궁진휘와 군사부에서도 잘 지내고 있다는 이야기도 들었다.

하지만 그가 이렇게 솔직하게 자신을 칭찬해 주는 것은 전혀 생각지 못한 일이었다.

'제갈세가 가주, 현우수사 제갈성진. 지독하고 집요한 대의의 설계자…… 그런데 전혀 아파 보이지 않는데?'

진화는 제갈가주의 솔직한 인정에 놀라는 한편, 머릿속으로 다른 것을 떠올렸다.

현재 제갈가주는 몹시 신중하면서도 합리적인 방향으로 정의맹을 이끌고 있었다.

어떤 사심이나 계산 없이, 최소한의 희생으로 귀천성과의 본격적인 전쟁에 대비하고 있었던 것이다.

진화는 이런 제갈가주가 물러나고 어떤 일이 벌어졌는지 알고 있었다.

제갈가주 대신 제갈지현이 전면에 나섰다.

제갈지현이 권력을 잡고 나선 정의맹의 방향이 달라졌다.

제갈지현은 남궁세가를 비롯한 중소 문파의 희생을 발판으로 정주와 낙양에 모든 전력을 집중시켰고, 결론적으로 정파 무림은 사패천보다 쪼그라들었던 것이다.

'제갈세가는 지금보다 더 커졌지…… 현재 제갈후현이 죽진 않았지만 몹시 실망스러운 상황일 텐데 제갈가주는 그런 기색을 비치지 않는다. 심지어 안색도 밝고 눈빛엔 정광이 또렷하다. 이런 사람이 이전 생엔 자식의 죽음으로 심병을 얻어 죽었다고? 제갈지현에게 뒤를 맡기고?'

진화의 심경이 복잡해졌다.

한 가지 확실한 것은 남궁세가, 나아가 정도 무림 전체를 위해서 제갈지현보다 지금의 제갈가주가 정의맹을 이끌어 가는 것이 훨씬 나아 보인다는 사실이다.

"한수림의 옆방에 누워 계신 분이 누구인지 알고 있나?"

"예. 총군사의 부친이신 것으로 알고 있습니다."

"한수림 소공자와 같은 이유로 벌써 수십 년째 누워 계시지."

제갈가주의 말투에서 조금 지친 기색이 느껴졌다.

하지만 제갈가주는 처음부터 지금까지 담담하고 단호해

보이는 표정을 유지했다.

"자네에게 부탁할 것은 천수현인 제갈길현을 같은 방식으로 치료해 달라는 것이네, 지금처럼 누구도 모르게."

부탁하는 사람의 태도가 사뭇 당당해 보이기까지 했다.

"자네가 짐작할지 모르나, 한수림과는 위험부담의 차원이 다를 것이네."

아니면 협박이었던가.

"한수림의 치료를 실패했다면 정사 연합에 악영향을 끼쳤을 것이네. 하나 딱 그 정도네. 하지만 천수현인 제갈길현은 정도 무림의 승리의 상징과 같네. 그의 죽음은 정도 무림 전체의 사기를 크게 깎아내릴 것이네. 아직 내 명성과 신뢰가 아버님에 미칠 정도는 아니거든."

냉정하지만 정확한 현실 파악이었다.

그래서 진화 또한 부담 없이 냉정하게 답했다.

"그렇다면 현 상태를 유지하는 것이 나을 수 있지 않습니까? 위험하게 시도했다가 실패하는 것보다 깨어나지 못하더라도 생존해 있는 게 중요하니까요."

진화의 말에 제갈가주도 동의했다.

자신도 그렇게 생각했었으니까.

하지만 상황이 달라졌다.

"상황이 어렵게 되었네. 내 부친께서 이제 더 이상 버틸 수 없는 지경이 되셨거든."

제갈가주가 처음처럼, 담담하게 말했다.

"단전까지 독기가 침범하고 있네. 단전이 부서지면 독기를 막고 있던 기운도 사라질 테지. 그 전에 치료를 시도라도 해 보려는 것이네."

"……"

"모든 책임은 내가 지겠네. 성공한다고 해도 지금처럼 무림에 알려질 일은 없을 걸세. 귀천성 놈들이 노릴 수 있으니까. 하지만 만약 돌아가신다 해도, 자네 이름은 털끝 하나 언급되지 않을 것이네. 내 모든 모략을 동원해서 얼마든지 놈들의 음모에 장렬하게 전사하신 것을 꾸며 주지."

제갈가주의 단호한 말에 진화는 저도 모르게 입을 벌렸다.

입꼬리가 움찔거리는 것을 겨우 참았다.

진화가 황당한 눈으로 제갈가주를 보았지만 달라진 것은 없었다.

제갈가주는 여전히 당당할 정도로 단호했다.

"부친이 살아나신다면 제갈세가의 은인으로 모시겠네. 또한 독마제가 뿌리는 미증의 독에 대한 유일한 해결사로, 어쩌면 십이좌회에 최연소로 이름을 올릴 수도 있을 것이네. 정의맹의 이름으로 추천해 줄 수도 있네."

"그런 건 바라지 않습니다."

진화가 단호하게 거절했다.

진화의 말에 제갈가주가 약간, 아주 약간 아쉬운 표정을 짓는 것이, 진화는 거절하길 잘했다는 생각이 들었다.

하지만 제갈가주가 앞으로도 정의맹을 이끌어 가고 천수현인이 깨어나 그와 좋은 관계를 이어 갈 수 있다면, 분명 남궁세가와 앞으로 있을 전쟁에 좋은 일이었다.

"단전까지 독기가 침범하고 있다면, 독기를 태우다가 자칫 단전이 상할 수도 있습니다."

"괜찮네."

진화의 말이 떨어지기 무섭게 제갈가주가 답했다.

이번에는 진화가 놀란 눈을 감추지 못하고 제갈가주를 볼 정도였다.

"단전이 무인에게 생명보다 중요하다지만, 부친은 그럴 정도의 무인은 아니셨으니까. 어차피 지금도 수십 년째 누워만 계셨는데, 전력에 도움이 될 거란 기대는 눈곱만큼도 하지 않네."

기가 막힐 정도로 솔직하고 냉정한 말.

제갈가주가 실은 이런 성품이었던가.

"이제 와 그분이 필요할 정도로 어설프게 정의맹을 이끌지도 않았네. 그저…… 살아 있는 천수현인 제갈길현을 원할 뿐이네. 부탁하지."

자신감 가득한 눈빛과 그래서 더 당당하게 부탁하는 태도.

'큰일이군.'

진화는 어쩐지 제갈가주가 마음에 들 것 같았다.

"최대한 노력하겠습니다."

"최선을 다해 숨겨 주겠네."

마지막까지 진화의 부담을 덜어 주는 제갈가주의 말에, 진화는 슬쩍 입꼬리가 올라가려는 것을 겨우 내려앉혔다.

🪷

신 제국 선건궁.

새로운 귀천성이 된 그곳에 복귀한 독마제, 독부 은요가 역천마제를 향해 몸을 굽혔다.

"주군을 뵙습니다."

"오랜만이구나."

역천마제는 늘 그렇게 자애로운 태도로 독부를 반겼다.

"놈들에게서 역천비록을 빼앗아 왔다고?"

"별일 아니었어요."

"허허허, 무진이 네게 신세를 졌구나."

역천마제가 아무렇지 않게 하는 말에 은요의 눈동자가 커졌다.

하지만 곧 아무렇지 않게 웃으며 수줍은 척 고개를 숙였다.

"벼, 별말씀을요."

"비록을 받고 고맙다는 말은 했습니다."

"허허허! 무진에게 감사 인사를 받는 사람도 다 있군."

혼현마제가 아무렇지 않게 끼어들고, 역천마제가 웃으면서 상황이 지나가는 듯했다.

하지만 독부 은요와 혼현마제의 머릿속은 복잡했다.

'혼현마제의 비록이라는 건 말한 적이 없는데? 어떻게 알았지?'

'대체 어디까지 아는 거지?'

심장이 크게 뛸 정도로 불안해졌다.

역천마제는 실패나 패배에 너그러운 주인이 아니었다.

더욱이 그것을 탓하지 않는다는 것이 더 위험했다.

그의 속을 알 수 없었기 때문이다.

어쨌든 지금은 아무렇지 않게 넘어가야 했다.

독부 은요와 혼현마제는 능숙하게 복잡한 머릿속을 숨기고 서로 눈도 마주치지 않은 채 자리로 갔다.

"우리에게 있는 역천비록은 어떻게 되지?"

"주군의 것은 이미 제 머릿속에 있고, 제물의 위치도 알고 있습니다. 다만……."

"현재는 내 육체를 회복시키는 것이 낫다."

"광마제의 것이 가장 급하지만……."

"광마제는 늘 스스로 하지."

혼현마제가 슬쩍 광마제를 보자, 역천마제가 나서서 화제를 끊었다.

"광마제를 제외하고 주군의 것과 권마제, 검마제와 독마제, 환마제의 것이 정의맹에 있고, 제 것과 혈마제, 소리마제의 것은 우리 쪽에서 확보 중입니다. 다만, 검마제와 독마제는 이미 젊고 건강한 육체를 가졌고, 환마제는 새로운 역할에 잘 적응 중입니다. 앞으로 힘의 보충이 있다면 별문제 없을 것입니다. 이대로 정의맹의 헛수고를 지켜봐도 나쁠 것 없지요."

혼현마제의 말끝에 싸늘한 비소가 걸렸다.

검마제와 독마제, 환마제에게 필요한 건 시간과 힘이지 새로운 육체가 아니니, 정의맹이 가진 그것들은 전혀 급할 것이 없었기 때문이다.

"소리마제의 자리는 혈사문주에게 영입을 권유 중이나 사실, 암림혈귀갑만 완성된다며 누구에게 그 자리를 주든 상관없지요."

감히 귀천성의 제안을 계산하고 있는 혈사문은 곧 그 대가를 치르게 할 예정이었다.

이미 한번 만들어 보았던 암림혈귀갑이었다.

충분한 혈정만 모을 수 있다면, 새로 만든 암림혈귀갑이 다섯 살짜리 꼬마도 살인자로 만들어 줄 것이었다.

"권마제는 자리를 비워 두기로 했습니다. 남궁금영 또한 상황을 지켜보기 위해 당분간 살려 둘 생각입니다."

혼현마제는 당연하게도 한수림에 대해서는 어떤 언급도

하지 않았다.

"우리에게 필요한 건 충분히 무르익을 시간뿐입니다."

혼현마제가 허리를 숙이며 답했다.

공손하고 충성스러운 태도 너머로 충만한 자신감이 느껴졌다.

그에 역천마제 또한 만족스러운 미소를 지었다.

"무진, 시간을 가져올 계획이 있겠지?"

역천마제가 혼현마제를 재촉했다.

역천마제는 모두에게 공평하게 흐르는 시간조차 당연하게 받아들이지 않았다.

혼현마제 또한 그런 역천마제의 태도를 예상한 듯 답했다.

"독부가 하후대장군부에 독을 풀어 놓았습니다. 당분간은 움직이지 못할 것입니다."

"황제는?"

"신 제국의 황제는 아직 시간이 필요하다고 합니다."

"또 '시간'이군."

혼현마제의 대답에 역천마제의 눈빛이 서늘하게 가라앉았다.

"몇몇 신료들의 협조가 늦다고 하는군요. 조만간 군사들이 모아지는 대로 신료들을 정리하겠습니다."

"황제는?"

"그는 아직 자리에 앉아 있을 필요가 있어서요. 당분간만

참아 주시지요."

혼현마제가 비릿하게 웃으며 사정하듯 말했다.

역천마제 또한 실소를 흘리며 고개를 끄덕였다.

역천마제와 혼현마제는 가벼운 대화로 황제의 목숨을 연장했다.

억지로 비집고 들어온 황궁에서 주인을 내쫓겠다는 말을 아무렇지 않게 하면서도 당연하다는 듯한 태도였다.

하지만 놀라운 것은, 다른 마제들은 그렇다 쳐도 궁인들마저 아무 동요가 없다는 사실이다.

궁인들은 아무것도 듣지 못한 사람들처럼 자신들의 일에만 집중했다.

애초에 역심을 바탕으로 시작된 신생 제국이었다.

급조된 제국의 궁인들에게 목숨보다 귀한 충성심이 있을 리 없었으니.

신 제국 궁궐은 이미 거대한 제국의 권위보다 눈앞의 공포에 지배당한 지 오래였던 것이다.

"다행히 환마제의 준비가 끝났습니다."

"호오, 성취가 빠르구나."

"소소하게 민란부터 시작해서 뿌리부터 한 제국을 흔들 것입니다. 그러고 나서 대대적으로 군사를 일으키고, 우리 귀천성이 움직인다면…… 제국과 무림은 서로를 도울 생각도 못 하고 무너져 내릴 것입니다."

"뿌리부터라⋯⋯."

"사방에서 뿌려 대는 피가 우리에게 시간을 가져올 것입니다."

혼현마제의 눈빛이 음흉한 야심으로 번들거리고, 선건궁에서부터 짙은 혈향이 밖으로 퍼지기 시작했다.

"빌어먹을 세상, 다 죽어 버려라!"

"와아아아아————!"

허름한 옷, 아니 거의 헐벗고 굶주린 사람들이 저마다 몽둥이나 농기구, 돌을 주워 들고 호족들의 집을 덮쳤다.

"이, 이놈들이 미쳤구나! 막아라! 전부 막아!"

퉁퉁한 풍채에 귀한 비단을 걸친 사내가 막무가내로 소리쳤지만, 그의 하인들조차 탐욕스러운 눈으로 그의 주변을 에워쌌다.

파악–!

"으악! 무, 무슨 짓이냐? 하지 마! 살려 다오!"

"죽어! 이 돼지 새끼야––!"

눈앞에 아무것도 보이는 것이 없는 사람처럼 이를 악물고 몽둥이를 내리쳤다.

처음에는 두려웠지만 한 번, 두 번.

퍽! 퍽! 퍽!

"사, 살려……."

퍼—억!

피가 튀고 살이 곤죽이 되며 감각이 무뎌졌다.

혈향이 짙어지면서, 점점 공포심도 마비된 듯했다.

겁을 먹었던 사람들의 얼굴이 점점 탐욕스럽고 잔인하게 변해 갔다.

사람을 죽이는 것조차 짐승을 잡는 것처럼 아무렇지 않게 되어 버렸다.

"이게 바로 천벌이다—!"

"하늘의 벌이다! 네놈들도 대가를 내놓으란 말이야!"

"우아아아아———!"

점점 커진 목소리는 힘을 얻고, 사람들은 두려움을 잊고 호족들의 집은 물론 관에까지 쳐들어갔다.

"죽어라!"

"저놈들을 죽여라!"

서로가 서로를 향해 잔인하게 외쳤다.

그리고 피가 튀고 살이 터져 나가며, 수많은 사람들이 죽었다.

잃은 것이 없었던 약자들은 더 많은 것을 채우기 위해 상대를 죽여 갔고, 한 번도 당해 본 적 없던 이들은 당황 속에서 죽어 가거나 겁을 먹고 뒤로 물러섰다.

그렇게 시작된 민란이 결국 황도에도 전해졌다.

한 제국 조정.

탕——!

"한중의 민란이 극심해져서 군문을 흔들 정도다. 한데 왜
이에 대해 아무 대책을 내놓지 않는 것인가!"

"신 정위 상복 아룁니다. 신 제국이 군사를 움직여 한중군
이 이를 경계하는 사이에 황망하게도 신 제국과 본 제국의
경계에서 빚어진 일입니다."

"경계?"

"아뢰기 망극하오나 역적들의 제 소유를 주장하는 곳이라
관리의 힘이 미약하고 호족들은 근처 귀천성 세력과 합세한
바, 이 민란을 신 제국이 조장한 것이 아니라면 교묘하게 이
용하고 있는 것이 틀림없사옵니다."

정위 상복은 총명하고 결단력이 좋아 황제가 신임하는 신
하였다.

특히 황제가 그의 장점으로 꼽는 것은 상황의 전후를 파악
하는 통찰력이었다.

이번에도 무림에서 들어온 정보를 알고 있는 황제로서는
아무것도 모르는 상황에서 이만큼 추측해 낸 상 정위의 능력

에 내심 감탄을 금치 못했다.

"하면 상 정위의 생각은 무엇인가?"

"소신의 생각에 이번 민란은 길게 이어질수록 역도들의 조정에 이를 이용하고자 할 가능성이 큽니다. 하니 군을 파견하여 조속히 이를 마무리하는 것이 옳을 듯합니다. 통촉하여 주시옵소서!"

"다른 이들도 상 정위의 생각에 동의하는가?"

"신 복신사마 맹경 아뢰옵니다. 역도 조정의 군대 움직임을 보자면 곧 한중을 노리고 있는 것이 명백한 바, 상 정위의 생각이 백번 옳다 사료되옵니다. 통촉하여 주시옵소서!"

"통촉하여 주시옵소서!"

군부에서 명망이 높은 노장군 맹경까지 동의하자, 신하들이 다 함께 황제에게 주청을 올렸다.

황제는 상대를 신 제국으로만 좁히고 은근히 무림을 무시하고 있는 신하들의 좁은 시야가 아쉬웠지만, 상황 판단이 나쁘지 않았다는 데에 만족했다.

"민란을 다스리는 데에 누가 적합하겠는가?"

황제의 물음에 젊은 장수들이 너 나 할 것 없이 앞으로 나섰다.

이미 인정받고 있는 장군들은 제압하기 쉬운 민란으로는 크게 공을 인정받기 힘들었기에 뒤로 물러났다.

오히려 개중에는 은근히 자신들의 수하를 밀면서 그들의

공을 챙겨 주려는 이들이 더 많았을 정도였다.

결국 젊은 장수들을 두고 군부에서 옥신각신 나서는 그때.

"신 태자 한유강 아뢰옵니다."

갑자기 황태자가 나섰다.

대전 안에 순간 고요한 적막이 흘렀다.

황태자에 대한 평가는 둘로 갈렸다.

하나는 황제를 전혀 닮지 않은 작고 마른 체격에 무예 수련을 멀리하고, 예민하고 신경질적이라는 평가. 다른 하나는 학문에 관심이 많아 학자들을 가까이하며, 세심하고 완벽주의적인 성향이라는 평가.

하지만 상반된 평가에도 한 가지 공통점은 있었다.

바로 황태자가 군사적으로는 재능이 없다는 것.

그런데 그런 황태자가 스스로 민란을 제압하겠다고 나선 것이다.

"호오, 태자가?"

황제가 흥미롭다는 듯 보았다.

황제 또한 세간의 평가를 모르지 않았다.

어쩌면 더 많은 것을 알고 있을지도 몰랐다.

"소자 이제 약관을 넘겼습니다. 제국에 도움이 될 만한 일을 하기에 적당한 때가 아닌가 싶습니다."

"허!"

황제의 입가에 웃음이 맺혔다.

황제의 반응에 황태자가 용기를 얻어 말을 이었다.

"또한 황궁에만 있으면 세상에 대한 소견이 좁아질 수 있으니, 이참에 백성들의 삶과 넓은 세상을 경험하고자 합니다. 폐하, 통촉하여 주시옵소서! 소자, 반드시 어리석은 백성들을 벌하고 돌아오겠나이다!"

황태자 한유강의 말에 신료들이 뒤로 빠졌다.

젊고 경험 없는 황태자가 안전하게 경험을 쌓기에 민란은 좋은 소재가 된다고 생각했기에, 누구도 그를 막아설 명분이 없었다.

신료들이 모두 찬성하는 기색이자, 황제도 고개를 끄덕였다.

"좌장군 표서량."

"예, 폐하."

"그대가 표기군을 이끌고 황태자를 보필하라."

"명을 받듭니다, 폐하!"

"무운을 바라지. 황태자도 무사히 돌아오라. 이만 조정을 파한다!"

"황제 폐하, 만세 만세 만만세!"

어전 회의가 끝나고 황제가 자리를 뜨자, 신료들도 삼삼오오 뭉쳐서 밖으로 나갔다.

화제야 한 가지였다.

갑자기 황태자가 나선 데에는 무슨 이유가 있을까.

심심치 않게 적통 황자 한진화에 대한 말이 나오면서, 대전에 남아 있는 황태자의 얼굴이 사납게 굳어 갔다.

"다들 없는 놈에 대해 떠들어 대는군요."

"말 그대로 없는 이입니다. 동궁으로 가서 앞으로의 일에 대해 이야기를 나누시지요."

좌장군이 여유롭게 황태자를 달랬다.

그런 좌장군의 권유에 마지못해 나가면서 황태자의 눈은 마지막으로 비어 있는 용상을 향했다.

'공을 세울 것입니다. 부황께서 그놈은 생각하지 못할 정도로 완벽하게 공을 세울 것입니다!'

황태자가 입술을 앙다물고 밖으로 나갔다.

그리고 남아 있던 황제의 눈들은 끝까지 사람들을 좇았다.

"좌장군과 동군전으로 갔다고?"

내관의 말에 황제가 슬쩍 입꼬리를 올렸다.

"겁 많은 놈이 왜 욕심을 내나 했더니, 좌장군이 부추긴 모양이군."

황제는 오늘 황태자가 나선 것에 대해 겨우 그 정도 평가를 내렸을 뿐이었다.

사뭇 박한 평가에 태사 조위례가 쓴웃음을 삼켰다.

"그렇게 매정하게 구시니 자꾸 엇나가시는 겁니다."

"흥, 그렇게 엇나갈 것이라면 나는 비뚤어졌어도 한참 삐

뚫어졌어야지요."

황제가 조 태사의 말에 코웃음을 쳤다.

조 태사는 황제의 말에 시원하게 웃었다.

"허허허, 재밌는 말씀이로군요. 폐하에 대한 제 평가가 박했다는 겁니까?"

"아니오?"

"이런, 그게 제 탓이로군요, 폐하께서 이리 비뚤어지신 것이."

조 태사는 자신이 박했다는 것을 받아들임으로써 자연스럽게 황제를 비뚤어진 제자로 만들었다.

그런 조 태사의 능청스러움에 황제도 웃음을 터뜨리고 말았다.

"하하하, 태사 덕에 내가 이리 웃습니다."

"다행이군요."

"요즘은 웃을 일이 많습니다. 황후도 기운을 차려 가고, 태사께서 황궁 출입도 해 주시고 또…… 벼르고 있었던 버러지들도 꿈틀거려 주니 말입니다."

황제의 눈빛이 차갑게 내려앉았다.

조 태사는 황제가 들고 있던 문건이 구겨지는 것을 보며 잠깐 눈을 감았다.

깜깜한 평온 속에 코끝으로 혈향이 느껴지는 듯했다.

'또 피바람을 불겠구나.'

황제는 배부른 범이었다.

범은 배가 고플 때도 사냥을 하지만, 그저 눈에 거슬려도 물어 죽인다.

"사례교위에게 좌장군의 주변을 살피라 하십시오."

"저는 은퇴한 태사 나부랭이지, 종정이 아닌데요."

호가호위하던 여우도 은퇴하면 겁나는 것이 없는 법이었다.

황제가 태연하게 차를 홀짝이는 조 태사를 노려본 뒤, 옆에서 웃음을 참고 있던 태감에게 말했다.

"……사례교위 들라 전하라."

"예, 폐하."

태감이 결국 웃음을 터뜨리며 나갔다.

"우리 황자님은 소식이 있습니까? 그분이야말로 참으로 매정하지 않습니까."

말은 그렇게 하면서도 조 태사의 얼굴에 화사한 온풍이 불었다.

그것은 황제 또한 마찬가지였다.

"남궁세가에서 꼬박꼬박 보내옵니다. 의무적이긴 하지만 본인도 가끔 전서를 보내는데……."

황제가 말을 멈추고, 조금 난감한 얼굴로 무언가를 꺼냈다.

옥함에 고이 보관한 전서인데 그것을 받아 든 조 태사의 얼굴이 뻣뻣하게 굳었다.

"흐음……."

조 태사의 신음에 황제가 껄껄 웃음을 터뜨렸다.

"어릴 때와 글씨체가 전혀 변하지 않았다는군요. 황후가 귀엽다며 즐거워합니다."

황제의 말에 조 태사도 마지못해 웃고 말았다.

"이번에 오신다면 단단히 가르쳐 드려야겠습니다."

조 태사는 이 대째 황실의 스승이 되기로 마음먹었다.

진화는 결국 제갈길현의 앞에 섰다.

한수림과 달리 까맣게 죽은 안색과 눈 밑이 움푹 꺼지도록 마른 몸체.

비단 금침과 밑에 있는 좌활백설옥이 가득한 방이 무색하도록 병색이 완연했다.

그가 한때는 무림을 좌지우지했던 십이좌회 일인이었다는 것이 믿어지지 않을 정도로 초라한 행색이었다.

하지만 그보다 더 심각한 것은 제갈길현이 몸속이었다.

"단전에 독기가 섞여들었습니다. 최대한 단전을 건드리지 않아 보겠지만……."

무인에게 단전을 잃는 건 죽음과 비견되는 일이었다.

단전에는 평생이 담겨 있었다.

무인으로서의 내공, 치열한 고민, 심상, 깨달음, 목숨을 건 세월.

막상 그런 상황 앞에 놓이자 진화는 조금 흔들렸다.

하지만 옆을 보자 제갈가주가 단호한 눈빛으로 진화를 재촉하고 있었다.

"……시작하겠습니다."

진화의 손에 뇌전이 번뜩이고, 그대로 제갈길현의 팔을 향해 손을 뻗었다.

진화는 제갈길현의 팔을 통해 말초에 있는 독기를 태우고 곧바로 뇌를 침범하려는 독기부터 막았다.

'아버지의 단전이 부서지는 건 괜찮지만 멍청해지는 건 조금 곤란하긴 하군.'

농담인지 진담인지 모를 제갈가주의 말을 떠올리며 천천히, 제갈길현의 내기에 섞여 들어가 검은 독기를 태웠다.

그리고 제일 마지막.

'천수현인 제갈길현의 정수인가.'

단단하게 뭉쳐진 그릇.

거대한 연못 같기도 하고 호수 같기도 했다.

잔잔하고 평온하며 청명한, 무인 제갈길현이 쌓아 놓은 단전이었다.

검은 독기가 넘실거리는 중에도 물결처럼 출렁이면서도

단단하게 버티는 그것을 보며, 진화는 무림에서 가장 위대한 현인이라 불린 천수현인의 진수를 보았다 생각했다.

하지만 안타깝게도 검게 물들어 탁해진 겉을 없애기 위해서도 제갈길현의 호수를 흔들 수밖에 없었다.

'일단 제 잘못은 아닙니다.'

진화는 과감하게 뇌전을 뿜었다.

타닷!

"끄으……!"

덜덜덜덜덜-!

수십 년 동안 숨 한번 크게 쉰 일이 없던 제갈길현이 신음을 내며 온몸을 달달 떨 정도로 괴로워했다.

의선이 놀라 제갈가주와 진화를 보았다.

홍랑대부 초산하가 부적을 태우고 향의 개수를 늘렸다.

의선의 손도 부지런히 금침을 꽂았다.

방에서 담담하게 있는 이는, 아무것도 모르는 진화와 제갈가주뿐이었다.

그렇게 이틀이 지났다.

제갈길현의 치료에는 꼬박 이틀이 걸렸다.

단 한순간도 쉬지 않고, 숨 한번 크게 쉬지 않고 그 상태 그대로.

다만 한수림과 달리 천수현인 제갈길현은 곧바로 정신을 차렸다.

"이런 쓰불······."

깨자마자 걸쭉한 욕지거리를 뱉는 것도 한수림과는 달랐다.

"깨셨습니까?"

"······호로 새끼냐?"

담담하게 묻는 제갈가주도 놀라웠지만, 밑도 끝도 없는 욕설로 자신의 상태를 묻는 제갈길현의 말엔 진화는 물론 의선과 홍랑대부조차 경악을 금치 못했다.

"단전이 완전히 부서진 건 아니랍니다."

제갈가주에게는 매우 익숙한 모습이었다.

"쓰불. ······더럽게 아프네."

제갈길현이 신음을 내며 불평했다.

그저 살아 있는 아버지를 보고 싶을 뿐이라던 효심 넘치는 아들과 무림에서 가장 위대한 현자라 불리는 아버지의 감동적인 재회 따윈 어디에도 없었다.

물론 진화와 의선, 홍랑대부가 상상하던 무림의 현인, 천수현인의 모습 역시 어디에도 없었다.

그들은 어쩐지 열심히 치료해 주고도 눈치를 봐야만 했다.

그때.

"병신처럼 누워 있었지만 귀는 뚫려 있었다. 네가 광마제의 최종 제물이었다고?"

제갈길현의 눈이 진화에게 향했다.

"네 운명 또한 역천마제의 심장에 닿아 있겠구나."

제갈길현이 진화를 향해 사납게 웃었다.

독기는 없어졌지만 고통스러운 치료를 겪으며 제갈길현의 행색은 이전보다 망가졌다.

하지만 그럼에도 불구하고 두 눈 가득 헌헌하게 빛나는 현기가 칼날처럼 뿜어져 나오자 모두가 압도당하여 아무 말도 할 수 없었다.

말을 탄 장수들과 깃발을 든 기수, 긴 창을 들고 등에 도끼를 맨 병사들이 줄지어 길을 지나갔다.

백성들은 몸을 숨기고 두려운 눈으로 그들을 지켜보았다.

그들은 집으로 들어가지도 않았다.

멀쩡한 군대가 약탈자로 돌변해서 마을과 집을 쑥대밭으로 만든 적이 한두 번이 아니었기 때문이다.

한 제국과 신 제국이 치열하게 싸울 때는 하루에도 몇 번씩 한 제국군과 신 제국군이 마을로 쳐들어와 사람들을 죽였었다.

그나마 완전히 한 제국으로 합병되면서 그런 일도 줄었지만, 그때의 공포는 여전히 백성들 속에 남아 있었던 것이다.

그때.

히이이이잉───!

군사들 사이로 새하얀 백마가 투레질을 하며 걸어 나왔다.

백마를 탄 사람은 멀리서 보기에도 번쩍번쩍 빛이 나는 황금 갑주를 입고 있었다.

백성들의 눈이 커졌다.

그간 많은 군대를 보았지만 백마를 타고 황금 갑주를 입은 사람은 처음이었다.

황태자에겐 사실상 처음 나와 보는 바깥세상이었다.

가끔 제례 행사를 치르러 밖을 나가며 낙양 저자의 사람들은 본 적이 있었다.

황궁의 삶과는 비교할 수 없겠지만, 황태자가 보기엔 가난하긴 해도 시끌벅적 활기차 보였었다.

하지만 낙양은 중원에서 손에 꼽히는 큰 도시로, 한 제국의 황도가 되고 난 뒤에는 넘쳐 나는 물자와 인재로 전성기를 맞이한 곳이었다.

결핍이라곤 없는 도시에 사는 백성들의 삶이 전쟁으로 피폐해진 산촌에 사는 백성의 삶과 같을 수 없었다.

한중군을 넘어 경계에 사는 백성들은 한여름에도 당장 내일 먹을 것을 걱정해야 하는 삶이었다.

잠은 당장 몸만 뉘면 족한 움집에서, 입는 것은 다 헤어져서 형태만 겨우 알아볼 법한 걸레 조각이었으니. 당장 이 군대가 빠져나가고 나면 산으로 흩어져 아직 익지도 않은 열매들을 털러 나가야 할 것이었다.

"더럽군."

황태자는 숨어 있는 백성들을 향해 인상을 찌푸렸다.

가난함과 고된 삶이 그대로 드러나는 백성들의 행색이 그저 구역질 날 정도로 더러워 보이는 듯했다.

실제로 황태자는 새까만 쥐 새끼처럼 숨어서 이곳을 관찰하는 백성들의 시선이 불편하고 짜증스러웠다.

"저들도 우리 한 제국의 백성들인가요?"

황태자의 질문에 좌장군 표서량이 시선을 흘렸다.

고개를 돌릴 가치조차 없다는 듯 냉랭한 시선으로 그들을 확인한 좌장군은 금세 시선을 앞으로 가져왔다.

"신경 쓰지 마십시오. 군에 들어가지 못하고 흩어져서 사는 짐승 같은 자들입니다."

"아, 하지만……."

"전하."

낮은 목소리, 하지만 단호한 어조.

감히 황태자의 말을 자르는 것을 넘어 좌장군 표서량은 지그시 쳐다보는 것만으로 황태자의 말문을 막았다.

잠시.

황태자에게 충분히 놀라고, 충분히 겁먹을 시간을 주었다.

그러고 나서 천천히 황태자를 달래듯 자애로운 표정으로

입을 열었다.

"제가 누누이 말씀드리지 않았습니까. 숲을 보는 건 황좌에 오른 다음에 해도 상관없다고. 지금은 쓸데없는 곳까지 신경 쓰지 마세요."

"아, 예, 외숙."

황태자가 금방 주눅이 든 얼굴로 고개를 끄덕였다.

이후 황태자는 백성들에게 시선을 돌리지 않고 고개를 빳빳하게 고정한 채 군대의 선두에 섰다.

애초에 황태자가 이번 민란 진압에 나선 것도 백성에게 보이기 위해서가 아니라, 뒤를 따르는 군인들에게 선두에 선 모습을 보여 주기 위한 것이었으니 말이다.

마침내 황태자와 표기군은 흑군을 앞에 두고 있었다.

흑군은 검은 산에 있는 마을이라는 의미로, 하나의 군으로 묶여 있지만 첩첩산중 곳곳에 작은 마을들이 흩어져 있었다.

산세가 시작되는 시점부터 이미 마을 세 곳이 폐허가 된 것을 보았고, 지금의 마을도 사정은 그리 나아 보이지 않았다.

잔뜩 겁을 먹은 것인지 마을 사람들은 집 안에서 웅크리고 나올 생각도 하지 않았다.

허리가 굽어 고개를 들 수 없을 정도로 늙은 촌장과 그 아들만이 황태자와 표기군을 맞았다.

"화, 황태자 전하 만세만세 만만세!"

늙은 촌장과 아들의 외침에 장수들이 술렁거렸다.

하지만 이내 황태자에 대한 인사조차 제대로 알지 못하는 촌무지렁이들을 비웃었다.

당장 목을 쳐도 시원찮을 실수였지만, 황태자와 좌장군은 당연히 그들의 목을 칠 생각이 없었다.

오히려 황태자는 내심 기분 좋은 기색을 감추려 일부러 입꼬리를 비틀었다.

황태자 대신 젊은 장수가 나서 촌장에게 물었다.

"역적 놈들이 있는 곳이 어디지?"

"이미 저 고개를 넘어선 전부 놈들의 땅이 되었습니다. 대낮에도 연기가 올라오는 저쪽입니다."

촌장의 말에 황태자와 장수들이 고개를 돌렸다.

눈에 띄진 않지만 고개 하나를 넘은 곳에서 작게 연기가 피어오르고 있는 것이 보였다.

언뜻 엎어지면 코 닿을 거리.

상대는 제대로 훈련도 받지 않고 무기도 없는 백성들이었다.

황태자는 어쩌면 당장 지금 고개를 넘어도 오늘 안에 놈들을 죽일 수 있을 것이라 생각했다.

그때 좌장군 표서량이 앞으로 나왔다.

그리고 곧바로 칼을 빼서 촌장의 목을 내리쳤다.

쉐에엑――!

허리가 굽은 노인의 목은 그대로 아래로 떨어졌고, 머리를 잃은 것을 모르는 피가 사방으로 튀었다.

"젠장! 어떻게 알았지!"

아버지가 죽었는데, 아들이라며 서 있던 남자가 뒤도 돌아보지 않고 도망쳤다.

그러자 좌장군이 그자를 향해 칼을 던졌다.

푸욱!

"어억!"

남자가 칼을 맞고 쓰러졌다.

좌장군은 천천히 말을 몰고 가서 태연하게 남자의 몸에서 칼을 뽑았다.

"외숙!"

황태자가 놀라서 그를 불렀다.

황태자는 노인의 피를 맞고 정신이 없었다.

그때 좌장군 표서량이 칼을 들고 소리쳤다.

"역적 놈들이다―! 숨은 놈들을 찾아 모조리 죽여라――!"

"추―웅!"

황태자와 달리 표기군은 좌장군의 명령에 곧바로 복종했다.

"흐럇! 전부 나눠서 집 안까지 뒤져라! 보이는 놈들은 모두 죽인다!"

"충!"

표기군이 순식간에 사방으로 흩어졌다.

"와아아아―――!"

"이렇게 된 이상 전부 죽여라――!"

"하늘의 벌을 받아라! 대가를 치러라!"

아니나 다를까 숨어 있던 민란군이 제각각 무기를 손에 들고 튀어나왔다.

하지만 기습도 들킨 마당에 훈련도 되지 않은 백성들이 한 제국 정예군의 상대가 될 리 없었다.

챙―! 챙챙!

퍽! 퍽!

"전부 죽여라―!"

잠깐의 부딪침 이후 일방적인 학살이 시작되었다.

갑자기 일어난 상황에 황태자는 정신을 차릴 수 없었다.

"이, 이게 어떻게……?"

"허리가 굽어서 고개를 들 수 없는 노인이 산 넘어 연기를 어찌 보겠습니까."

"아!"

좌장군의 말에 황태자가 탄성을 흘렸다.

사방에서 사람이 죽어 가는 중에 참 한가롭고 한심한 소리였다.

좌장군이 또다시 지그시 황태자를 보자, 그제야 황태자는 자신의 모습이 어떻게 비칠지 알아채고 얼굴을 붉혔다.

"그렇지요. 제왕무치라 하지만 아직은 수치심을 알아야 할 때입니다."

좌장군이 잘했다는 듯 고개를 끄덕였다.

그리고 자애로운 얼굴로 황태자의 백마를 끌었다.

"표기군이 민란을 어찌 정리하는지, 오늘은 지켜만 보십시오."

좌장군은 황태자를 군인들과 백성들이 싸우고 있는 쪽으로 향하게 했다.

퍽! 퍽! 퍽!

"전부 죽여라!"

싸우려 덤볐던 백성들은 모두 죽고, 집 안에서 여자들과 아이들이 끌려 나왔다.

"꺄아아아---! 살려 주세요! 살려 주세요!"

"아악! 아이는 안 돼요!"

"으아아앙!"

퍽! 퍽!

그야말로 짐승을 도살하는 광경이 이어졌다.

병사들의 도끼질에 팔, 다리, 어깨, 얼굴 할 것 없이 쪼개지고 갈라지며, 저항하지 못하던 여자와 아이 들이 피 흘리며 죽어 갔다.

끔찍한 광경에 황태자의 얼굴이 파리하게 질렸다.

"눈 떼지 마십시오! 그저 벌레 같은 자들입니다! 이 국경에서 싸운 제국 군인과 황실의 은혜도 모르고, 고작 눈앞의 배고픔에 반란을 일으킨 어리석은 놈들입니다. 질서를 모르고 법도를 모르니, 사람이라 할 수도 없는 놈들입니다!"

좌장군이 강요하듯 소리치자, 황태자는 부들부들 떨리는 손을 하고도 고개를 돌리지 못했다.

"그래요. 잘 견디고 있습니다. 강한 황제가 되시려면 두려움을 몰라야 합니다. 표기군이 전하를 지켜 주고 있습니다. 전하께서 해야 할 일은 법도를 모르는 이들을 제국에서 청소하는 것뿐입니다. 명심하세요. 다음에는 직접 해 보셔야 합니다."

"예, 외숙."

황태자는 눈물을 그렁거리면서 좌장군의 말에 고개를 끄덕였다.

좌장군은 그런 황태자의 등을 쓸어내리며 그를 칭찬했다.

멀리서 벌어지는 학살에 피 냄새가 골짜기를 진동했다.

예민한 무인들의 코에는 그러했다.

"너무 밀리는데요? 저러다가 금세 다 죽겠어요."

수오가 병사들에게 죽어 가는 백성들을 걱정스럽게 보았

다.

정확하게 그들의 안위를 걱정하는 것이 아니라, 그들이 너무 많이 죽어서 걱정하는 것이었다.

백성들의 목숨이 아닌 백성들의 숫자.

그 둘 사이에는 큰 간극이 있었다.

"아직은 좀 더 이쪽의 혼란이 이어 가야 하는데, 이러다가 금세 끝나겠습니다."

마치 손안에 있던 사탕이 너무 빨리 녹는 걸 걱정하는 사람처럼, 수오가 불만스럽게 툴툴거렸다.

하지만 옆에 있던 혼현마제는 여유롭게 웃었다.

"허허허, 괜찮다."

"하지만 저런 식이면 다른 곳들도 금방 정리될 텐데요."

여전히 걱정스러워하는 수오의 모습에 혼현마제가 수오의 머리를 쓰다듬었다.

"상관없단다. 언제, 어떻게 끝이 나든, 이건 처음부터 우리가 이기도록 정해 놓고 시작한 전쟁이니."

혼현마제의 말에 수오가 고개를 갸웃거렸다.

그때, 그들의 옆에서 속삭이는 듯 나른한 목소리가 들렸다.

"뭐가 걱정인가요?"

전신을 다 비칠 듯 얇은 옷 위에 붉은 비단 피풍의를 아슬아슬하게 걸친 여인이 그들을 향해 은은하게 미소를 지었다.

"불안하면 내가 신도들을 더 만들어 내면 돼요."

"허허, 서둘러야겠구나."

"맡겨 두세요."

혼현마제의 대구에 여인은 다소곳하지만 당당하게 고개를 끄덕여 보였다.

여인의 자신감과 함께, 혼현마제는 죽어 가는 백성들을 보며 만면에 만족스러운 미소를 지어 보였다.

그리고 수오는 뻣뻣하게 굳은 얼굴로 여인을 외면했다.

흑군에서 밀어난 민란과 동시에 무림에서도 한중권문에서의 전투가 심각해졌다.

그동안 귀천성에 소속된 호멸곡의 공격으로 한중권문과 인근 중소 문파는 물론 무당 검수들까지 지원을 가 있는 상황이었다.

그런데 최근 익주에 퍼져 있던 귀천성 세력들이 호멸곡에 합류하면서 그곳에 있던 정파 무림인들만으로는 전투가 힘들어진 것이다.

정의맹은 그들이 가용할 수 있는 가장 빠르고 확실한 무인들을 급파했다.

바로 적호단이었다.

제갈길현이 깨어난 바로 그날 저녁, 적호단의 파견을 결정하는 것과 동시에 진화도 그들과 함께 떠났다.

일단 진화가 할 수 있는 일은 다 했으니, 남은 일은 제갈길현 스스로의 힘과 의선의 능력이 필요한 것뿐이었기 때문이다.

"하여튼 성질만 남아선, 의미심장하게 들리는 말만 던져 놓고 기절하시면 어떡합니까?"

제갈가주가 눈을 뜬 제갈길현을 향해 한숨을 쉬었다.

하지만 한숨을 쉰 것은 제갈길현이 먼저였다.

깨어나자마자 곁에 정나미 떨어지는 아들밖에 없다는 것을 알고 노골적으로 실망스러운 기색을 비쳤던 것이다.

물론 제갈가주는 그런 것에 상처받을 정도로 귀여운 아들이 아니었다.

"빌어먹을, 누가 단전을 부숴 놓으래?"

"부숴 놓은 건 아니라니까요. 그리고 독기가 뇌수까지 뻗쳤는데, 벽에 똥칠하는 것보단 단전이 깨지는 게 낫지 않습니까. 아들로서 최소한의 품위를 지켜 드린 겁니다."

"잘—했다. 참, 효자 났다! 내가 깨어난 지가 언젠데, 왜 네 놈만 있는 거냐. 멍청한 손자는 어디 있고?"

"근신 중에 의선문을 어떻게 드나듭니까?"

"어휴, 집안 꼬라지 잘 돌아간다, 자식 다 망친 놈이 입만

뚫려선……!"

"아버지는요?"

"……."

아아, 아들이 만만치 않게 자랐다는 걸 이런 식으로 실감할 줄이야.

자신이 성공했다고 우긴다면 그건 제갈가주가 성공적인 아들이라는 의미였고, 그게 아니라고 한다면 자신의 완전무결함을 부정하는 꼴이니.

"여우 같은 놈."

일어나자마자 투덕거림을 이어 간 제갈가주와 제갈길현의 말싸움은 그렇게 제갈가주의 판정승이었다.

양쪽 모두 상처만 남았지만 말이다.

"그래도 하늘이 무림을 버리진 않았구나. 우리 자손은 아니지만 남의 자손에서 그런 놈이 나왔으니."

제갈길현이 누구를 말하는 것인지 제갈가주도 알아챘다.

그 또한 제갈길현과 같은 생각이었다.

제갈가의 장손인 제갈후현이 무림을 이끌 영웅이 되길 바랐지만, 그게 남궁이어도 지금은 영웅이 나왔다는 것에 만족했다.

"혼현마제 그놈이 우리 집안을 노린 것은 역천비록 때문이다."

제갈가주는 혼현마제의 침입을 눈치채지 못한 스스로를

탓했지만, 제갈길현의 생각은 달랐다.

애초에 못난 손주들의 잘못이고, 그들을 꿰어 낸 혼현마제의 탓인 것이다.

그리고 혼현마제가 제갈세가로 굴러들어 온 것은 모두 자신 때문이었다.

"흐흐흐. 그놈, 제 역천비록을 찾으러 우리 집에 기어들어 온 것이다. 제갈무진이 그놈의 최종 제물인 된 건 좀 놀랍지만, 그만큼 놈이 급했던 거겠지. 내가 그놈의 역천비록을 숨겼거든."

"……!"

제갈가주는 눈을 크게 떴다.

너무 놀라서 아버지의 저 사악한 웃음을 지적할 생각도 나지 않았다.

"대체 무슨 짓을…… 아니, 그건 지금 어디 있는데요?"

제갈가주가 급히 물었다.

그러자 제갈길현이 음흉하게 웃으며 바닥을 때렸다.

툭. 툭.

"여기."

"예?"

"이 좌활백설옥 침상 안에. 내가 깨어나면 자연히 내 손에 들어오도록 해 두었지. 흐흐흐흐, 그놈도 다 죽어 가는 내가 깔고 누웠을 줄은 꿈에도 몰랐을 거다! 하하하하!"

제갈길현이 코앞에 두고도 제 비록을 찾지 못한 혼현마제를 생각하며 크게 웃었다.

제갈가주는 대체 뭘 어디서부터 어떻게 지적할지 감이 오지 않았다.

"역시 하늘은 우리 편이구나. 때마침 내가 깨어나고, 아니 날 깨워 줄 고수도 보내 주고."

제갈길현이 음흉한 얼굴로 웃으며 의기양양해 보이자, 제갈가주가 싸늘하게 코웃음을 쳤다.

"하늘의 도움까진 필요 없습니다. 아버지 없이도, 우리의 준비는 완벽하니까요."

"허, 잘난 척하는 걸 보니 뭔가 했나 보구나."

제갈길현의 말에 이번에는 제갈가주가 씨―익 웃어 버렸다.

"귀천성은 걱정하지 않으셔도 됩니다. 그러니 우리는 아버지가 일언반구도 없이 혼자 숨겨 두신 혼현마제의 비록에 대해 이야기나 나누죠. 의선과 홍랑대부를 불러오겠습니다."

제갈가주가 자신 있게 쏘아붙이고 급하게 방을 나갔다.

제갈가주가 나가고 제갈길현이 흐뭇하게 웃었다.

그리고 다시 잠에 빠졌다.

정의맹이 모든 정파 무림 무단들을 움직일 수 있게 되자,

귀천성의 공격에 대한 정의맹의 대응은 이전 생에 진화가 기억하던 것과 완전히 달랐다.

쉐에에에엑———!

퍼———억!

"서둘러라! 빨리 정리하고 오늘 밤 안으로 표혈문과 적사문까지 친다!"

"추—웅!"

적호단주 팽치의 외침과 함께 적호단원들은 인정사정 두지 않고 적들을 베기 시작했다.

거의 학살에 가까운 일방적인 전투.

적호단은 그들을 포로로 잡지 않고 모조리 죽였다.

무자비하고 잔인한 결정이었지만, 이 또한 정의맹의 결정이었다.

포로들을 이동, 체류시키는 데에 드는 시간과 비용, 인적 자원을 아끼기 위한 이유도 있지만, 귀천성 포로들이 내부에서 문제를 일으키는 걸 방지하기 위한 결정이었다.

진짜 귀천성 성도들은 교화되지 않는다.

철저하게 역천마제의 사상과 신념을 따르는 이들은 죽는 순간까지도 귀천성을 따랐고, 이전 전쟁에선 그들을 살려 두는 바람에 많은 정파 무인들이 되레 죽임을 당하는 경우도 왕왕 있었다.

그래서 정의맹과 총군사인 제갈가주는 이전보다 더 철저

하고 잔인하게 이번 전쟁을 준비했다.

하지만 적호단이 이렇게 일방적인 전투를 할 수 있었던 것은 다른 이유 때문이었다.

파지지지지짓———!

"끄아아아악—!"

푸른 불꽃과 함께 고통스러운 비명이 전각 안을 크게 울렸다.

표혈사마의 둘째, 황호추마(黃虎椎魔) 전두.

작은 마을의 푸줏간을 운영하다, 자신의 딸을 죽인 호족과 그 집안은 물론 마을에 있는 사람들 전부를 망치로 때려잡은 인간 도살자. 자신을 추적하는 관병 이백을 죽이고 그대로 귀천성에 투신했다.

그는 어떤 모진 고문도 이겨 낼 듯 단단한 사내였지만, 하얀 뼈가 드러나도록 온몸을 관통하는 푸른 불꽃에는 별수가 없었던 듯했다.

전두는 두 발이 땅에 닿지 않은 채 공중에서 발버둥 치다가 결국 죽었다.

털썩.

땅으로 떨어지며 전신에서 김이 모락모락 피어올랐다.

새하얗게 익은 피부는 검게 탄 핏줄이 고스란히 드러났고, 눈을 감지 못한 전두의 얼굴은 여전히 고통스러워 보였다.

"두, 두야!"

눈앞에서 그 광경을 지켜본 중년인이 피눈물을 흘렸다.

표혈사마의 첫째이자 표혈문주, 금수신마(禽獸殺魔) 강효경이 믿을 수 없다는 듯 죽은 의동생과 그를 죽인 남자를 번갈아 보았다.

인세의 것이 아닌 듯한 아름다운 얼굴과 압도적인 힘 그리고 신비로운 푸른 불꽃.

'천신의 재림인가? 아니면…… 천벌?'

저도 모르게 그런 생각이 들었다.

하지만 곧 도끼를 쥔 손에 힘이 들어갔다.

천신이면 어떻고, 천벌이면 어떠한가.

지금 세상이 더 지옥 같고, 사람들은 전부 개새끼보다 못한데!

"씨발, 뼈도 남기지 않고 죽여 버릴 테다─!"

표혈문주가 피눈물이 흐르는 눈을 부릅뜨고 소리쳤다.

탓─!

거대한 덩치가 땅을 박차고 빠르게 전두를 죽인 사내를 향해 다가갔다.

휘이이익─!

양손으로 든 거대한 도끼가 사내의 몸을 동강 낼 듯 힘차게 돌아갔다.

파팟─!

콰—앙! 퍼—억!

사내가 피한 자리에 깊은 도끼 자국이 남았다.

표혈문주 강효경은 도끼가 땅을 찍은 반발력을 이용해서 다시 도끼를 옆으로 휘둘렀다.

휘이이익———!

아슬아슬하게 사내의 옷자락을 스치고, 사내의 검이 표혈문주의 가슴으로 들어왔다.

휙! 휙휙휙— 채—앵!

표혈문주는 거대한 도끼를 손바닥에서 자유자재로 회전시키며 사내의 검을 막고, 반대로 사내의 비어 있는 옆구리를 노렸다.

휘이이익——!

곧 저 아름다운 몸뚱어리가 두 쪽으로 쪼개서 피를 뿌릴 것을 상상하며 포혈문주의 양팔과 등에 빠짝 힘이 모였다.

그때 조용하고 나지막한 목소리가 포혈문주의 귓가에 울렸다.

"내 이름은 남궁진화, 당신을 죽인 자의 이름이지. 지옥에 가서 전해."

"어, 어떻……!"

표혈문주는 제대로 말을 잇지 못하고 쓰러졌다.

두 쪽으로 나뉜 것은 그의 몸이었다.

표혈문주는 진화의 검을 막았다고 생각했지만, 그가 막은 것은 이미 자신의 몸을 베고 나오는 검이었다.

"문주님–! 씨발, 전부 쳐라––!"

진화는 별다른 말 없이 대장 격으로 소리친 사내의 앞으로 움직였다.

쉐에에엑–––!

파밧파밧팟–!

진화의 손에서 펼쳐진 섬점십삼검뢰 여여일식이 한 호흡이 끝나기도 전에 수십 명의 사내들 사이에서 뇌전을 번뜩였다.

순식간에 수십 명의 몸을 관통한 뇌전이 눈 깜짝할 사이에 그들의 심장을 멈추었다.

진화의 검이 지나간 자리에서 조용히 피가 흘러나왔다.

표혈문주의 방 밖을 막고 있던 남궁구와 남궁교명, 현오가 갑자기 조용해진 안쪽으로 고개를 돌렸다.

"허!"

안쪽의 광경에 누군가의 입에서 헛웃음이 나왔다.

"……한중강자라던 표혈문이 이렇게 끝나는군."

"저놈들이 알 리 있었겠어? 적호단에 경지를 넘어선 절대고수가 숨어 있을 줄은…….."

자신들이 봐도 할 말을 잃을 정도로 기가 막힌 광경이었다.

표혈문주의 방에서 서 있는 사람은 진화 혼자였다.

그리고 진화의 발밑에는 피가 웅덩이를 이룰 정도로 수십 명의 시체들이 쌓여 있었다.

"나무아미타불 관세음보살, 부디 죽은 자들에게 지옥의 맛을 보여 주소서."

현오의 불경 소리에 남궁구와 남궁교명도 아찔한 광경에서 깨어났다.

"이제 올라오는 놈들도 없는 걸 보니, 아래쪽도 정리가 끝난 모양이군."

"바로 밑엔 팽가 형제랑 다른 녀석들이 막고 있고, 그 밑에는 부단주가 막았을 테니까."

"암. 어지간해서는 우리 집 마녀를 뚫고 들어오긴 힘들지."

적호단의 전략은 간단했다.

진화가 수뇌부를 정리하는 동안 진화의 조원인 관도생들이 진화를 보호하고, 적호단은 그사이 적들을 완전히 부숴 놓는다.

적호단이 진화의 실력을 완전히 신뢰하기에, 상대가 진화에 대해 잘 알지 못하는 정보의 불균형을 이용한 전략이었다.

"이제 남은 건 적사문인가?"

진화가 덤덤한 얼굴로 일행에게 다가왔다.

"피 닦으십시오."

남궁교명이 품에 있던 수건을 진화에게 건넸다.

붉은색 적호단 단복이 검게 보일 정도로 피를 적신 진화의 모습에 남궁구가 눈살을 찌푸렸다.

"마녀가 또 기겁하겠네. 도련님은 그냥 태워 죽일 수도 있으면서 이렇게 꼭 피 칠갑을 해야겠어?"

남궁구의 타박에 진화가 미간을 구기며 고개를 저었다.

"편하게 죽으면 곤란하잖아."

진화의 대답에 남궁교명과 남궁구가 눈을 크게 떴다.

진화의 귀천성에 대한 원한이 지독해서? 아니다.

그저 뇌전에 당한 이들의 비명을 듣자면 결코 진화의 말에 동의할 수 없었기 때문이다.

"적사문만 처리하면 한중에 있는 귀천성 놈들의 구심점은 전부 없어지는 건가?"

"구심점?"

현오가 처음 듣는 사람처럼 물었다.

그에 남궁교명이 한숨을 쉬며 설명했다.

"귀천성도든 뭐든, 사람이 살려면 필요한 게 한두 가지가 아니니까. 귀천성 놈들의 물자를 보관하고 큰 거래를 성사시키는 문파들을 먼저 처리하는 거다."

"한마디로 말려 죽이는 거지. 귀천성도 놈들, 역천마제 돌아오고 금방 제 놈들 세상이 될 듯 날뛰더니만, 이제 한동안 쳐들어오는 건 꿈도 못 꿀 거다."

남궁구가 알아듣기 쉬운 말로 설명을 덧붙이자 그제야 현오가 고개를 끄덕였다.

"쳐들어오는 놈들을 상대하는 게 아니라, 아예 쳐들어올 생각도 못 하게 미리 정리를 하는 거로군."

"다른 곳도 시작했겠지만, 아무래도 이쪽이 제일 빠르지. 누구 덕에."

남궁구가 슬쩍 진화를 보며 말했다.

확실히 적호단이 한중군에서 움직이기 시작하고 겨우 사흘 만에, 하루에 하나씩 세 개의 문파가 완전히 부서졌다.

그로 인해 한중권문을 공격하던 귀천성 무사들의 공세가 멈추었다.

다만 진화가 죽인 귀천성 마두들의 이름이 하나같이 대단한 터라, 소문이 퍼지면 금방 이 전략도 쓰지 못하게 될 것이었다.

"놈들이 우리 도련님을 보고 꽁지 빼기 전에 부지런히 사냥하러 가자고."

남궁구의 말과 함께 진화를 선두로 일행은 적막이 감도는 표혈문 건물을 나갔다.

밖에는 일방적인 학살마저도 정리 중인 적호단이 기다리고 있었다.

"불을 붙이고 떠난다."

"충!"

죽은 자에 대한 존중도 없었다.

적호단주의 명과 함께 적호단은 표혈문에 불을 붙이고 다시 여정을 이어 갔다.

정의맹의 결정은 단호했다.

귀천성의 말살.

정의맹은 정파 무림의 정의와 자존심을 승리에서 찾기로 결정했고, 그 첫 번째 방법이 바로 선제공격이었다.

곧 사방에서 정파 무림의 승리 소식이 들렸다.

동시에 창천화룡 남궁진화를 비롯한 새로운 영웅들의 이름이 곳곳에 퍼지기 시작했다.

"모두 죽여라─! 무도한 반역자들에게 지엄한 황실의 위엄을 보이라!"

"추─웅!"

황태자의 외침에 일천 명의 군인들이 우렁차게 대답하는 모습은 가히 장관이었다.

밖에서 보기에만 그런 것이 아니라 그들을 내려다보는 황태자의 눈에도 그러했다.

두근두근.

언제나 그리던 순간이었다.

검 대신 책을 잡으면서도, 항상 머릿속에는 이런 상상을 그려 왔다.

무소불위, 무적의 군주.

자신이 수많은 군사의 앞에서 용감한 군주처럼 소리치고, 군사들은 그의 목소리에 기세를 끌어 올리는 모습.

그 상상이 실제로 이뤄진 순간이었다.

"와아아아아아————!"

황태자의 군사들 앞에 적들이 추풍낙엽처럼 쓰러졌다.

"살려 줘! 제발 살려 주세요-!"

"아아악———!"

"아이는 안 돼! 아아악! 대체 이 아이에게 무슨 죄가 있다고!"

감히 역적들과 함께했던 이들까지 끌고 나와 벌을 내렸다.

"천벌을 받을 것이다-! 네놈들이야말로 천벌을 받아 죽어도 곱게 죽지 못할 것이다-!"

아이를 잃은 젊은 여인이 피눈물을 흘리며 절규했다.

여인의 저주 같은 절규가 백마를 타고 즐거운 듯 이 광경을 보고 있는 황태자에게 향했다.

"저, 저! 저년을 죽여라! 죽여! 전부 죽여라-!"

놀란 황태자가 고함을 지르며 명령을 내렸다.

퍼어억-!

어느 군사가 휘두른 도끼에 여인의 머리가 깨지며, 여인은 비명도 없이 죽었다.

"이이익! 뭣들 하느냐! 전부 역적 놈들이다! 국법을 어긴 놈들이란 말이다! 전부 죽여라—!"

놀란 황태자는 지레 두근거리는 심장의 박동을 감당하지 못하고 고래고래 소리를 질렀다.

여인에게 겁을 먹은 것을 숨기기 위해 더 잔인한 명령도 서슴치 않았다.

"불을 질러라! 놈들의 흔적을 전부 태워 버려—!"

황태자의 명령에 마을 하나가 불길에 휩싸였다.

"잘하셨습니다. 황제는 백성을 두렵게 만들 줄 아셔야 하는 법입니다."

"하하, 하, 그, 그렇지요. 화, 황제가 되려면 위엄을 보여야지요. 하하하."

좌장군 표서량의 칭찬에 황태자가 어색하게 일그러진 얼굴로 웃어 보였다.

흑군에서 벌어진 민란도 이제는 거의 정리가 되는 듯했다.

하지만 한정된 임야가 모두 불에 타고 중요 요충지라 할 수 있는 곳들이 사람이 살지 않는 땅이 되어 버렸다.

길이 망가지고 마을이 없어지면서 흑군은 물론 인근 군현까지 그 영향이 미쳤다.

백성들의 원성이 높아지고 호족들과 관리들의 불만도 민

란이 아니라 황태자군을 향했다.

하여 이 모든 소식은 다시 황도로 올라갔다.

탕-!

"지방 관리들의 원성이라니요! 감히 이 황태자가 민란을 제압하는 데에 그자들은 돕지는 못할망정 상소라니, 이게 말이 됩니까!"

황태자가 화를 참지 못하고 탁자를 내리쳤다.

곁에서 눈을 감고 있던 좌장군은 물론, 그런 좌장군의 곁에선 표기군 장수들은 무표정한 얼굴로 그의 곁을 지키고 있었다.

모든 이들이 무덤덤한 속에서 혼자 불같이 화를 내는 황태자의 모습이 퍽 이질적이었다.

좌장군이 손을 들자 장수들이 조용히 밖으로 나갔다.

황태자의 감정에 동요하지 않고 좌장군의 명을 따르는 모습.

황태자가 표기군과 완전히 어울리지 못하고 있다는 의미인 동시에, 처음부터 표기군을 이끄는 사람이 누구인지 단적으로 보여 주는 모습이었다.

장수들이 나가고, 좌장군이 황태자와 시선을 마주쳤다.

흥분한 소처럼 날뛰던 황태자가 당연한 듯 얌전해졌다.

마른침을 삼키며 좌장군의 눈치를 살피는 모습이 일견 좌장군을 두려워하는 듯 보였다.

"정치는 어려운 것입니다. 다른 황자들이 황태자 전하가 큰 공을 세울 것을 경계하지 않을 리 없지요."

"그, 그건 그렇지만……."

"전하께서는 폐하의 명을 수행하면 그만입니다. 완벽하게 민란을 제압하면 누가 감히 실책을 찾을 수 있겠습니까."

"그렇겠죠?"

"예. 지금까지 잘하고 계십니다. 아무 걱정 마시고, 폐하의 마음에 드는 것만 생각하십시오. 이번에야말로 훌륭하게 군을 이끌고 황실의 위엄을 세우신다면, 폐하께서도 전하를 달리 보실 겁니다."

"하긴, 온갖 잡소리에 휘둘려 뭐 하겠습니까. 부황의 마음에 들기만 하면 되지요."

황태자가 가장 바라는 것은 황제의 인정이었다.

좌장군은 황태자를 칭찬하면서 애당초 그가 세웠던 목표를 상기시켰다.

그리고 안정된 황태자를 향해 다시 채찍을 휘둘렀다.

"성심을 강건하게 하십시오. 다신 아랫것들에게 마음을 보이지 마세요. 태산같이 굳건한 군주의 위험을 보여야 할 것입니다. 명심하십시오."

"예, 예, 외숙."

매섭게 날아드는 좌장군의 눈빛에 황태자가 감히 눈을 마주치지 못했다.

자신의 눈을 피해 고개를 숙이는 황태자의 모습에 좌장군이 만족스러운 미소를 지었다.

그렇게 황태자가 마음을 다스리는 와중에, 밖이 소란스러워졌다.

"무슨 일이냐!"

좌장군이 짜증스러운 얼굴로 물었다.

그러자 문밖에서 표기군 소속 장수 하나가 급히 들어와 몸을 숙였다.

"정의맹 적호단이 마을에 들었습니다."

"정의맹? 무림 놈들이 아니냐."

고작 무림 놈들의 등장에 이 난리란 말인가.

좌장군의 질책성 눈빛이 젊은 장수를 향해 날아들었다.

그러자 젊은 장수가 머뭇거리듯 말했다.

"적호단에 동해왕 전하께서 계십니다."

"뭐야!"

탕—!

방금까지 들은 충고는 온데간데없이 황태자가 자리를 박차고 일어섰다.

좌장군 표서량이 눈살을 찌푸렸다.

참 진眞 꽃 화眞 : 진짜와 가짜

적호단은 표혈문을 치고, 흑군과 광한군, 한중군 일대 귀천성 세력의 마지막 구심점이라 할 수 있는 적사문을 치기 위해 부지런히 움직였다.

적사문(赤絲門)은 본래 붉은 옷을 입는 도가 계열 문파로, 첩첩산중으로 이어진 흑군과 광한군 외곽 사람들의 정신적 지주이자·도가 계열 문파의 구심점이었다.

다만 그들은 귀천성과의 전쟁 중에 역천마제에게 감화되어 귀천성의 편으로 돌아섰다.

믿고 있었기 때문일까.

그들의 배신은 정의맹에 큰 비수가 되어 꽂혔다.

그들로 인해 광한군 외곽의 정의맹 소속 도가 문파들이 전멸을 당했고, 한중까지 길이 열리면서 정의맹 세력이 뒤로 밀려나는 계기가 되었기 때문이다.

정의맹이 한중으로 밀려날 때, 적호단주 팽치는 적호단의 말단으로 당시 전쟁에 참여했었다.

"복수의 시간이군."

백성들과 중소 문파의 후퇴 시간을 벌기 위해 수많은 적호 단원들이 죽어 갔었다.

적호단주 팽치 또한 그때 많은 동료를 잃었었다.

"익숙한 길이네요."

그때 당시 팽치와 함께했던 일 조 조장 서장원이 감상에 젖은 얼굴로 주변을 보았다.

"곧 마을이죠? 괜찮을는지 모르겠습니다. 일대가 적사문이 꽉 잡고 있는 곳이라……."

"꽉 잡긴…… 사람들은 그냥 사는 거지. 나라가 바뀌든, 무림이 어찌 되든. 백성들은 그냥 살던 대로 사는 것뿐이다. 괜히 경계하고 위협하지 마라."

"예. 밑에 애들한테 단단히 주의시키겠습니다."

"……."

너한테 한 말인데 왜 애들한테……?

적호단주 팽치가 황당한 얼굴로 서장원을 보았다.

그러자 서장원이 능글맞게 웃어 보였다.

서장원의 표정에 적호단주 팽치가 그의 의도를 알아차렸

다.

"허어! 참. 그때도 그랬었나? 내가 깜빡했네."

적호단주 팽치는 그제야 서장원이 말단 단원이었던 팽치와 함께 들었던 말을 그대로 했다는 걸 깨달았다.

그리고 방금 팽치가 한 말은 전대 적호단주가 그에게 했던 말이었다.

'이제 내가 단주님처럼 생각할 만큼 칼밥을 먹었다는 건가?'

적호단주 팽치는 새삼 세월이 흘렀음을 실감했다.

"단주님은 거기서 잘 계시는가 모르겠군."

"……잘 살아 계시는 분을 두고 하늘은 왜 보십니까?"

"낙양 하늘이 저쪽이던가."

전대 적호단주 당재는 은퇴 후 사천당문에서 편히 지내고 있었다.

적호단주와 서장원이 추억에 젖어 있을 때, 앞서 정탐을 갔던 적호단원들이 급하게 달려왔다.

"무슨 일이야?"

"마을에 군대가 있습니다."

"군대?"

적호단원의 말에 적호단주 팽치가 의아한 표정을 지었다.

그리고 이 일에 대해 알 만한 사람을 급히 불렀다.

깜박깜박.

"……아이 씨."

적의 앞에선 눈도 깜짝하지 않는 것이 무림인의 기본.

제 앞에서 무방비로 깜박이는 눈을 마주하며 적호단주 팽치가 욕지거리를 뱉었다.

소처럼 맑고 투명한 눈동자를 보자니 '아, 이 새끼 아무것도 모르겠구나' 하는 생각이 절로 들었다.

"어? 중앙군이네요?"

저쪽에서도 적호단을 눈치챘는지 군인 몇이 확인하고 달려갔다.

그나마 아무것도 모르는 것 같았던 진화가 군인의 어깨에 있는 금색 중앙군 휘장을 알아보았다.

하지만 거기서 끝이었다.

진화가 덤덤한 얼굴로 적호단주 팽치를 보고, 팽치는 저도 모르게 깊은 한숨을 쉬었다.

"하아, 됐다. 가 봐라."

결국 어떤 것도 알아내지 못한 채, 적호단은 마을에서 제국군과 마주하게 되었다.

적호단이 마을에 들었다.

적호단은 적사문 본거지 아래에 있는 마을에서 일전엔 정의맹 소속이었던 작은 세가에 묵기로 했다.

"단주님."

"현가주님, 오랜만입니다."

적사문이 바로 산 아래에 정의맹 소속인 세가를 남겨 둔 것은 실로 의외의 일이었다.

하지만 이렇게 적아의 구분이 분명치 않은 것이 이 산골 마을의 특징이었다.

적사문은 제법 큰 문파라 어떤 대의를 품었을지 모르지만, 대부분의 산골 사람들은 척박한 환경에서 그들끼리 뭉쳐 살아남는 것이 먼저였다.

이 마을을 대표 하는 현씨세가도 마찬가지였다.

정의맹에 협조하기는 하지만 전쟁에 참여한 적이 없었고, 세가 소속 무사들도 겨울에 먹을 식량을 사냥하거나 종종 있는 산적을 대비하는 마을 청년들이 전부인 곳이었다.

"협조 감사드립니다."

"허허, 그저 거래일 뿐인 걸요. 저희는 잠시 쉴 곳을 드리고, 적호단에선 저희의 가죽을 곡식으로 바꿔 주시기만 하면 됩니다."

현가 가주가 적호단주를 향해 분명하게 선을 그었다.

약한 사람들이 살아남기 위해 경계하고 웅크리는 건 당연한 일이었다.

적호단주는 현가 가주의 말에 섭섭해하지 않았다.

다만 현가 바로 맞은편에 있는 큰 장원을 향해 시선을 힐 끗거렸을 뿐이다.

"중앙군이더군요."

"황태자 전하께서 산 넘어 민란군을 제압하러 오셨답니 다."

현가 가주는 일부러 황태자의 군대임을 알렸다.

이 무림인들이 행여 관군과 부딪혀서 마을에 피해를 입힐 것을 막으려는 것이었다.

"황태자의 군대라…… 알겠습니다. 부딪히지 않게 주의하 겠습니다."

"부탁드립니다."

적호단주의 말에 현가 가주가 안심한 듯 감사의 뜻으로 고 개를 숙였다.

하지만 현가 가주의 감사는 불과 삼 초도 가지 않았다.

"단주님, 군인 놈들이, 아니 장군이, 아니 누가 찾아왔는 데요?"

"뭐?"

적호단주가 얼굴이 와락 구겨지고, 옆에 있던 현가 가주의 얼굴로 하얗게 질렸다.

활짝 열린 현가 대문으로 장수들이 오는 것이 보였다.

"저 군인들 여기 오는데?"

"뭐야? 저놈들이 왜 여길 와?"

다음 전투를 준비하고 있던 적호단원이 웅성거렸다.

무림인과 관군들은 같은 잔에 담기더라도 섞일 수 없는 물과 기름처럼 서로 동떨어진 존재들이었다.

군인들은 무림인들을 무도한 무법자들로 취급했고, 무림인들은 군인들을 황실의 연약한 방패쯤으로 취급했다.

무림인과 관군은 그렇게 서로를 얕보고, 이렇게 마주칠 때도 서로 모르는 척하는 관계였던 것이다.

그런데 군인들이 먼저 적호단을 향해 다가오고 있었다.

휘황찬란한 갑주를 입은 군인들이 기어코 현가 대문을 넘자, 적호단원들의 눈이 한곳을 향했다.

어수선해진 공기.

검을 닦고 있던 진화가 눈을 돌렸다.

이번에는 진화도 놀랐는지 자리에서 일어났다.

"도련님?"

"가 봐야겠어."

진화가 걸음을 옮기자, 자연스럽게 남궁구를 비롯한 관도생들이 그 뒤를 따랐다.

진화가 대문 앞으로 나오고 장수들의 눈이 진화를 향했다.

역시.

정찰 나갔던 장수가 단번에 알아본 것도 이해는 되었다.

인세의 것이 아닌 듯 아름다운 외모는 그를 한 번이라도 본 사람이라면 결코 잊기 힘든 것이었다.

정찰대 장수의 말처럼 동해왕 한진화가 이곳에 온 것이다.

'설마 진짜 이곳에 오고도 태자 전하께 인사를 안 왔을 줄이야.'

사실 정찰대를 이끈 장수의 말에 황태자와 좌장군은 진화의 방문을 기다렸다.

표기군 장수들도 당연히 진화가 황태자가 있는 곳에 인사를 오리라 생각했다.

하지만 적호단이 마을에 들어서서 짐을 풀 때까지 진화는 소식이 없었고, 결국 황태자의 인내심이 먼저 닳아 버렸다.

황태자가 노성을 터뜨렸고, 좌장군은 하는 수 없다는 듯 표기군 장수들을 이곳으로 보냈다.

황태자가 직접 갈 수는 없으니 장수들을 앞세운 것이다.

누군가는 불만스럽게 진화를 노려보고, 또 누군가는 호기심을 담아 신기한 듯 보았다.

진화는 그들을 향해 싱긋 웃어 보였다.

동시에 숨이 막힐 듯한 위압감이 그들을 내리눌렀다.

"읏!"

장수들의 신형이 흔들렸다.

그들은 경악한 얼굴로 급하게 진화를 보았다.

진화는 웃으면서 이미 그들을 내려다보고 있었다.

마치 진화의 무릎 아래 위치가 그들의 자리라는 듯.

그 모습에 장수들은 지금의 이 기운이 동해왕의 것이라 확신했다.

하지만 그뿐이었다.

장수들을 감싼 기운은 점점 더 무겁게 그들을 옥죄어 오며, 끝내는 그들을 무릎 꿇렸다.

"크읏!"

"……."

"표, 표기군 비장 우효근이 이황자 전하를 뵙습니다!"

"표기군 비장 정지영이 이황자 전하를 뵙습니다!"

표기군 비장군 다섯이 진화 앞에 무릎을 꿇었다.

동시에 그들을 옥죄던 기운이 사라졌다.

표기군 젊은 장수들의 얼굴에는 이제 놀라움을 넘어 감탄이 어려 있었다.

그건 적호단도 마찬가지였다.

이제까지 진화는 그저 남궁세가 막내 공자이자 사고뭉치 관도생들의 우두머리, 혹은 적호단이 풀어놓은 비장의 무기라는 생각이 강했다.

같은 적호단에 진화를 한 떨기 꽃, 혹은 세 살짜리 아기 대하듯 하는 남궁진혜의 존재 때문도 있지만, 진화 스스로 신분의 권위를 내세우지 않았기 때문이다.

하지만 진화가 본격적으로 위엄을 세우고 표기군 장수들

이 진화에게 무릎을 꿇는 광경을 보자, 적호단 사이에도 오묘한 침묵이 흘렀다.

"용건은?"

"민란군 토벌을 위해 저희 표기군을 이끌고 황태자 전하께서 와 계십니다."

표기군 장수의 말에 금방 적호단원들이 술렁거렸다.

하지만 진화는 심드렁한 얼굴로 되물었다.

"그래서?"

"예? 아, 혹시 황도나 떨어져 계셔서 모르고 있으셨나 하여, 좌장군께서 형제간에 자리를 마련하여 초대한다 청하셨습니다."

표기군 장수의 말에 진화가 한쪽 입꼬리를 올렸다.

"초대는 감사하나 정중히 거절한다 전해라."

"예?"

진화의 말에 표기군 장수들의 눈이 크게 뜨였다.

설마 좌장군의 초대를 거절할 것이라곤 생각지도 못한 것이다.

"무림의 임무를 수행 중이다. 좌장군이 초청한다고 금방 자리를 뜰 수 있는 위치가 아니라서. 황태자 전하에게 이황자가 아쉬워했다 전하게."

진화가 전혀 아쉽지 않은 얼굴로 하는 말에 표기군 장수들은 쉽게 고개를 끄덕일 수 없었다.

좌장군의 초대이기는 하지만 결국은 황태자의 초대가 아닌가.

아니, 혹시 좌장군이 누구인지 모르는 건가.

표기군 장수들의 머릿속이 어지러워졌다.

하지만 이황자를 억지로 데려갈 수 없으니, 그들이 할 수 있는 일은 하나밖에 없었다.

그대로 말을 전하는 것.

결국 표기군 장수들이 무거운 발걸음으로 돌아가고.

뒤늦게 와서 상황을 지켜보고 있던 적호단주가 걱정스럽다는 듯 물었다.

"황태자라며? 막 그래도 되는 거냐?"

"아, 괜찮습니다. 안 그럴 이유도 없으니까요."

적호단주를 향해 진화가 씨익 웃어 보였다.

황실에 원하는 것이 없으니, 황태자에게 굳이 친절할 이유도 없다.

진화의 대답에 적호단주는 황당함을 감추지 못했다.

"아아아악-! 이 건방진 놈이 감히-!"

표기군 장수가 진화의 말을 전하고 나간 뒤, 황태자는 분노를 참지 못했다.

평소 예민하기는 하지만 조용하고 안정적인 성격이라는 평을 듣던 황태자지만, 어찌 된 일인지 진화에 대해서는 그런 평을 유지하기가 힘들었다.

"좌장군 따위의 초청에 자리를 비울 수는 없다…… 허허허허."

표기군 장수는 진화에게 들은 대로 전했지만, 좌장군은 진화의 속뜻까지 찰떡처럼 알아들었다.

그리고 호탕하게 웃었다.

"외숙, 이놈이 나를 업신여기는 것입니다. 그렇지 않고서야……."

"예, 전하를 업신여기는 것입니다."

"……외숙?"

설마 자신의 말을 직접적으로 긍정할 줄은 몰랐는지, 황태자가 얼떨떨한 얼굴로 좌장군을 불렀다.

좌장군 표서량이 황태자를 똑바로 보았다.

"지금처럼 동생에게 무시당하고 바보같이 화밖에 낼 줄 모르시니, 이황자가 감히 전하를 업신여겨도 할 말이 없지 않습니까."

"외숙!"

탕―!

좌장군의 말에 화가 나서 소리쳤던 황태자.

그러나 좌장군이 탁자를 한번 내리치자 눈을 질끈 감으며 겁을 먹었다.

그 한심한 모습에 한숨이 절로 나왔다.

하지만 어쩌겠는가.

이 한심한 모습을 제 손으로 만들었으니. 아니, 이렇게 만들기 위해 십수 년 동안 맞지도 않는 보모 노릇을 하며 시간과 공을 들였다.

그것을 상기하며 좌장군은 자애로운 목소리로 황태자를 달랬다.

"황제와 황후의 총애를 짊어졌으니 오만방자한 것도 이해는 가지요. 그런 것에 일일이 휘둘릴 것 없습니다. 정 형으로서 위엄을 찾고 싶으시면, 보여 주시면 그만입니다."

"보, 보여 줘요? 어떻게요?"

"무림인들이 가는 곳이 적사고개라 합니다. 마침 우리와 목적지가 같더군요."

"그게 정말입니까?"

황태자가 놀라 물었다.

그는 표기군 장수들이 황태자인 그에게는 하지 않은 보고를 좌장군에게만 했다는 것엔 전혀 문제를 못 느끼는 듯했다.

본래 이렇게까지 멍청한 위인은 아닌데, 아마도 이황자의 존재가 황태자의 이성을 마비시킨 듯했다.

좌장군으로서는 참 다행한 일이었다.

"놈들이 적사문이라 하는 무림 방파를 치는 동안, 우리는 인근 민란을 모두 정리하면서 본때를 보이면 됩니다. 이황자에게 진짜 군주가 될 사람은 일개 무사로 피 흘리며 싸우는 것이 아니라 군대를 움직이는 것이다, 황태자로서 군대를 지휘하는 모습을 보여 주십시오. 무부와 황태자의 격차를 보이시란 말입니다."

"하! 외숙의 말이 맞습니다. 고작해야 천한 무부들과 어울리는 주제에, 황태자의 자리가 어떤 것인지 단단히 보여 주고 말겠습니다."

황태자가 살의를 불태우며 눈을 빛냈다.

좌장군 표서량이 만족스러운 얼굴로 고개를 끄덕였다.

하지만 잠시 후.

황태자를 향해 자애롭게 웃던 표정은 온데간데없이, 좌장군 표서량이 서늘하게 얼굴을 굳혔다.

그의 곁으로 기다리고 있던 부관이 다가왔다.

"알아보라는 건?"

"민란군과 얽힌 일은 없다고 합니다."

"따로 황명을 받은 것이 없다고?"

"예."

부관의 말에 좌장군의 눈매가 꿈틀거렸다.

"하남조씨는?"

"없습니다."

좌장군의 거듭된 확인에 부관이 고개를 저었다.

눈빛으로 다시 물어도 부관의 답은 달라지지 않았다.

그러자 좌장군의 얼굴이 악귀처럼 일그러졌다.

"그럼, 정말로 이 새파랗게 어린 황자 놈이 나와 황태자를 무시한 거라고? 믿는 구석도 없이? 허! 허허허. 애송이 황자 놈이 어미 하나 믿고 범 무서운 줄을 모르는군. 조만간 집안 어른 무서운 줄 알려 줘야겠어."

좌장군 표서량의 눈에 살기가 번뜩였다.

공교롭게도 적호단과 표기군의 목적지가 같았다.

적호단은 적사문이라는 도문을, 표기군은 적사문 인근 마을에 숨어든 민란군의 본거지를 토벌하기 위해 움직였다.

결국 서로의 원활한 임무를 위해서는 함께 움직여야만 했다.

혹여 어느 한쪽이 먼저 움직인다면 적사문이 민란군을 돕거나, 적호단이 민란군을 상대해야 하는 불상사가 발생할 수 있었기 때문이다.

"준비하지."

"충!"

적호단주의 명에 적호단이 부지런히 움직였다.

처음 진화가 좌장군의 초청을 거절했기 때문일까.

황태자와 표기군은 이후로 진화를 찾지 않았다.

당연히 임무를 위해 적호단을 부르는 일도 없었다.

물론 진화와 적호단도 따로 표기군을 찾지 않았다.

"저 웬수."

적호단주가 슬쩍 진화를 째려보았다.

적호단주가 표기군을 찾지 않은 것은 순전히 진화 때문이었다.

적호단주야 진화를 완벽하게 적호단 원수덩어리 십 호쯤으로 대하지만, 어쨌든 진화는 동해왕 파군장군으로 황실을 대표해서 무림과 협력 중인 신분이었다. 그런 진화가 표기군과의 협력을 거절한 마당에 적호단주인 그가 진화의 결정을 무시할 수 없었던 것이다.

심지어 진화가 단지 귀찮아서 좌장군의 초청을 거절했을 것이 뻔하다고 해도 말이다.

그래서 벌어진 것이 때아닌 눈치 싸움이었다.

적호단이 일어서면 감시하고 있던 표기군도 준비를 시작하고, 표기군이 출발 준비를 마치면 적호단도 함께 출발했다.

약속이라도 한 듯 서로를 살피며 상대를 따라서 움직이는 웃기지도 않는 상황 속에, 태연한 사람은 진화뿐이었다.

찌릿.

한쪽에서 느껴지는 날카로운 시선에 고개를 돌린 진화는

황태자와 눈이 마주쳤다.

진화에게 무시당했다고 생각한 황태자의 눈빛엔 살기마저 맺혀 있었지만, 제 손으로 개미도 죽여 본 적 없는 사람의 살기에 진화가 위협을 느낄 리 없었다.

꾸벅.

진화가 태연하게 고개를 꾸벅이며 알은척을 하고 곧장 자리로 돌아갔다.

"저러다 곧 터지겠군."

"공자님께서 황태자의 속이 터지든 뭐든 신경이나 쓰실까?"

"만두 터지는 건 신경 쓰던데. 어째 황태자의 처지가 만두보다 못하군. 아미타불."

남궁구와 남궁교명, 현오가 애꿎은 표기군 군사들에게 신경질을 부리는 황태자를 보며 고개를 저었다.

적호문과 표기군이 함께인 듯 함께가 아닌 채 산으로 들어간 지 한 시진.

산길을 타고 고개 하나를 넘자, 작은 마을이 보였다.

검은 기와로 장식된 꽤 큰 장원에는 도문을 상징하는 태극 문양이 있었지만, 특이하게도 흑백이 아닌 홍백색이었다.

"적사문이로군."

정파와 도문을 배신하고 귀천성에 귀의한 부도(不道)한 집단.

그들을 발견한 적호단주 팽치의 얼굴이 사납게 일그러졌다.

"복수의 시간이네."

"바로 갈까요?"

"망설일 생각인가?"

"흐흐, 그럴 리가요."

적호단주 팽지와 일 조 조장 서장원이 서로 마주 보며 웃었다.

적호단 말단부터 시작한 그들은 적사문에 갚지 못한 빚이 있었다.

"홍의십─조들, 길 뚫어라! 가자─! 저 배신자들을 전부 죽인다!"

"추─웅!"

공교롭게도 적호단 단복의 색이 붉은색이었다.

어쩐지 신이 난 듯한 적호단주의 명에, 홍의십수로 불리던 관도생으로 이뤄진 적호단 십 조가 제일 먼저 달려 나갔다.

선두는 단연 남궁진화였다.

적호단에 있어 민란군 따위가 상대가 될 리 없었다.

그래서 더 문제였다.

일반 백성을 향한 학살은 결코 정파 무림인들이 해서는 안 될 행동이었기 때문이다.

표기군 입장에서도 껄끄러울 수 있는 무림인들을 적호단이 맡아 준다면 지금까지처럼 피해 없이 민란을 진압할 수 있을 터였다.

그렇게 서로가 서로를 이용할 생각으로 함께한 길.

표기군은 사전에 아무 언질도 없이 적을 향해 돌진하는 적호단의 모습에 화들짝 놀랐다.

그들은 마을에 있는 민란군 따위는 신경도 쓰지 않는 듯 마을 한가운데를 가로질러 적사문을 향해 뛰어 내려갔다.

"저, 저기!"

누군가의 외침과 함께 젊은 장수들의 눈에 제일 앞에서 무림인들을 끌고 있는 동해왕의 모습이 들어왔다.

그때.

"표기군은 들으라! 황제 폐하의 명을 받들어 역도 무리를 벌한다-!"

"추웅!"

젊은 장수들은 물론 군인들의 시선까지 적호단에 빼앗길세라, 황태자의 고함이 울렸다.

히이이이잉———!

새하얀 백마가 산길을 뛰어내리기 전 크게 울었다.

황금색 갑주를 입은 황태자가 팔을 내리고, 한 제국이 자랑하는 정예 표기군이 마을을 덮치기 시작했다.

평소라면 황태자에게도 더없이 만족스러웠을 순간이었다.

하지만 오늘은 새하얀 백마와 빛나는 황금 갑주에도 불구하고, 몇몇 장수들과 군인들의 시선이 다른 곳에 있었다.

콰과광----광----!

마른하늘에 날벼락이 떨어지듯, 적사문의 굳게 닫힌 문으로 푸른 번개가 내리꽂혔다.

이제 거의 모든 군사들의 시선이 그리로 향했다

진화가 검을 휘둘러 대문을 베어 내고, 그 뒤에 달려온 팽가 형제가 문을 완전히 부숴 버렸다.

"전부 죽인다!"

"추웅!"

안에 와글와글 기다리고 있는 적사문도들.

그들의 수를 보고도 진화의 표정엔 변화가 없었고, 관도생들 또한 한순간의 망설임도 없이 안으로 뛰어들었다.

"막아라-!"

"이놈들! 더는 들어가지 못한다-!"

붉은 도복을 입은 적사문도들이 진화와 일행들의 앞을 막아섰다.

그때, 남궁구와 남궁교명, 현오가 먼저 움직이기 시작했다.

쉐에에엑———!

챙! 챙! 쉐에엑—!

남궁구의 천풍검법은 복잡한 사람들 사이를 자유롭게 부는 바람과 같았다.

특히 무한보와 함께 움직이는 남궁구는 적사문도들의 손가락 사이를 미꾸라지처럼 빠져나가며 그들의 팔과 다리를 무작위로 베었다.

파팟—! 팟——!

"허어! 극락왕생하시게."

"염불은 염병! 이래 봬도 도문 사람들이잖아! 얘들은 우화등선이잖아!"

현오의 축언에 남궁교명이 딴지를 걸었다.

누가 소림을 향해 무림의 자애로운 등불이라 했던가.

현오의 주먹에서 펼쳐지는 금강붕산권은 바위를 가루로 만드는 파괴력으로 가는 곳마다 적사문도들의 머리를 터뜨리며 피분수를 일으켰다.

남궁교명은 거기서 멀찍이 떨어져서 대연십수식을 펼치며 적사문도들의 질서를 부수고 있었다.

질서가 부서진 틈으로 다른 관도생들이 뛰어들었다.

"허어! 대체 뉘시길래 손 속이 이리 잔인하단 말이오!"

다른 적사문도들과는 확연히 다른 복장.

적삼이라도 하나 더 걸치면 윗전이라 했던가.

진화는 현오가 알려 준 불문과 도문의 비밀을 떠올리며, 앞으로 나선 노도장을 향해 다가갔다.

쉐에에엑——!

퍼——엉!

적사문은 귀천성에 귀의하기 전에도 인근 도문들의 구심점으로 이름 높던 곳이었다.

그들이 가진 명성에 걸맞게 노도장이 그린 유려한 태극이 진화의 천뢰우전을 막아 냈다.

무당의 태극권처럼 세심한 기운의 조절.

세찬 물살을 받아 내는 강처럼 변칙적인 기운의 강약을 담은 권법이 강기 일변의 진화의 검을 막아 내다 못해 진화를 몰아붙이는 듯했다.

하지만 그때.

진화의 눈이 푸르게 빛났다.

"음?"

"무당보다 작군."

"뭐라!"

진화의 말에 노도장의 눈썹이 꿈틀거렸다.

중원 제일 도문이라는 무당과 비견될 곳이 몇 있겠냐마는,

진화의 말은 그 몇 군데에 적사문이 있다고 생각한 노도장의 자부심을 건드렸다.

"누가 감히 적사문의 도를 업신여긴단 말인가—!"

우—웅.

노도장의 도포가 크게 펄럭이며 그 안의 거대한 기운이 진화에게 쏘아졌다.

"세찬 물살도 감당할 수 있을 때의 일이지. 종지만 한 그릇으로 감히 바다를 논할까."

노도장이 쏘아 낸 장기를 본 진화가 공중을 밟듯 몸을 꺾어 기운을 흘려보내고, 땅으로 내려서던 힘을 이용해서 그대로 노도장을 향해 검을 뻗었다.

"청해(青海)를 보여 주지."

진화의 검에서 푸른 검강이 빛을 뿜고, 동시에 뇌전을 담은 창궁무애검법 동해창공(同海蒼空)이 노도장을 덮쳤다.

파파파파팟————!

"크어어어억!"

노도장의 목을 향해 날아간 번개는 팔을 들어 그것을 막으려는 노도장을 그대로 본관 안쪽으로 날려 버렸다.

퍼————엉!

굉음과 함께 부서진 적사문 본관의 문.

그 안으로 진화와 관도생들이 뛰어들었다.

밖에 있는 이들은 이미 적호단주와 다른 적호단원들의 손에 죽임을 당하고 있었다.

한 제국의 정예군을 멋지게 지휘하며 본때를 보여 주겠다는 다짐.

황태자의 다짐은 시작부터 어그러졌다.

다른 사람들과 같은 색, 같은 재질의 적색 무복.

하지만 어째서인지 유독 진화만 눈에 띄었다.

태생부터 다른 듯 우러러보게 되는 자태.

애쓰지 않아도 저절로 고개가 숙여지는 기품.

진화가 달려 나가자 표기군 장수들의 눈이 저절로 진화를 좇았다.

쉐에에에엑————!

하늘에서 쏘아진 듯, 새파란 번개가 굳게 닫힌 문에 내리꽂혔다.

퍼———엉!

문이 터져 나가고, 놀란 표기군 병사들이 거기서 눈을 떼지 못했다.

동해왕이 무림인이라는 걸 소문으로만 들었던 장수들은, 실제로 대면하게 된 동해왕 한진화의 무위에 감탄을 금치 못했다.

파파파파파팟---!

적호단과는 다른 불에 타는 듯 새빨간 홍의를 입은 수십 명의 도인들.

그 속에서도 진화는 춤을 추는 듯 자유롭게 움직였다.

하늘의 자손이라는 황족.

그중에서도 하늘이 내려 준 장수, 천장이라 불리던 현 황제를 꼭 닮은 무위였다.

"전부 죽인다-!

"추-웅!"

진화의 명에 검을 빼 든 무림인들이 무기를 든 적을 향해 망설임도 없이 뛰어들었다.

채—앵! 챙챙--!

처음 보는 무림인들의 전투.

하늘을 날아오를 듯 담을 뛰어넘고 건물 외벽을 타는 것은 물론.

퍼----억!

콰---앙!

강인한 주먹으로 돌담을 부수고, 적의 살과 뼈를 부수었다.

목숨을 걸고 이어지는 혈투.

가슴이 진동하지 않는다면 무인이 아닐 것이다.

표기군 장수들 또한 짙은 혈향을 풍기며 강인하게 적사문을 뚫고 들어가는 적호단의 모습에서 눈을 떼지 못했다.

"누가 감히 적사문의 도를 업신여긴단 말인가!"

"청해(靑海)를 보여 주지."

진화가 본관 입구를 막아 선 노도장의 목을 향해 검을 휘둘렀다.

쉐에에엑─!

퍼─엉!

적사문의 정문을 부수었던 것보다 강렬한 번개가 노도장을 향해 내리꽂혔다.

노도장이 급히 양팔로 진화의 공격을 막았지만, 진화의 번개와 함께 안으로 밀려났을 뿐이었다.

단호한 결단력과 압도적인 힘.

적과 아군 모두의 경외심을 자아내는 영웅.

바라던 모든 것이 눈앞에 펼쳐졌다.

단, 자신이 아닌 한진화에 의해서.

황태자는 진화에게 시선을 빼앗긴 표기군을 보며, 백마를 타고 그들을 앞에선 자신이 온갖 오물을 뒤집어쓴 듯 초라하게 느껴졌다.

"뭐, 뭘 보고 있는 것이냐! 전부 죽여라! 민란군이다! 제국을 거스른 놈들에게 천벌을 내려라! 내 명을 따라라! 황명을 따라─! 내 명을 따라 놈들을 죽여! 무림 놈들에게 지지 마라! 황군의 힘을 보이란 말이다!"

황태자가 붉게 달아오른 악귀 같은 얼굴로 발작을 하듯 소리쳤다.

　황태자의 고함에 표기군도 바짝 기세를 끌어 올린 채 마을 곳곳에 숨어 있는 민란군을 상대했다.

　두려움에 숨어서 벌벌 떠는 백성들의 모습이 정말 아랫마을 호족의 집을 침탈하고 징세관을 죽인 사람들이 맞나 싶었지만, 황태자의 명은 이미 떨어진 상태였다.

　적사문주를 찾아 안으로 들어가려던 진화가 잠깐 황태자를 돌아보았다.

　적호단의 전략은 진화가 수뇌부를 죽이는 동안 관도생들이 진화를 보호하고, 그사이 적호단이 머리를 잃은 적을 몰살시키는 것이다.

　물론 그중에서도 핵심은 진화가 수뇌부를 죽이는 것이었다.

　한데 웬걸, 적사문 사대호법이라는 이들을 죽이고 나서 적사문주도 찾았지만 아무 데도 보이지 않았다.

　진화의 기감에조차 느껴지지 않았다.

　"없지?"

　"이 주변으로도 숨은 고수는 느껴지지 않는다."

당황한 진화의 말에 남궁구와 일행도 곤란한 얼굴을 했다.

그들도 장원 안을 샅샅이 뒤졌지만 적사문주를 발견하지 못한 것이다.

밖으로 나오자 적호단주가 사납게 얼굴을 구기고 있었다.

"이런 개새끼가—!"

적호단주 또한 적사문주가 없는 것을 알아챈 모양이었다.

"주변에 흔적 수색해라! 멀리 가지 못했을 거다!"

"충!"

적호단주의 말에 적호단원들이 재빨리 흩어졌다.

진화가 적호단주를 향해 다가갔다.

"적사문주가 없습니다."

"적사문주도 없어?"

적호단주가 잔뜩 골이 난 얼굴로 되물었다.

적사문주의 부재를 알아차린 것이 아니었던가.

되려 진화가 당황해서 물었다.

"……또 누가 없는 것입니까?"

"수—많은 놈들이 없다."

"네?"

"정보와 달리 인원수가 모자란다고. 죽은 놈들을 봐라. 다 나이깨나 먹은 놈들이다. 쥐 새끼 같은 적사문주 놈이 젊고 쌩쌩한 놈들은 전부 어디로 빼돌린 게 분명해. 으드득!"

첩첩산중.

이미 귀천성의 연락망을 모조리 부수고 적사문 하나만 남아 있었다.

"아랫마을에서 소식을 전하지 않는다면 바깥소식은 전혀 몰랐어야 할 적사문이 어떻게 우리의 습격을 알고 도망을 쳤을까. 응?"

마치 숨은 먹잇감을 찾아 두리번거리듯 적호단주 팽치가 주변을 살폈다.

그러다 잔뜩 독이 오른 시선이 한군데에서 멈췄다.

고래고래 소리를 지르는 황태자와 표기군이 있는 곳이었다.

"단주님!"

적호단원들은 기어코 적사문주와 도망친 문도들의 흔적을 찾아냈다.

하지만 적사문 뒤편의 산을 돌아 빠져나간 것만 확인했을 뿐, 이어진 흔적까지 추적해 내지는 못했다.

"빠져나간 지 꽤 시간이 지난 모양입니다."

"빌어먹을!"

적호단주가 욕지거리를 뱉으며 부서진 적사문 문밖을 노려보았다.

표기군이 마을을 헤집으면서 벌이는 학살의 소리가 부서진 문밖에서부터 들리고 있었다.

약한 여자와 아이의 비명, 힘없는 백성들의 발악 소리.

하지만 반란은 감히 무림인들이 어찌할 수 없는 영역이었다.

오히려 죽어 가는 백성들의 목소리를 들으며 적호단주는 다른 것을 생각했다.

"정의맹을 배신하면서도 지키고자 했던 마을을 버리다니. 놈들도 각오를 한 모양이군."

이렇게 작은 마을, 게다가 적사문을 중심으로 뭉쳐 있는 마을이었다.

식구 중에 적사문도가 있거나, 대대로 적사문을 섬겨 온 사람들이 대부분이었다.

그런데 그런 마을을 버리다니.

결국 적사문은 결사항전(決死抗戰)을 택한 것이다.

다만 그것을 온전히 이해할 수는 없었다.

"이해할 수가 없습니다. 적어도 자신들의 사람들만이라도 지키기 위해서 귀천성의 편에 붙었다고 생각했는데, 이들을 다 버리다니……."

일 조 조장 서장원이 혼란스러운 눈으로 죽은 적사문도들의 시체와 문밖의 광경을 보았다.

문밖에선 표기군의 학살이 계속되고 있었다.

"죽여-! 반역은 삼족을 멸하는 대죄다-!"

"아아악! 그대들이야말로 천벌을 받을 것이다!"

"입을 찢어라! 개미 새끼 한 마리도 살려 두지 마라!"

퍽! 퍽!

"으아악!"

백성들이 저주와 함께 황태자의 고함이 적호단의 귀에 꽂혀 들었다.

조정의 일이라 적호단원들은 애써 모르는 척했지만 황태자의 처사가 정의롭다고 생각하는 이는 단 한 명도 없었다.

모두 굳은 얼굴로 문밖은 보지 않으려 애썼다.

그건 진화와 관도생들도 마찬가지였다.

"……등신짓도 가지가지."

"오."

진화가 황태자를 향해 혀를 차며 말하자, 관도생들이 놀란 눈으로 그를 보았다.

없는 곳에서는 나라님도 욕한다지만 바로 코앞에 형제가 있지 않은가.

비록 몇십 년 만에 만난 이부형제이긴 해도.

"……끄억! 아, 미안하네. 나도 모르게 시원해서 그만. 하하하."

"더러운 놈."

"더럽게 시원했나 보네. 큭큭큭."

진화의 눈치를 보며 욕지거리를 참고 있던 일행은 현오의 트림과 함께 웃음을 터뜨렸다.

"일단 철수한다!"

적호단주는 적사문의 흔적을 쫓을 추격조를 남기고 적호
단의 철수를 결정했다.

아무것도 남지 않은 마을, 심지어 밖에서 학살이 일어나고
있는 장소에서 계속 머물러 있을 수는 없었기 때문이다.

돌아오는 길은 거의 두 시진이 걸렸다.

발걸음도 그리 가볍지 않기도 했지만 남은 적사문의 습격
을 대비하지 않을 수 없었기 때문이다.

적호단은 기습의 위험이 높은 협곡이나 절벽의 잔도를 피
해 고개를 빙빙 둘러왔다.

"젠장, 놈들의 흔적으로 봐서는 급하게 대피한 형국이 아
니었습니다. 대체 어떻게 알았을까요?"

"뭘 물어! 어느 병신 같은 것들이 동네방네 귀하신 분 행
차를 알렸겠지!"

적호단주가 분통을 터뜨리며 말했다.

누가 기습을 알렸는지는 뻔했다.

인근에 황태자가 백마를 타고 황군을 지휘한다는 소문이
쫙—악 퍼져 있었다.

황태자의 공을 높이기 위해 일부러 퍼뜨린 소문이 태반이
었다.

일부러가 아니라면 누구도 살아남지 못한 토벌전이 인근에 그리 상세하게 퍼졌을 리 없을 테니 말이다.

"그 자식들 꼴 봤잖아. 민란군이 어디 군이더냐? 황태자의 말을 들었잖아. 벌레만도 못한 것들을 다 죽이라니…… 쓰불, 황군에게 민란은 그냥 더러운 쓰레기 치우는 거나 같아. 잔뜩 공과나 부풀리고 여기저기 알려 가면서 군사나 과시하는 거지."

"아. 그래서 황군을 그렇게 열심히 노려보신 겁니까?"

"황태자를 두드려 팰 순 없으니까!"

적호단주가 화풀이를 하듯 버럭 소리를 질렀다.

그의 목소리에 놀란 적호단원이 저도 모르게 진화의 눈치를 살폈다.

마침 진화가 선두로 오면서 적호단주의 곁에 있었기 때문이다.

적호단원의 시선을 받은 진화가 싱긋 웃었다.

"저한테 패라고 시키지도 않으셨습니다."

"……그렇군요. 명이 없었군요."

시켰다면 팼을까, 황태자를?

어처구니가 없는 생각인데, 진화의 웃는 얼굴을 보자니 자꾸 어처구니없는 생각을 하게 되는 적호단원이었다.

그때, 진화가 손을 들어 적호단을 멈춰 세웠다.

"뭐야?"

"앞에⋯⋯ 소란이 있습니다. 적사문의 기척 같은데, 황군과 함께 있습니다."

"뭐? 그게 무슨 소리야?"

진화의 말에 적호단주가 얼굴을 찡그리며 혼란스러워했다.

"제가 먼저 가서 알아봐도 될까요?"

"같이 가자고 해도 혼자 갈 거잖아. 빨리 꺼져."

적호단주의 허락이 있고, 진화가 땅을 박차고 튀어 나갔다.

"전원, 앞에 적이 있다. 조용히 접근한다."

"충."

적호단주의 명에 적호단이 조용히 몸을 낮추고 기척을 숨겼다.

그리고 천천히, 남아 있는 사냥감을 노리기 위해 주변으로 흩어졌다.

적사문이 황군의 소문을 듣고 습격을 눈치챘을 거란 적호단주의 예측은 옳았다.

다만 그들이 눈치챈 것은 오로지 황군의 움직임이었다.

"어차피 황군이 온 이상 모든 이들이 죽을 것이다. 가족들을 두고 우리가 어찌 편히 살 수 있겠느냐."

적사문주의 말에 문도들의 눈시울이 벌겋게 달아올랐다.

이미 예상하긴 했지만, 지금쯤 그들의 부모, 형제, 친지들이 사는 마을은 쑥대밭이 되었을 것이었다.

"살지 못할 바에는 식구들의 복수를 해 주고 가야지. 천신께 황태자와 황군 놈들의 목숨을 무릉도원의 대가로 삼자꾸나!"

비틀어진 도의 길.

하지만 적사문주는 물론 아무도 그것이 이상하다고 생각하지 못했다.

그들은 이미 천신이 보내온 기적을 보았기에, 하늘의 도가 아닌 신을 따를 수밖에 없었다.

"끝까지 따르겠습니다!"

"반드시 복수하겠습니다."

젊디젊은 문도들이 하나같이 비장한 표정으로 고개를 끄덕였다.

마을의 입구.

지금쯤 그들의 부재를 알아차리고 험한 길을 피해 온다 해도 아랫마을로 들어가는 입구는 단 하나뿐이었다.

적사문주와 문도들은 입구에서 숨어 황태자와 황군을 기다리고 있었다.

그리고 얼마 지나지 않아 그들이 모습을 드러내었다.

그들의 부재를 알아차리지 못했는지 예정된 시간보다 빨리 모습을 드러낸 것이다.

적사문주가 고개를 끄덕였다.

동시에 마을 입구를 둘러싼 숲에서 화살이 비처럼 쏟아졌다.

휘이이익——! 획획획획-!

히-이이이잉!

"적이다! 태자 전하를 보호하라!"

표기군이 황태자와 좌장군을 중심으로 모여들었다.

퍽퍽퍽퍽!

"크억!"

공력이 실린 화살이 어디 범인이 날리는 그것과 같을까.

화살이 방패를 뚫고 표기군 군사들의 몸에 박혀 들었다.

"커헉!"

"아아악-!"

얼굴에 튀는 핏방울에 황태자가 비명을 질렀다.

황태자는 어느새 자랑하던 백마에서 내려 표기군에 의해 둘러싸인 후였다.

그런데 방패를 뚫고 들어온 화살에 황태자의 앞에 있던 군사가 맞았다.

그것도 머리를 뚫고 들어온 화살이 입을 뚫고 나온 채로.

군사의 피가 황태자에게 튀자, 황태자는 이성을 잃고 고함을 질렀다.

"아아악! 치워라! 내 앞에서 이것을 치우란 말이다-!"

죽은 군사의 자리를 금세 다른 군사가 채웠다.

하지만 황태자의 비명 섞인 말을 듣지 못한 군사들이 없었다.

자신을 위해 죽은 군사를 향해 '이것'이라 말하는 작태에, 황태자를 지키면서도 군사들의 얼굴은 뻣뻣하게 굳어 있었다.

"전하를 지켜라! 마을 안으로 이동한다!"

좌장군이 화살을 쳐 내며 소리쳤다.

그와 동시에 표기군이 방패를 든 채로 움직이기 시작했다.

"빨리 움직여라! 빨리-! 외숙! 외숙-!"

표기군에 의해 이동하면서도 황태자는 연신 불안한 듯 소리를 지르며 좌장군을 찾았다.

그때, 가지고 있던 모든 화살을 퍼부었던 적사문이 행동을 시작했다.

휘이이익---!

퍼---엉!

"으아아아악!"

적사문주의 장기에 표기군의 방패가 터져 나갔다.

동시에 안에 있던 표기군도 무사할 리 없었지만, 비명은 그들의 것이 아니었다.

"전하를 지켜라!"

비명도 없이 죽은 표기군의 자리를 다른 군사들이 창과 도
끼를 뽑아 막아섰다.

"가족들의 복수다―!"

"천신께 대가를 치러라――!"

검을 든 적사문도들이 표기군을 덮쳤다.

챙―! 챙――!

쉐에에엑―――!

"태자 전하를 지켜라! 전하를 안으로 모셔라!"

자신에게 달려드는 적사문도를 베어 내며 좌장군이 외쳤
다.

하지만 몸을 떨며 군사들 속에 숨은 황태자가 걸음을 옮기
지 않는 이상 표기군이 그를 안으로 데려갈 방법은 없었다.

그러는 사이 표기군의 희생이 커졌다.

"쥐 새끼처럼 숨은 것이 누구더냐―!"

챙! 챙!

쉐에에엑―!

"크아아악!"

적사문주가 앞으로 나아가며 그를 가로막은 표기군 군사
들을 베었다.

피처럼 붉은 검기가 피를 끌어내는 듯 검이 지난 자리에

군사들의 피가 흩뿌려졌다.

퍼———억!

적사문주의 왼 주먹이 젊은 장수의 가슴을 부쉈다.

"커억! 안 돼–!"

"죽어라–!"

푸욱!

끝까지 적사문주의 발목을 잡는 장수의 심장에 검이 꽂혔다.

그 모습에 누구도 적사문주를 향해 섣불리 덤벼들지 못했다.

"나를 지켜! 아아악! 나를 지키라고! 저놈을 죽여라! 저놈을 죽여!"

황태자는 이제 완전히 이성을 잃어버린 듯했다.

그는 젊은 장수들에게 제 앞을 막게 하거나 곁에 있는 군사들의 등을 떠미는 등, 서로 상반된 명령을 내리며 이기적인 행태를 보였다.

그리고 그 모습은 오히려 적사문주에게 빈틈을 보였다.

"이––놈! 이 미물보다 못한 놈–!"

표기군의 반도 되지 않는 제자들은 지금 이 순간에도 목숨을 다하고 있었다.

적사문주는 제자들의 젊고 푸릇한 생명을 끊는 이유가 군사들 틈에 숨은 한심한 애송이라는 사실에 분노를 참을 수 없었다.

퍼-억! 팟-!

적사문주의 권기에 유명무실하던 방패가 산산조각이 나고, 앞을 가로막고 있던 젊은 장수들이 옆으로 튕겨 나갔다.

"전하--!"

좌장군이 다급하게 소리쳤지만, 적사문의 제자들이 수십 명에 달하는 표기군을 죽이고 좌장군의 앞을 막아섰다.

필사의 각오로 덤벼든 그들의 끈질김에 좌장군조차 애를 먹고 있는 모습이었다.

"네놈의 목숨을 대가로 바치거라!"

"으아아악! 외숙---!"

적사문주의 두 눈이 피보다 붉은 기운을 뿜고, 피투성이가 된 그의 검이 황태자의 목을 노렸다.

그 순간.

채----앵!

"아아아악-!"

죽었구나 싶던 황태자의 비명과 함께 그의 목에서 피가 흘렀다.

하지만 충분히 깊지 못했다.

적사문주의 검이 황태자의 목을 베기 전에 그의 검을 멈춘 또 다른 검이 있었기 때문이다.

"네놈은!"

"도망친 사냥감이 여기 있었구나."

피비린내 나는 검을 맞댄 상황에서도 검은 눈이, 아니 검은 눈 속에서 번뜩이는 무언가가 적사문주의 혼을 사로잡았다.

그때.

"이황자 저하!"

"저하―!"

황태자를 구하기 위해 뛰어든 인물을 알아차린 표기군이 진화를 불렀다.

그리고 정신을 차린 적사문주가 진화의 검을 밀어냈다.

파팟――!

불꽃이 튀며 적사문주와 진화가 동시에 물러났다.

"아아악! 아아악! 아악!"

불꽃에 놀란 황태자가 피가 흐르는 목을 잡고 정신없이 비명을 질렀다.

표기군 장수들이 급하게 황태자를 에워쌌다.

그들은 황태자를 보호하면서도 혼란스러운 눈으로 진화를 보았다.

그들이 지켜야 하는 황족에는 진화도 포함되었기 때문이다.

하지만 진화는 그쪽으로 시선도 돌리지 않고 적사문주를 노려보고 있었다.

"이황자라고?"

"……남궁진화다."

"뭐? 남궁?"

깊은 산골.

귀천성이 완전히 부활하지 않은 마당이라 그런지 적사문주는 새롭게 나타난 적통 황자에 대해서는 전혀 모르는 눈치였다.

"적호단 소속이다. 도망친 사냥감을 찾으러 왔다."

깊이를 알 수 없는 검은 눈에서 피어오르는 살기를 보며 적사문주는 혼란스러운 듯 말을 잃었다.

하지만 그가 잃은 것은 단지 지금 할 말뿐이 아니었다.

새롭게 나타난 적통 황자가 무림인이라는 것, 무림인 중에서도 남궁세가의 직계이자 정의맹 적호단 소속이라는 것까지. 아무것도 알지 못한 적사문주는 문도들과 마을의 복수를 할 수 있는 유일한 기회를 잃었다.

남은 제자들을 살리고 도망칠 기회마저도.

"적사문 놈들을 죽여라--!"

"추웅!"

"와아아아아---!"

어느새 숲속에서 적호단이 뛰어나와 남아 있는 적사문도들을 공격하기 시작했다.

복수는 복수를 부른다고 했던가.

실제로 그러하다.

강호는 비정한 은원으로 이어지는 세상이다.

아니, 어느 세상이 아니 그렇겠는가.

누군가가 뭔가를 얻었다면 누군가를 반드시 잃는 것이 세상 이치고, 상생은 흔치 않으니 사람들이 부르짖는 것이다.

그래서 세상은 돌고 도는 것이다.

지금 적사문과 적호단의 원한도 그렇게 돌고 돌아왔다.

적사문은 황군에게 가족과 친지가 몰살당해 그 복수심에 불타고 있었고, 적호단은 적사문에 배신당했던 정도 무림의 원한과 죽은 동료들에 대한 복수심에 불타고 있었다.

다만 이전에는 적호단이 죽기를 각오하고 귀천성을 막아내며 시간을 벌어야 하는 상황이었고, 지금은 적사문도들이 죽기를 각오하고 적사문주가 황태자를 죽이기까지 시간을 벌고 있었으니.

적사문의 입장에서는 참 잔인한 비극 속에서 그들이 이전에 만들어 놓은 은원이 돌아온 격이었다.

퍼―억!

적호단주 팽치가 적사문주에게 주먹을 내리치며 산길을

뛰어내렸다.

"이 쌍노무 영감탱이! 오랜만이야!"

"너, 넌! 경격권 팽치!"

적사문주가 적호단주를 알아보며 경악을 금치 못했다.

최악의 순간에 맞이한 최악의 적이었다.

"본 문을 두고 튄 곳이 고작 여기인가? 거기 있던 늙은 도
사들, 아니 그냥 늙은이들은 전부 저승으로 갔다. 이제 네놈
들 차례야."

"……."

적호단주의 말에 적사문주는 심각한 얼굴로 아무 말도 하
지 않았다.

적호단주가 이 자리에 나타났을 때부터 예상되는 일이었
다.

다만 어째서 조금 더 빨리 알아차리지 못했을까 후회될 뿐
이었다.

고작 표기군만으로는 본 문에 남아 있는 도사들을 그렇게
빨리 죽이지 못했을 텐데.

표기군이 예상보다 일찍 돌아왔을 때 왜 다른 세력이 끼어
들었을 거라 예상하지 못했단 말인가.

만약 적호단의 존재를 알았더라면, 어린 제자들을 멀리,
멀리 도망치게 했을 텐데.

후회가 밀려들었지만 모두 결과론적인 것뿐이었다.

저 곰같이 영리한 적호단주라면 결코 적호단의 습격을 알리지 않았을 테니 말이다.

"뭐 하는 거야! 왜 이야기만 하고 있어! 감히 황태자를 해하려 한 놈을 죽여라! 죽여――!"

군사들의 헤치고 나온 황태자가 적사문주를 가리키며 소리를 질렀다.

그는 사방에서 나타난 적호단이 적사문도들을 죽이고 있으니 위기는 끝났다 싶은지 이제야 당당하게 앞으로 나왔다.

적호단주 팽치는 황태자를 힐끗 쳐다본 뒤 대꾸도 하지 않았다.

다만 옆에 있는 진화를 불렀다.

"상황상 네가 지휘하는 게 낫겠습니다."

어법에 맞지 않는 존대.

그마저도 황태자의 눈치를 보아서 억지로 하는 것이었다.

적호단주의 눈빛에서 짜증을 읽은 진화는 피식 웃음이 새려는 것을 겨우 참았다.

"적호단은 계획대로 적사문도들을 모두 죽이고, 적호단주께서는 남은 은원을 해결하시지요."

진화는 특별한 원한을 가진 적호단주에게 적사문주의 생사를 넘겼다.

진화가 적사문주를 죽이면 더 간단해질 일이나, 진화는 반드시 제 손으로 갚고 싶은 복수도 있다는 걸 알고 있었다.

"추웅."

진화의 배려에 감사를 담아 건성으로 답하고, 적호단주는 황태자 쪽은 쳐다도 보지 않고 적사문주를 향해 달려들었다.

진화 또한 황태자 쪽은 쳐다보지도 않고 다시 신형을 움직였다.

적호단이 적사문도들을 남김없이 처리하고 있으나, 이곳에 황태자와 멀뚱하게 서 있고 싶은 생각이 없었기 때문이다.

휘이이익-!

쉐에에엑---!

진화의 검에서 쏘아져 나간 푸른 번개가 적호단원의 뒤를 노리던 적사문도의 등에 박혔다.

"크억!"

비명을 지르며 쓰러지는 적사문도.

진화는 당연하다는 듯 곧바로 다른 적사문도를 향해 검을 휘둘렀다.

아무리 초라한 옷을 입고 있어도 진화의 손에서 빛나는 푸른 검기에, 표기군 군사들이 눈을 떼지 못하고 그 모습을 지켜보았다.

좌장군 또한 진화의 모습을 보고 있었다.

'허! 이황자의 무위가 저 정도였다고? 그래, 네놈도 황제의 아들이라고, 예사 방법으로는 건들 수 없단 말이지?'

한눈에 보아도 다른 적호단원들과도 비교가 안 되는 몸놀

림, 그리고 진화의 검에서 빛나고 있는 기운.

좌장군이 뱀처럼 입맛을 다시며 뒤로 물러났다.

상황은 이미 진화와 적호단에게 넘어간 후였고 표기군의 피해가 적지 않으니, 지금은 물러서야 할 때였다.

"태자 전하를 마을 안으로 모신다."

"충!"

좌장군의 냉엄한 명령에 표기군 군사들의 목소리에 군기가 돌아왔다.

"이대로 간다고? 저놈들은? 날 이렇게 다치게 한 놈을 잡아 오라 하세요! 저자의 사지를 찢어 죽일 것입니다!"

황태자는 이대로 물러난다는 좌장군의 말에 길길이 날뛰었다.

그 모습을 보며 한숨이 절로 나왔다.

무림인들에게 명령하면 다 들을 것이라 생각하는 것인가.

아니, 명령을 듣지 않으면 죄는 물을 수 있겠지만 그보다 먼저 황제에게 먼저 질책을 당할 것이었다.

"일단 전하의 상처를 치료하는 것이 먼저입니다. 안으로 들어가시지요."

"하지만 외숙!"

"전하!"

황태자가 끝까지 반발하려 했지만 좌장군은 끝내 들어주지 않았다.

오히려 큰소리로 황태자를 부른 후 그를 지긋이 노려볼 뿐
이었다.

"……."

"뭣들 하느냐, 전하를 안으로 모셔라!"

황태자의 눈이 흔들리며 기세가 꺾였다.

그것을 확인한 좌장군이 표기군과 함께 황태자를 이전에
묵었던 장원으로 데려갔다.

한편, 표기군이 빠져나가자 적호단은 걸리적거리던 것이
사라진 듯 마음껏 날뛰었다.

쉐에에엑———!

챙—! 챙!

"크아아악!"

"천신께 바치…… 큭!"

숫자에서도 열세.

개개인의 무공에서도 열세.

게다가 적호단에 한해서는 복수라는 명분마저 사라진 적
사문 제자들은 적호단원들에게 둘러싸여 장렬하게 죽음을
맞았다.

그리고 적호단주 팽치는 적사문주를 몰아붙였다.

"그때 죽은 동료들의 목숨값을 받아 내마! 쉽게 죽지 마라—!"

탓.

적사문주의 생각처럼 적호단주는 곰 같은 사람이었다.

우둔한 듯 보이는 외양과 달리, 생각보다 훨씬 영리하고 빠르고 강했다.

퍼———억!

순식간에 적사문주의 앞에 다다른 적호단주 팽치가 적사문주의 검을 주먹으로 때렸다.

"크엇!"

적사문주는 저도 모르게 검을 놓칠 뻔한 손에 힘주고 뒤로 물러났다.

적호단주 팽치가 놓치지 않고 그에게 따라붙었다.

픽! 픽! 픽!

무림에는 우스갯소리로 팽가에 대해 이런 말이 나돈다.

팽가에서는 가끔 가문에서 약하게 태어나는 아이들을 위해 도법을 만들었다고.

우스갯소리라고 하지만 무림에 나와 있는 팽가 인물들, 적호단주나 팽가 쌍둥이 형제를 본다면 그리 틀린 말도 아닌 듯했다.

혼원벽력도는 무림에서도 손에 꼽히는 훌륭한 도법이었지만, 팽가 사람들은 그것을 아무렇지 않게 주먹으로 구현

했다.

퍼-억! 퍽!

카—앙!

소리만 들었다면 이게 과연 사람의 주먹과 칼이 부딪치면서 나는 소리가 과연 맞는지 의심스러웠겠지만, 실제로 눈앞에서 적호단주 팽치가 적사문주의 검을 부술 듯이 때리고 있었다.

우우웅--!

"큿!"

적사문주는 적호단주의 주먹을 막으면서 점점 뒤로 물러났다.

적호단주의 주먹 한 발 한 발에 담기 기운이 검을 통해 그의 손까지 전해지면서, 적사문주의 손이 점점 검게 물들어 갔다.

적사문주는 최선을 다해 참고 버텼지만 결국 손바닥이 터지기 전에 검을 놓치고 말았다.

"검 쥐어. 우린 그때 양팔이 날아가도 이빨로 검을 물고 싸웠어!"

퍼—억!

적호단주는 적사문주가 약해지는 것을 용납하지 않았다.

적사문주가 엉거주춤 물러나며 부들부들 떨리는 손으로 검을 주워 들었다.

"크윽! 어쩔 수 없는 선택이었다! 정의맹은 우릴 보호해
줄 수 없었어!"

"이해해, 그게 당신들의 선택이라면. 그러니 당신들도 이
해해야지, 우리가 복수를 위해 검을 드는 걸."

퍼———엉!

적호단주가 적사문주의 정면을 손바닥으로 날렸다.

팟—!

"크아앗!"

혼원벽력장 건곤일기의 응축된 기운이 검과 닿으며 검이 터
져 나가고, 날아간 검 파편이 적사문주의 몸 곳곳에 꽂혔다.

하지만 적호단주는 거기서 멈추지 않았다.

분노한 패웅이 묵직하게 팔을 회전하며 속도와 원심력을
싣고, 발끝부터 전해진 혼원강기가 단단한 등을 지나 어깨부
터 빠져나왔다.

"끝이다—!"

퍼—————억!

적갈색으로 빛나는 강기가 적사문주의 양팔을 뚫고 가슴
깊숙이 박혀 들었다.

"커헉—!"

적사문주가 피를 토하며 뒤로 삼 장가량 날아갔다.

쿵!

"컥! 커헉! 우……린…… 큭."

바닥에 떨어진 적사문주가 시커먼 피와 부서진 내장을 토해 내며 잔뜩 미련이 남은 눈으로 고개를 돌렸다.

붉디붉은 피를 흩뿌리며 죽은 적사문 제자들의 모습을 눈에 담으며, 그대로 눈을 감지 못하고 죽었다.

적호단주가 적사문주의 시체를 보았다.

가슴이 움푹 꺼진 채 눈도 감지 못하고 죽은 적사문주의 시체를 보며, 적호단주는 조금 복잡한 얼굴이었다.

"전부 정리가 끝났습니다. 사망, 부상 무(無)입니다."

"그래."

진화가 적호단주의 곁으로 와서 보고를 했다.

황태자 때문이긴 했지만 어쨌든 적호단주에게 지휘를 넘겨받았으니 마무리까지 하려는 것이었다.

하지만 적호단주는 진화의 보고에 건성으로 답할 뿐이었다.

평소라면 기분 좋게 외쳤을 '당연하지! 이런 놈들에게 다쳤다면 내 손에 대가리 깨질 줄 알아!' 하는 농담도 없었다.

그때까지도 적호단주 팽치는 적사문주의 시신에서 눈을 떼지 않고 있었다.

"참 비참한 말로야. 옳은 선택인지 아닌지는 모르겠지만 제 사람들을 위해 대의를 저버리고 이기적인 선택을 했는데……."

적사문주는 아무것도 지키지 못했다.

사람, 문파, 명예, 신념까지도.

적호단주는 적사문주의 배신에 대해 일부분 이해하고 있었기에, 이렇게 모든 것을 잃고 죽어 버린 그의 죽음에 씁쓸함을 느끼는 듯했다.

적사문주를 동정해서가 아니었다.

적사문주의 죽음이 하잘것없이 느껴질수록, 적사문주 때문에 죽어 간 이전 동료들의 죽음이 더욱 허무하게 느껴진 탓이다.

그런 적호단주를 진화가 덤덤하게 바라보았다.

복수라는 감정은 누구보다 잘 알지만, 세상 모든 복수가 같을 수는 없었기에.

"다른 건 모르겠고, 이자의 죽음이 이전 선배들의 죽음보다 비참했으면 좋겠군요."

진화의 말에 적호단주가 놀란 눈으로 진화를 보았다.

그러다 웃음을 터뜨리고 말았다.

"……푸핫! 그래, 그거면 되지."

적호단주에게는 적을 이해할 이유도, 의무도 없었다.

도망친 적들까지 잡은 적호단이 가벼운 발걸음으로 마을 안에 들어섰다.

긴 임무의 마지막을 마쳤으니, 정의맹으로 돌아가기 전에 푹 쉴 생각뿐이었다.

그런데 마을에 들어서자마자 적호단은 마을의 분위기가 심상치 않음을 느꼈다.

"무슨 일이지?"

적호단주가 옆에 있던 단원에게 눈짓을 주자, 단원이 빠르게 움직였다.

정면을 바라보는 진화의 눈빛이 차갑게 얼어붙었다.

"현씨 세가에 일이 있는 모양입니다. 서두르죠."

"그래?"

진화의 말과 함께 적호단의 걸음이 빨라졌다.

아니나 다를까, 마을 사람들이 군사들에게 잡혀 있고 현씨 세가 사람들이 그 앞에서 대치 중이었다.

"그들의 움직임을 저희 같은 것들이 어찌 알겠습니까! 만약 저희 마을이 그들에게 협조했다면, 군사들이 마을에서 쉬는 밤에 아무도 모르게 습격을 하거나 음식에 독을 타려 했을 것입니다!"

"뭐라! 감히 본 태자의 음식에 독을 탄다는 말이냐!"

"아니, 그것이 아니오라, 더 확실한 방법이 있으니 저희들은 하지 않았다는 것입니다!"

현씨 세가 가주가 답답하다는 듯 목소리를 높여 억울함을 고했다.

하지만 황태자가 그런 것을 고려했더라면 애초에 마을 사람들을 벌하려 하지 않았을 것이었다.

"무례하다! 네놈들이 한패가 아니라면, 왜 본 태자가 이 마을 앞에서 습격을 당했을 때 도우러 오지 않은 것인가! 그 것만으로도 불충이다! 대역이란 말이다!"

황태자는 목에 큰 붕대를 묶고, 마을 사람들의 앞에서 소리를 질러 대고 있었다.

군사들은 제대로 몸을 추스르지 못하고 황태자의 명에 마을 사람들을 잡아다 그의 앞에 대령해 놓은 상태였다.

마을 사람들 또한 아닌 밤중에 강도를 당한 사람들처럼 혼비백산 떨고 있을 뿐이었다.

이 상황이 마음에 드는 이는 오로지 황태자와 그를 지켜보고 있는 좌장군밖에 없을 듯했다.

'이대로 마을 놈들을 모두 죽인다면, 표기군의 실책이 사라진다.'

겨우 민란을 토벌하면서 표기군 절반이 죽거나 다쳤다.

중간에 무림인의 습격을 받아 황태자가 위험에 처했으며, 심지어 이황자의 도움까지 받았으니.

이 모든 것을 없던 일로 하기 위해서는 실제로 없는 일로 만드는 것이 좋았다.

계산이 선 좌장군은 말도 안 되는 논리로 역모죄를 부르짖는 황태자를 말리지 않았다.

아니, 오히려 황태자의 분노를 합리화하며 은근히 그를 부추겼다.

현씨 세가 가주는 불길한 느낌 속에서 주먹에 힘을 주었다.

"마을 사람들이 소리를 들을 수 없는 거리였습니다. 게다가 힘없는 이들이 싸우는 소리를 듣는다면 그저 숨는 것이 당연한 이치입니다. 통촉하여 주십시오!"

"너희는 황태자인 나를 제대로 모시지 못했다! 감히 이 땅에서 지엄한 천손의 몸에 상처가 났단 말이다!"

"부디 미천한 백성들에게 자비를 베풀어, 상처를 낸 이들만 벌하여 주소서!

말이 통하지 않는 황태자의 논리에, 현씨 세가 가주는 이를 악물었다.

결국엔 다 죽이려는 작정인가.

"감히 어느 안전이라고 태자의 허락도 없이 입을 놀린단 말이냐! 이놈을 죽여라! 이놈부터 죽여서 천손의 위엄을 보이겠다! 무엇 하느냐! 이놈을 죽이라니까!"

황태자의 말에 붙잡힌 백성들이 술렁였다.

현씨 세가 가주의 얼굴이 창백하게 질리고 눈동자가 빠르게 흔들렸다.

그리고 가주의 옆에 있던 군사가 굳은 얼굴로 검을 빼 들었다.

그때.

"꼴사나우니까 그만하지그래."

"너……!"

언제 왔는지 앞으로 나선 진화를 보며 황태자의 눈이 커졌다.

하지만 이내 표독스러운 얼굴로 진화를 노려보았다.

"감히 황태자의 공무를 막아선 것이냐!"

"일전에 호양공주의 일에서 당신은 아무것도 배운 것이 없나 보군."

"뭐?"

진화의 말에 황태자가 당황한 표정을 지었다.

여기서 왜 그 일이 나오는지 이해할 수 없다는 표정이었다.

"당신은 몰라도 당신 뒤에 있는 사람은 뭔가 배운 모양인데."

진화가 황태자의 뒤를 향해 입꼬리를 말아 보이고, 황태자는 급히 뒤를 돌아보았다.

그곳엔 좌장군 표서량이 심각하게 굳은 얼굴을 하고 있었다.

당시 자리에는 없었지만 좌장군이 관무불가침을 깨고 남궁진혜를 벌하려 한 호양공주가 어찌 되었는지 모를 리가 없었다.

황태자를 위해 이황자의 기세를 꺾으려는 가벼운 마음으로 나섰던 호양공주는 그 일로 무위종사부인으로 떨어지며 황족의 지위와 황제의 총애를 모두 잃었다.

"분풀이인지 뭔지 모르겠지만, 물러서지."

"크웃, 감히 황태자를 협박하는 거냐?"

"아니, 이건 그냥 권유지."

진화가 자신을 노려보는 황태자에게 다가섰다.

자신이 다가가자 대번에 주춤 물러서는 황태자가 가소롭기 짝이 없었다.

"나는 협박을 이렇게 평화롭게 하지 않아."

진화가 황태자를 내려다보며 눈을 마주쳤다.

황제는 현명한 사람이었다.

"부황, 황제에게 가장 중요한 건 뭐예요?"

"제국. 제국이 없다면 황제도 없는 거니까."

황제는 복잡한 장계에서 눈을 떼지 않고 말했다.

어린 마음에 눈을 마주쳐 주면 얼마나 좋을까 생각했다.

"그러면 부황, 제국을 지키려면 어떻게 해야 해요?"

"……싸워야지."

황제가 자신을 돌아보았다.

황제는 용감한 사람이었다.

그는 이미 수많은 전쟁을 통해 제국을 지켜 내었다.

"황제도 질 수 있다. 하지만 계속해서 싸워 나가야 지킬 수 있다."

황제가 강렬한 눈빛으로 저와 눈을 맞췄다.

마치 '그걸 네가 할 수 있겠느냐?'라고 묻는 듯했다.

저도 모르게 침을 삼키며 눈을 꼭 감았다.

그러나 곧 주먹을 불끈 쥐고 물었다.

"계속 싸워 나가려면 어떻게 해야 해요?"

용기를 쥐어짜 내 물은 것이었다.

지금은 고작 이런 용기가 전부이지만, 언젠가는 황제처럼 용감한 사람이 될 수 있을 거라 믿었다.

"학문과 무예를 닦고, 판단력을 기른다. 그것을 끊임없이 계속해야 한다. 언제나 끈질기고 집요해야 하며, 절박하지 않으면 안 된다."

황제의 말은 실로 의외였다.

처음은 너무 평범해서 의외였고, 그 뒤는 한 번도 들어 본 적 없고 생각해 본 적도 없는 말이라 의외였다.

심지어 황제가 절박해야 한다니, 선뜻 이해하기 힘든 말이었다.

"그럼 부황, 황제가 가져야 할 마음가짐 중에 가장 중요한 건 뭔가요?"

그러자 황제가 되물었다.

"너는 무엇인 것 같으냐?"

"글쎄요, 백성들을 돌아보는 측은지심?"

그때 자신은 조금 고개를 갸웃거리다 태자의 태사들이 알려 준 대로 답했던 것 같았다.

황제는 짧게 코웃음을 웃었다.

그리고 말했다.

"황제가 되기 위해 필요한 것은 경의지심(鏡疑之心)이다. 언제나 사람이 아니라 상황을 살피고, 모든 것을 의심하고 두려워할 줄 알아야 한다."

이해하기 힘든 말이었다.

황제는 위대한 사람이었다.

그런 그가 뭔가를 두려워한다는 건 상상조차 하기 힘든 일이었다.

황태자가 주변을 돌아보았다.

모두, 심지어 표기군마저도 자신을 비난하는 듯한 눈빛으로 보고 있었다.

쿠―웅.

심장이 내려앉는 소리가 들렸다.

황태자가 말없이 얼어붙어 있자, 그의 머리 위에서 피식-
하는 웃음소리가 들렸다.

자신을 내려다보고 있던 이황자가 그를 비웃는 소리였다.

'이, 이, 이게……'

이게 아닌데.

황태자의 속이 진탕이 된 듯 혼란스러웠다.

그는 자신을 둘러싼 익숙하지 않은 상황에 제대로 된 판단
을 할 수 없는 상태였다.

그때, 황태자를 비웃은 이황자 한진화가 그에게서 몸을 돌
렸다.

'아……'

한진화의 아름다운 얼굴이 보이지 않자 이제 겨우 숨이 쉬
어지는 느낌이었다.

하지만 안도감이 드는 한편으로 무시당했다는 모멸감도
몰려왔다.

"혹시 모르는 듯하여 알려 주는 말이다만, 현씨 세가는 엄
연히 정의맹에 소속된 무림 세가요. 나는 이들에게 적호단이
오기 전까지 현씨 세가에 대기하고 있으라 명했고, 그들은
내 명을 따랐을 뿐이외다. 좌장군도 잘 알겠지만, 무림의 일
은 황제 폐하께서 내게 일임하셨던 것이오."

이황자의 낭랑한 목소리가 좌장군을 향했다.

황태자는 자신이 표기군의 책임자이자, 이 상황의 장본인

임을 알았다.

　그래서 그를 무시한 채 좌장군에게 말하는 이황자의 목소리에 분노가 치밀어 올랐다.

　"황태자 전하께서 위험에 처하신 일은 다른 무엇보다 우선시되어야 할 일입니다."

　"글쎄. 황태자 전하께서 황제 폐하의 명을 지키지 않을 정도로 위기에 처하신지는 잘 모르겠군. 그럴 정도로 위험했소?"

　"……."

　이황자의 물음에 좌장군이 말이 없었다.

　황태자가 고개를 돌려 좌장군을 보자, 그가 매서운 눈으로 이황자를 노려보고 있었다.

　하지만 여전히 아무 말도 하지 못했다.

　이황자의 말을 인정하면 황태자를 보좌해야 하는 자신과 황태자를 지켜야 하는 표기군의 책임을 피할 수 없으니, 결국 이황자가 좌장군의 말문을 막아 버린 것이다.

　"위험했다 하더라도 어찌할 수 없소. 전시의 무림맹은 군과 같아서, 내 명을 우선할 수밖에 없으니까 말이오. 게다가 이들이 첩첩산중에 이 리(里)나 떨어진 거리의 전투 소리를 들었다고 확신할 수도 없으니."

　"……허허허, 이황자께서 이리 나오시니 어쩔 수가 없군요. 황태자 전하의 위엄을 바로 세우는 것만큼 전장의 명령도 중요하니. 그래요, 이 일은 차후 확인하는 수밖에 없겠습니다."

이황자의 말에 결국 좌장군이 손을 들어 표기군을 물렸다.

"표기군의 피해가 적지 않고 태자 전하의 부상도 있으니 이만 물러가 보겠습니다."

"태자 전하를 모시고 살펴 들어가시오."

결국 이황자에게 밀린 좌장군이 표기군과 함께 물러섰다.

"하지만, 외숙!"

"······전하, 전하의 상처가 깊어 신이 심히 염려되오니, 일단 오늘은 처소로 돌아가서 정양하심이 어떠하신지요?"

황태자는 뒤늦게 반발하려 했지만, 깍듯하게 고개를 숙여 말하는 좌장군의 기세에 밀려 끌려가듯 물러갔다.

황태자와 표기군이 물러가고, 그들에게 붙잡혀 있던 백성들이 진화에게 몰려들었다.

"황자 전하, 황공하옵니다! 황공하옵니다!"

"감사합니다! 살려 주셔서 감사합니다!"

"이 현 모, 전하의 은혜를 결코 잊지 않겠습니다. 마을 모두의 목숨을 구해 주셨습니다!"

적호단을 경계심 어린 태도로 대하던 현씨 세가의 가주는 물론 백성들까지 진화에게 감사 인사를 전했다.

어떤 이들은 '만세'를 부르듯 했지만, 눈치 빠른 남궁구가 급하게 막았다.

황제가 아닌 자가 '만세'를 받는 것은 정략에 따라 역모에 엮일 수 있을 만큼 중죄였다.

예를 모르는 백성들의 행동이지만 황태자나 표기군이 있는 곳에서는 위험한 일이었다.

"안으로 드시지요!"

현씨 세가 가주는 물론 백성들이 적호단을 장원 안으로 안내했다.

첩첩산중.

먹을 것이라곤 밭과 숲, 개울이나 멀리 얕은 강에서 나는 것이 전부인 곳이었다.

어쩌면 평생 가도 쌀이라곤 볼 수 없을 만큼 깊은 산중 마을.

마을 사람들의 태도가 달라졌다고 갑자기 먹을 것이 달라질 리는 없었지만, 적호단이 가져온 식량과 마을에 있는 재료, 거기에 두려움을 잊은 마을 여인들의 솜씨가 더해지자 금세 잔칫상이 마련되었다.

"적사문이 없어졌으니 앞으로 더 힘들어질지도 모르겠습니다."

적호단주가 현씨 세가 가주와 진화의 잔에 술을 채우며 말문을 열었다.

진화가 함께 자리했지만, 대화는 적호단주가 주도했다.

이황자의 위엄을 보인 후라 모두가 진화에게 감사하면서
도 어려워하는 것이 눈에 보였기 때문이다.

적호단주의 말에 현씨 세가 가주는 씁쓸한 얼굴로 술잔을
비웠다.

"솔직히 적사문이 있어서 좋았던 적이 언제였나 싶습니
다. 최근에는 도교 사당까지 없애 버리고 민란을 주도하더
니, 인근 마을을 수탈하는 데에 앞장서고 있었습니다. 적사
문이 왜 그렇게 되어 버린 건지……."

"흐음."

적사문의 변모를 안타까워하면서도 적사문주를 죽이면서
모두 털어 버린 적호단주였다.

하지만 현씨 세가 가주의 입으로 듣는 적사문의 행태는 그
가 생각하던 것 이상이었다.

"도교 사당까지 없애다니, 적사문에 큰 변화가 있은 모양
입니다."

"적사문도 그렇고 그 마을 사람들 전부, 언제부터인가 이
상한 천신을 찾더군요."

"천신요? 아, 그러고 보니……."

"적사문도들이 죽어 가면서 그 말을 꺼냈습니다. 천신에
게 대가 어쩌고……."

현씨 세가 가주의 말에 적호단주와 진화는 적사문도들이
죽어 가며 하던 말을 떠올렸다.

그때는 그냥 예사로 넘겼는데…….

적호단주와 진화가 눈을 마주쳤다.

천신과 대가. 종교와 신념을 바꿀 만큼 맹목적인 사람들.

적호단주와 진화의 머릿속에 뭔가가 스쳐 지났다.

"출발은 잠깐 미루고 인근을 조금 더 조사해 봐야겠습니다."

"그래야겠군."

진화의 의견에 적호단주가 굳은 얼굴로 고개를 끄덕이며 동의했다.

다음 날.

황태자와 표기군이 이른 시간부터 이동을 시작했다.

마을 사람들은 한껏 두려운 얼굴로 마지못해 밖으로 나와 그들을 배웅했다.

하지만 그러면서 마을 사람들의 눈은 적호단, 그중에서도 진화를 힐끗거렸다.

하늘의 자손이라는 말이 절로 나올 정도로 광채가 나는 사람.

게다가 황태자의 손에서 그들을 구해 주기까지 했으니.

마을 사람들은 진화가 함께 있어서 안심이 되는 듯한 얼굴이었다.

"황태자가 또 못된 짓은 못하겠지."

"확실히 진짜 황자님이 계시니까 다행이구먼."

"그건 또 무슨 소리인감?"

"몰러. 나도 그냥 주워들은 거여. 군사들이 진짜 적통은 황자 어쩌고 하더라고."

"그럼 황태자는 가짜인가?"

"예끼. 그럴 리 있나? 입 싸물어. 또 지랄헐라."

황태자는 적사문에 기습당할 때 아름다운 백마를 잃었다.

전투 중에 말에서 내린 뒤로, 백마 또한 현장에서 도망쳤기 때문이다.

게다가 다른 말들도 적사문의 습격으로 대부분 죽어 버렸기에, 겨우 황태자와 좌장군만이 이전에 하급 장수가 타던 말을 타고 갈 수 있었다.

처음에 비해 사뭇 초라해진 행렬이었다.

황태자와 좌장군이 굳은 얼굴로 마을을 나가고 수군거리는 마을 사람들.

마을 사람들의 수군거림이 몸도 마음도 지친 군사들의 귀에 꽂히듯 박혀들었다.

"적통이면 핏줄이 대빵이라는 말 아니여?"

"저 예쁜 황자님만 황후마마 소생이시라니까."

"아니, 저런 황자님을 두고 왜 그 개지랄이 황태자가 된 거여?"

"아, 나야 모르지, 높으신 양반들이 무슨 생각을 하고 사는지."

"어디 가도 씨도둑질, 밭도둑질은 못 한다고 했어. 한쪽은 하늘의 자손이시고 다른 자식도 멀쩡한데, 저 개지랄만 저런 행상머리를 보면 밭이 아주 몹쓸 밭이었던 게 분명혀!"

마을 사람들의 목소리를 들으며 군사들이 입술을 꾹 다물고 걸어갔다.

당한 만큼 인색한 평가인 것을 감안하더라도, 마을 사람들의 말에는 틀린 것이 없었다.

하지만 다른 이들이라면 몰라도, 좌장군의 직속 부대라 할 수 있는 표기군 군사들이 저 말을 듣고도 그냥 지나가는 것은 큰 문제였다.

그만큼 이번 일로 황태자가 표기군 장수와 군사들의 인심을 잃었다는 의미였으니 말이다.

마을을 벗어나 고된 산행이 시작되었다.

말을 잃은 장수들 또한 군사들과 함께 산을 걸어 내려가야 했다.

"그놈들을 내버려 둬도 되나?"

"뭐 어때, 이황자님이 적통 황자인 것도 맞고, 황태자 전하의 친모는 폐서인된 것도 다 맞는 말인데."

죽은 군사, 죽은 장수들은 모두 그들의 동료이자 친우였다.

특히 젊은 장수는 황태자가 자신을 위해 몸을 던진 친우를 향해 쓰레기를 말하듯 '이것 치워!'라고 했던 말을 잊지 않았다.

그뿐만이 아니라 많은 이들이 잊지 않았다.

그들의 목숨을 소모해서 본인의 안위만을 챙기던 황태자의 모습을.

"확실히 적통이 다르긴 다르더군."

"아아."

다들 말을 아꼈지만, 한 문장의 말에 모두가 고개를 끄덕였다.

군사들끼리의 대화가 황태자나 좌장군의 귀에 들어가는 일은 없었다.

다만 표기군 내에 기묘한 분위기가 흘렀다.

황태자 또한 이상할 정도로 조용한 분위기를 느끼고 있었다.

모를 수가 없었다.

자신을 힐끔거리는 시선, 이전과 극명하게 달라진 눈빛 변화, 그리고 어제부터 침묵을 지키는 좌장군의 모습까지.

황태자는 그 모든 것에서 불안함과 두려움을 느꼈다.

자신의 자리를 위협받고 있는 느낌이었다.

"놈들을 죽일 것입니다."

아버지는 자신에게 싸우라 했다.

"그 이황자 놈도 반드시……!"

황태자가 독기 가득한 눈빛으로 좌장군을 보았다.

좌장군은 마치 '당장 놈을 사냥해 오라' 재촉하는 듯한 황태자의 눈빛에 놀란 눈을 떴다.

하지만 이내 웃음을 터뜨렸다.

"허허허허! 우리 전하께서 단단히 화가 나셨군요."

"그 버러지만도 못한 것들이 내 앞에서 내 허락도 없이 입을 열었습니다. 내 위엄이 상했습니다. 게다가 그놈! 으드득! 이황자 놈의 방자함이 내 목에 상처를 냈습니다!"

여러 가지 이유를 늘어놓았지만, 내용은 그리 중요하지 않았다.

좌장군 또한 황태자가 하는 말이 아니라 그가 뿜어내는 독기를 흐뭇한 눈으로 보고 있었다.

"허허허. 우리 태자 전하가 그렇다면 그런 것이지요."

좌장군의 말에 황태자의 눈빛이 번뜩였다.

"방법이 있는 것입니까?"

황태자가 눈을 빛내며 물었다.

그러자 좌장군이 은근하게 미소를 지었다.

"이황자 저하의 무위가 예상 밖이기는 하나, 세상일이 어디 무력만으로 되던가요. 세상은 법과 질서로 움직입니다. 그리고 조정은 그 법과 질서를 소유한 자들이 있는 곳이고요. 질서를 흐리는 것은 그치들이 세상에서 가장 싫어하는 것이지요."

"호오. 그렇다면!"

"황태자의 권위를 상하게 했으니 황도에서 마땅히 대가를 치르게 하면 됩니다."

"그렇군요!"

좌장군의 말에 황태자가 손바닥에 주먹을 내리치며 반색했다.

죽어 가던 얼굴에는 어느새 화색이 가득했다.

그런 황태자의 얼굴을 보며 좌장군이 조용히 웃음을 흘렸다.

'제 잘못은 생각지도 않고 그저 당한 것만 기억하다니. 참으로 황족답지 않은가. 후후후!'

무력이 안 된다면 다른 방법으로 눌러 주면 되는 법.

옳고 그른 것은 중요하지 않았다.

황도는 그런 세상이었다.

'다음에는 조정에서 보게 되겠군. 그때도 나를 내려다볼 수 있는지 보자고, 황자.'

좌장군이 살기를 번들거리며 다음을 기약했다.

황태자와 표기군의 모습이 마을에서 점차 멀어지다가 곧 사라졌다.

그들의 모습이 충분히 멀어지면서부터 생기를 찾던 마을 사람들은 그들의 모습이 완전히 보이지 않게 되었을 때 '만세'를 불렀다.

"아유, 속이 다 시원하네!"

"빌어먹을 놈들! 퉤엣! 다신 오지 마라!"

"어여, 소금 쳐라! 금줄도 달고 부적도 써 버려!"

마을 사람들은 속이 다 시원하다는 듯 목소리를 높였다.

현씨 세가 가주가 진화의 눈치를 살폈지만, 진화가 살짝 웃어 주자 완전히 안심한 듯 마을 사람들과 어울렸다.

그때, 적호단주가 걱정스러운 얼굴로 물었다.

"정말로 괜찮겠어? 황태자잖아. 게다가 저 좌장군은 황태자의 외척이라며. 이 일로 무슨 말을 꾸밀지 모른다. 어쨌든 황태자를 막아선 일이니까."

적호단주의 염려에 진화가 눈을 동그랗게 뜨고 그를 보았다.

"왜? 그런 건 전혀 생각도 못 했어?"

"아니요. 단주님이 그런 걸 생각할 거라 전혀 생각도 못 했습니다."

"뭐야!"

진화의 말에 적호단주가 버럭 소리를 지르며 주먹을 올렸다.

그 모습을 보며 진화가 웃음을 터뜨리며 한 발자국 물러섰다.

적호단주가 화를 낸 것은 진짜가 아니나, 주먹은 진짜일
수 있기 때문이다.

그렇다고 진화가 겁이 나서 피한 것은 아니었다.

"어쭈, 피해?"

마찬가지로 적호단주의 염려도 충분히 일어날 수 있는 진
짜 불안 요소였다.

다만 진화에게는 그 어떤 위협도 되지 못했다.

"걱정 마십시오. 가짜로 휘두르는 주먹은 스치지도 못할
테니."

"음?"

적호단주는 진화의 말이 단지 제 주먹을 가리키는 게 아니
란 걸 알았지만, 더 깊이 물어보지 않았다.

진화가 환하게, 자신만만하게 웃고 있었기 때문이다.

참 진眞 꽃 화眞 : 진짜가 가지는 힘

탕–!

"이런 빌어먹을 돼지 새끼가 감히!"

사례교위 조정호가 탁자를 내리치며 분노했다.

그리고 자리에서 벌떡 일어나 자신을 분노하게 한 전서를 쥔 채 아버지 조위례를 찾았다.

"아버님!"

안에서 글씨를 가다듬고 있던 조위례의 획이 어긋났다.

매서운 눈빛이 조정호를 향했다.

"예를 잊었구나!"

"지금 그것이 문제가 아닙니다! 이것 좀 보십시오."

조위례의 책망에도 아랑곳하지 않고 조정호가 가져온 전

서를 조위례의 앞에 보였다.

그러자 조위례가 붓을 놓으며 슬쩍 웃어 보였다.

"그래, 야단맞아서 기가 죽을 놈이면 하남조가 장손이 검을 들지도 않았겠지."

"아버님—!"

"허어, 참 성가시게 재촉하는구나!"

조위례가 눈살을 찌푸리며 전서를 들자, 그제서야 조정호의 입이 다물어졌다.

잠시 전서를 읽던 조위례가 슬쩍 입꼬리를 올렸다.

"흐음, 그래도 네놈이 착실하게 자리를 잡은 모양이야. 이런 것이 네 손에 닿은 것을 보면 말이다."

"아버지?"

조정호가 의아한 듯 조위례를 불렀다.

전서의 내용을 보고 자신처럼 분노할 줄 알았던 조위례가 과하게 여유롭다는 걸 이제야 알아차렸다.

"허허허, 인석아. 조정 일선에서 물러나긴 했지만 여전히 이 하남조씨 가문의 가주는 나다."

"아! 아셨으면 연락 좀 주시지요."

조위례의 말에 조정호가 허탈한 듯 자리에 앉았다.

"오늘 오전에 전갈이 왔더구나. 오히려 네가 빨리 알아서 놀라는 중이다."

조위례의 말에 조정호가 씨익 웃었다.

조위례의 인정을 받자니, 사례군에 정보력을 채우기 위해 노력한 보람이 느껴졌다.

"중원 천하에 하남조씨의 녹을 먹은 관리가 없는 곳이 없다. 한중군에서도 급히 전갈이 오더구나. 좌장군이 쓸데없는 짓을 한다고 말이야."

조위례가 천천히 조정호와 자신의 앞에 찻잔을 놓고 찻물을 따랐다.

쪼르르르르.

물 따르는 소리에 차분해졌다.

"차에는 물이 가장 중요하다. 완전히 잘 끓은 물을 경숙(經熟), 그렇지 못하고 설 끓은 물을 맹탕(萌湯)이라 하지."

찻주전자에 뜨거운 김이 오르고, 곧이어 진한 차향이 코끝에 전해졌다.

조위례가 짙은 향을 풍기는 찻잎을 주전자에 넣고, 다시 찻물을 부었다.

"다음으로 중요한 것이 투차(投茶)지. 차를 먼저 넣고 탕수를 붓는 하투(下投), 탕수를 반쯤 붓고 차를 넣은 뒤 다시 탕수를 더 붓는 중투(中投), 탕수를 먼저 붓고 그 위에 차를 넣는 상투(上投) 등 방법은 많으나 겨울에는 하투, 여름에는 상투, 봄·가을에는 중투를 하는 것이 좋다. 차를 우리는 시간을 맞춰 향의 농도를 조절하기 위해서지."

잠시 차분하게 시간을 보내고 나자, 조위례가 우러난 차를 잔에 따랐다.

은은한 차향이 기분 좋게 머릿속을 환기시켰다.

"갑자기 웬 다도냐고 묻지 않는구나."

"저도 나이가 얼마인데요. 아버님이 차에 빗대어 이야기하길 좋아하신다는 건 이미 알고 있습니다."

"허허, 그렇구나. 너도 이제 적당히 시간을 우렸구나."

조정호의 대답에 조위례가 만족스러운 듯 웃었다.

"이황자 저하가 황태자의 위엄을 상하게 했다고 상소를 올릴 거라지?"

"모함입니다. 수하들을 보내 흑군에 있는 관리들에게 제대로 된 보고를 받아 올 것입니다."

조정호가 이를 갈며 말했다.

그러자 조위례가 웃으며 고개를 저었다.

"관리들의 보고는 내가 받을 터이니, 너는 좌장군의 상소를 그대로 올리거라."

"예?"

조정호가 놀라서 되물었다.

그러자 조위례의 미소가 서늘한 비소로 변했다.

"폐서인의 오라비가 아직도 제 주제를 모르니. 이참에 본인의 위치를 알게 하는 것도 나쁘지 않겠구나."

"어찌하시게요?"

"알맞은 온도가 될 때까지 물을 끓여야지. 그리고 투차를

하고 기다리면, 차향을 맡고 손님이 오지 않겠느냐. 오랜만
에 조정에 나서야겠구나."

"……!"

조위례의 말에 조정호의 눈동자가 크게 흔들렸다.

손자를 잃고 죄책감에 정사에서 물러섰던 조위례가 그 손
자를 위해 복귀를 선언한 것이다.

잠들어 있던 하남조씨 일문이 움직이기 시작했다.

민란을 제압하기 위해 군대가 움직였다.

무지렁이 백성들이 제대로 된 무기도 없이 나선 민란이 뭐
그리 대수겠는가.

조정 인물들에게 중요한 건 군대였다.

'군대가 움직인다.'는 사실 하나.

황실과 조정 사람들에게 민란이 가지는 의미는 그것 하나
였다.

군대가 움직이면 수많은 이권이 움직인다.

수백, 수천 군인들의 물품 하나하나에 수많은 상단이 달라
붙었고, 그들이 쥐여 주는 황금이 조정 신료들의 손에 떨어
졌다.

돈은 사람을 움직인다.

신료들은 돈으로 사람을 사고 자신의 편을 만들었다.

그리고 서둘러 다른 황자들의 앞에 줄을 서기 시작했다.

물론 그 반대도 있었다.

황자들이나 후궁전에서 신료들을 움직여 세력을 끌어모으기도 했으니 말이다.

"황태자가 있긴 하지만 그게 왜요? 이제까지 황태자 자리에 앉은 사람들 중에 무사히 황제가 된 사람이 얼마나 있답니까?"

"맞습니다. 게다가 현 황태자에게 뭐가 있습니다. 든든한 외척이 있습니까, 줄을 선 신료들이 있습니까. 막말로 황제 폐하도 내심 마음에 들어 하지 않는다는 소문이 파다하지 않습니까. 그러니 신료들이 황태자의 앞에 줄을 서지 않은 게지요."

"그래서, 두 분은 이번에 어디로 가실 겁니까?"

"글쎄요. 이번에 원빈께서 움직이신다는데……."

"하지만 이번 원정의 보급은 허 대인께서 담당하신다고 합니다."

상인들의 머리가 복잡하게 굴러갔다.

그와 함께 조정 신료들 또한 자리를 얻기 위해 부지런히 움직였다.

"대사마, 이번에 사도들은 어찌 구성하실 참인지요?"

"허허, 이미 있는 사람들이 있는데 새삼 다시 구성할 필요는 뭐 있겠소. 대사농께서 근래 징세가 원활하지 않다하시니 국세를 절약할 방도를 찾아 움직일 생각이오."

"오, 참으로 옳은 말씀입니다."

대사마 허임의 말에 신료들이 눈빛을 번뜩였다.

아, 대사마 허임과 대사농 정조인 사이에 뭔가 거래가 있구나!

별 뜻 없이 이어진 짧은 대화였지만, 누구도 그렇게 생각하지 않았다.

조정에서 의미 없이 하는 말은 아무것도 없었다.

조정에서 관직에 꿰찬 이들 중 그걸 모르는 이는 없었다.

만약 모르는 사람이 있다면 그자는 신경 쓸 필요가 없다. 그 정도 눈치도 없는 사람이라면 그는 곧 바람에 쓸려 나갈 테니.

그만큼 신료들이 나누는 대화 한마디 한마디에는 그들이 죽고 사는 많은 것들이 담겨 있다는 말이다.

대사마 허임의 입에서 대사농 정조인에 대한 말이 괜히 나온 것은 아닐 터.

더욱이 대사농 정조인은 귀빈 원씨와 위대장군부 원수경과 친분이 깊었다.

'염녕전과 영수전이 손을 잡았구나!'

신료들의 눈이 반짝였다.

황제의 후궁 중에서 직위를 받고 전각을 하사받은 이들은 단둘뿐이었다.

염녕전 귀빈 원씨와 영수전 미인 허씨.

두 후궁은 자식을 여럿 낳을 정도로 황제의 총애를 다투는 데다 각자 장남과 차남의 나이가 같아서 서로를 보길 원수 보듯 하는 것으로 유명했다.

집안마저도 대사마를 필두로 한 명문 문인의 집안과 군부에서 뼈가 굵어 이번에 대장군부가 된 집안이라, 이제까지 조정에서도 각자 영역을 지키며 팽팽하게 맞서 왔다.

그런 이들 손을 잡았다니.

'썩어도 준치라고, 황태자가 공을 세우는 게 경계가 되긴 한 모양이야.'

신료들이 눈을 반짝였다.

누군가는 오늘 밤 대사마의 장원을 찾을 것이고, 누군가는 위대장군부를 찾을 것이다.

그리고 누군가는 좌장군이 자리를 비운 표기대장군부를 찾을지도 몰랐다.

한편.

조정의 녹을 오래 먹은 신료들은 사람들의 눈을 피해 은밀하게 모여들었다.

"중서령께서는 이번에 어디로 움직이실 겁니까?"

누군가 은근하게 던진 질문에 중서령이 조용히 미소를 지었다.

"지금 민란이 더 심화되었다는 상소와 함께 황태자의 공을 추켜세우는 상소, 그리고 이황자 저하께서 황태자 전하와 부딪혔다는 첩보가 들어와 있습니다."

중서령의 말에 노신들의 눈이 크게 뜨였다.

"예?"

"아니, 이황자 저하께서 어쩌다……."

중서령은 노신들의 반응을 기다렸다는 듯 은근히 웃었다.

"마침 일이 겹친 게지요. 그런데 그곳에서 이황자 저하께서 황태자 전하의 민란 진압을 방해하고 위엄을 상하게 했다는 상소가 올라왔지 뭡니까."

정말 웃겨서 웃는 건지, 기분이 상해서 웃는 건지.

의미를 알 수 없는 야릇한 미소였다.

"허어! 그런 것이……."

"아니, 그런 것이 올라오다니. 밑에 놈들이 미친 겁니까?"

"허허허, 글쎄요. 어찌 되었든 이것이 올라온 것을 보면, 어르신께서 뭔가 다른 생각이 있으신 게 아니겠습니까."

기다렸다는 듯 은근히 던지는 중서령의 말에 노신들이 눈빛이 차분하게 가라앉았다.

"황태자와 대적하기 위해 귀비전과 미인전이 손을 잡았는데, 거기에 어르신까지……."

"이거 판은 복잡해지겠군요…… 결과는 뻔하겠지만."

노신들이 의미심장한 미소를 지으며 중서령을 보았다.

중서령이 이런 식으로 자신들에게 은밀하게 말을 전하는 것 자체만으로, 노신들은 앞으로 돌아갈 판세를 읽었다.

조정의 온갖 세력이 얽혀 혼돈 양상이겠으나, 승자는 언제나 판을 뒤집을 준비가 된 사람이었으니.

그날.

중서령은 황제의 앞으로 세 가지 상소를 모두 올렸다.

첫 번째는 황태자의 공적이 적힌 보고였고, 두 번째는 민란이 늘어났다는 상소였다.

그리고 세 번째는 이황자의 무례함을 고발하는 상소였다.

황제에게 올라간 보고대로, 흑군 일대에서 일어나던 민란은 들불처럼 번져 무도군과 백제성까지 이어졌다.

"꺄아아아악———!"

"던져! 던져!"

여인들이 비명을 지르는 중에 밑에서는 사람들이 고함과 함께 '던져'라는 말을 반복했다.

그리고 마침내 절벽에서 여인이 던져졌을 때.

"와아아아아아————!"

산을 울릴 듯한 환호성이 터져 나왔다.

환호성은 곧바로 다른 사람이 끌려나올 때까지 계속되었
다.

　"조태수 놈이다! 백성들의 피고름을 쥐어짜 부귀영화를 누
리는 놈이지!"

　"던져라! 던져라!"

　퉁퉁한 덩치의 중년인이 끌려나오고, 곧 사람들의 환호 속
에 구덩이로 던져졌다.

　"아아아악-!"

　쿠-웅.

　누군가의 죽음을 알리는 잔인한 소리가 함성에 묻혀 들리
지도 않았다.

　붉은 옷을 입은 사제가 사람들 사이에서 외쳤다.

　"이제까지 백성들이 받은 고통! 모두 저자들 때문이었다!
저들이 바치지 않은 대가로 만백성이 고통받았으니!"

　"우우우우우---!"

　사제의 말에 사람들이 절벽 아래로 야유를 보내고 저주를
퍼부었다.

　수십 명이 사람들이 떨어진 절벽 아래에는, 마찬가지로 수
십 명의 사람들이 발가벗겨져 온몸이 묶인 채 무릎을 꿇고
있었다.

　"이제라도 천신께 정당한 대가를 바치라-! 저들의 대가를
바쳐 백성들에게 구원을 내려라-!"

사제의 말과 함께 절벽 아래에서 피분수가 솟아올랐다.

무릎 꿇린 사람들의 목이 땅으로 떨어지고, 머리를 잃은 몸은 사방으로 피를 뿜었다.

"아아아아!"

"천신이시여---!"

근처 백성들이 피를 맞으며 뭔가에 홀린 듯 하늘을 향해 빌었다.

사람들의 광기 어린 목소리, 비명과 시체와 피가 가득한 광경, 그리고 코가 아릴 정도로 짙은 혈향에 정신이 아득해지는 느낌이었다.

"우리가 이긴 전쟁이라는 말이 이런 뜻이었군요."

감탄인지 신음인지 모를 수오의 말에 혼현마제가 만족스러운 듯 웃음을 터뜨렸다.

"허허허, 그래, 보아라! 누구의 피인지는 중요하지 않다. 그저 붉기만 하면 되는 것이다!"

수십 명을 죽이고도 모자란지 사람들이 다른 제물들을 끌고 나왔다.

그리고 다시 절벽에서 던지기 시작했다.

퍼—억!

쿵!

뼈가 부서지고 피육이 뭉개지는 소리가 이질적일 정도로 익숙해졌다.

금세 벌건 피 웅덩이가 만들어지고, 천천히 피가 땅을 적셔 들어갔다.

"저 땅이 모두 만년독수의 토대가 될 것입니다."

수오와 혼현마제의 사이로, 붉은 옷을 걸친 여인이 다가왔다.

옷이 더 야해졌다. 그리고 더 화려해졌다.

안에 입은 속옷이 그대로 드러날 정도로 속이 훤히 비치는 옷을 입은 여인은 야릇한 미소를 흘리며 혼현마제에게 고개를 숙여 보였다.

"본성의 부활을 위해서는 마제들이 힘을 되찾는 것이 가장 중요하지요. 제가 환마제의 힘을 갖게 된다면 만년독수의 완성을 훨씬 앞당길 수 있을 겁니다."

"얼마나 남았지?"

"독지의 완성이 코앞입니다. 앞으로 석 달만 주시면 그믐입니다."

여인이 자신만만하게 말했다.

수오의 얼굴이 완전히 굳었으나, 두 사람 모두 그것을 신경 쓰지 않았다.

혼현마제는 그저 검게 변해 가는 땅에만 정신이 팔려 있었다.

"군대가 움직여 저들을 전부 죽인다면? 그 군대마저 모두 죽인다면?"

"……그, 그러면 한, 두 달 앞당길 수 있을 것입니다."

혼현마제의 물음에 여인이 크게 놀란 듯 당황한 기색을 숨기지 못한 채 대답했다.

혼현마제가 그런 여인을 보며 미소를 지었다.

"말하지 않았더냐. 누구의 피인지 상관없다고. 누가, 얼마나, 어떻게 죽든, 결국은 우리의 승리일 것이다. 저런 벌레들을 아까워하지 말고 너는 네가 해야 할 일을 앞당길 생각만 해라. 천하를 휘어잡을 마제가 되는 일이다."

은밀하고 음흉한 악마의 말이 달콤하게 여인의 귀를 사로잡았다.

"예. 서둘러 준비하겠습니다."

여인이 한껏 들뜬 기색을 감추지 못했다.

수오는 여인의 모습에 실소를 흘렸다.

두 사람이 그를 신경 쓰지 않아 표정을 관리할 필요가 없어 다행이었다.

'저딴 거지 계집이 마제가 된다고? 글쎄, 그게 마음대로 될까.'

수오가 목걸이로 만들어 건 죽립 조각을 움켜쥐었다.

'스승님, 당신은 역천마제 님을 속였어. 그리고 마침 그 증거가 내 손에 있네. 후후, 저 계집을 마제로 만들 시간에, 당신은 당신 자리나 걱정해야 할 거야.'

수오는 평소처럼 저를 도발하려는 여인의 눈빛을 무시한

뒤 몸을 돌려 나갔다.

🌺

총관이 조용히 몸을 숙이고 들어왔다.

"어찌 되었느냐?"

"상소는 무사히 전해졌다 합니다."

"그래? 허허허, 곧 황제 폐하께서 노성을 터뜨리시겠구나. 황태자가 돌아올 날짜는?"

"이레 뒤입니다."

"그때에 맞춰서 상소들이 도착할 수 있도록 하거라."

"예."

총관이 몸을 숙여 공손하게 방을 나가고, 태사 조위례는 조용히 찻잔을 입에 가져갔다.

후─릅.

공기와 함께 은은한 차향이 입안과 코, 머리까지 전해졌다.

한결 정신이 맑아지는 듯했다.

'용정차라 했던가.'

남궁세가에서 보내온 차였다.

조위례는 자신의 취향까지 살뜰하게 살펴 보내는 남궁세가의 정성에 조용히 미소를 지었다.

"오랜만에 등판하는 전장에 더할 나위 없는 동지로군."

조위례가 만족스럽게 웃으면서 빈 찻잔에 차를 채웠다.

귀천성은 한순간 들불처럼 일어나 중원의 절반 이상을 먹어 들어갔다.

역천마제와 다른 마제들의 압도적인 힘도 힘이었지만, 많은 이들이 그들의 사상과 힘에 매료되었기 때문이다.

"각자 가지고 태어난 능력만큼 얻어 가는 세상! 기득권, 위선자들이 하늘의 순리라 말하는 건 결국 그들이 만든 가짜 질서일 뿐이다. 진짜 하늘이 내린 순리를 따르라! 우리가 본래 그러했어야 할 세상으로 되돌릴 것이다!"

역천마제의 사상은 매력적이었다.

능력은 있으나 기존 세력에 눌려 지내던 많은 무림인과 문파 들이 귀천성에 동조했다.

무림인만이 아니었다.

일반 백성들과 학자들, 많은 좌절한 관리들이 역천마제에게 동조했다.

그들 모두가 움직이자 세상이 움직였던 것이다.

"허허허, 수오야, 저길 보아라."

한적한 시골 마을.

욕심 없이 평화롭게 사람들을 보며 스승은 흐뭇하게 웃었다.

그리고 저를 불러 '저 모습을 꼭 보여 주고 싶었노라.' 말했다.

세상 모든 사람들이 저들처럼 평화롭게 살 수 있다면.

세상 모든 사람들이 제 몫을 가질 수 있다면.

수오처럼 세상에서 버려지는 사람들이 없어질 것이라.

지금은 잠시 주춤하지만 귀천성이 부활하면 저런 세상을 만들 것이다.

'스승님!'

수오는 눈을 반짝거렸다.

다정하고 자애로우면서 세상에서 가장 똑똑한 스승, 위대하고 거대한 역천마제 님, 놀라울 정도로 강한 마제들이라면, 정말로 그런 세상을 만들어 줄 것이라 생각했다.

'스승님, 당신이 먼저 나를 버렸어!'

스승은 변했다.

"하하하하! 좌장군이 황도로 상소를 보냈다고 하는구나! 유약한 황태자도 해냈으니 황자들이 너 나 할 것 없이 달려들겠지! 날짜를 두 달은 앞당길 수 있을 것이다!"

스승님이 죽이는 건 백성들이었다.

순리를 거부하고 그릇된 욕심으로 군림하고 있는 위선자들이 아니라 산골에서 순박하고 평화롭게 사는 사람들이었다.

"한 달 뒤 그믐, 의식을 준비해 놓겠습니다."

거지촌에서 주워 온 더러운 여자는 환마제 님을 살리기 위한 제물이 아니었다.

더러운 여자가 환마제를 대신하려 한다.

그러기 위해 여자는 백성들을 미치게 만들었다.

그들로 하여금 스스로를 죽이게 만들고, 서로를 죽이게 만들었다.

'당신은 역천마제 님을 배신했어.'

그러니 나 또한 당신을 배신하려 한다.

"이게 역천비록이라고?"

광마제의 눈빛에 이채가 번득였다.

수오는 아픈 눈을 하고 역천비록을 보느라 광마제의 눈빛은 보지 못했다.

하지만 그것을 보았다 한들 달라질 건 없었을 것이다.

"가짜라 하셨습니다, 그것을 보자마자 단숨에."

"호오."

"그런데…… 그것을 역천마제 님께 말씀하지 않으셨습니다."

수오의 눈빛이 흔들리는 것을 보며, 광마제가 히죽 입꼬리를 올렸다.

버려지고 떨고 있는 강아지처럼 애처로운 모습을 보며 광마제가 수오의 어깨에 손을 올렸다.

흠칫.

광마제는 놀라는 수오의 모습에 개의치 않고 그의 어깨를 토닥거렸다.

수오가 놀라고 당황한 듯한 얼굴로 광마제를 보았다.

"아해야, 네 스승도 인간이다. 실수는 겁이 나고, 실패는 부끄럽지."

광마제가 자애로운 얼굴로 말했다.

수오의 눈빛이 일렁였다.

마르고 연약한 몸, 신경질적이고 거친 목소리로 혼현마제를 긁어 대던 노인은 이제 없었다.

지금의 광마제는 수오가 처음 보았을 때와는 비교할 수 없이 건강해졌다.

어디 건강해지기만 했겠는가.

단단하게 돌아오기 시작한 풍채에 약간 살이 올라 혈색이 돌기 시작한 안색.

약간 쳐진 눈꼬리에 단정한 이목구비가 이제야 눈에 들어오기 시작했다.

거기에 노신선처럼 깔끔하게 다듬은 백염과 백미, 비단 도

포를 멋지게 걸친 당당한 옷차림, 살기와 광기로 번들거리던 눈에는 이제 따뜻한 정광만 가득했다.

"내가 사사건건 혼현마제와 부딪히는 건 그가 너무 급하기 때문이다. 그동안 홀로 귀천성의 부활을 준비해 와서인지, 과하게 부담을 안고 있는 것 같더군. 그도 사람이니 가끔은 틀린 판단을 한다. 가령…… 제물로 데려온 계집을 마제로 만들려는 것과 같은."

움찔.

마치 자신의 속을 꿰뚫은 듯한 광마제의 말에 수오가 크게 놀랐다.

하지만 광마제는 아무것도 모른다는 듯 미소를 지으며 말을 이었다.

"그릇된 결정이야. 팔현성의 자리는 아무나 되고 싶다고 오를 수 있는 자리가 아니니까. 모두 진실로 정해진 운명이 있지."

"……!"

딱 수오와 같은 생각이었다.

'팔현성의 자리!'

진실한 운명대로 정해진 자리라면, 그건 내 자리다!

수오의 눈빛이 강하게 불타올랐다.

수오는 격동하는 마음을 억누르고 조심스럽게 말했다.

"이것을 보자마자 스승님께서는 가짜라는 걸 알아보셨습

니다. 스승님만이 아는 표식이 있는 것일 수도 있지만……."

"있지만?"

우물쭈물 입술을 깨무는 수오에게 광마제가 부드럽게 재촉했다.

수오는 시종일관 자애롭게 저를 대하는 광마제에 마음이 누그러졌는지, 눈을 한번 질끈 감았다 뜨며 결심을 확고하게 했다.

"시간이 중요한 듯했습니다."

"시간이라……."

"일전에 권마제 님께서는 최종 제물인 남궁금영을 두고 한수림에게 집착했습니다."

"사패천주의 아들이라는 그?"

"그렇습니다. 한수림과 남궁금영은 같은 날에 태어났지만 생시만 달랐습니다. 그때 스승님께서는 만의 하나라고 하셨지만……."

"음, 혼현마제가 한수림을 독살한 것이 단지 본성의 자존심 때문만은 아닌 것 같다는 말이구나."

광마제가 수오의 말에 몹시 흥미가 동한 얼굴을 했다.

수오는 어렵게 꺼낸 말을 찰떡같이 잘 알아주는 광마제의 말에 고개를 끄덕이며 긍정했다.

"호오, 시간이라…… 그런데 이상하구나. 과연 누가 이런 정교한 가짜를 만들어 낸 것일까?"

순간 광마제의 눈빛에 강렬한 이채가 스쳐 지난 듯했다.

'됐어!'

수오가 고개를 숙였다.

자신의 말을 믿고 자신과 같은 생각을 하는 광마제를 보며 격하게 일렁이는 마음을 숨기기 위해서였다.

"그것은 저도 잘……."

수오는 고개 숙여 저의 태도가 이상하지 않게, 자신감 없는 태도로 고개를 저었다.

그 모습에 광마제가 다시 수오의 어깨를 토닥이며 자애롭게 웃어 보였다.

"허허허, 너는 아무 걱정 말거라. 내 잘 알아보고, 네 스승에게도 크게 문제가 없도록 조치하마."

"아! 부, 부탁드리겠습니다."

수오가 깊게 허리를 숙이며 광마제에게 부탁했다.

광마제는 허리 숙인 수오의 얼굴을, 수오는 그를 내려다보는 광마제의 얼굴을 끝끝내 보지 못했다.

수오가 급히 사라지고, 광마제는 제 앞에 내려진 역천비록을 보았다.

"허!"

광마제의 입에서 실소가 터졌다.

자애롭던 얼굴이 순식간에 차갑게 식고, 따뜻하던 눈빛은 새빨간 광기로 일렁였다.

"새끼 뱀이로군. 혼현마제가 꼭 저 같은 놈은 제자로 삼았어. 아니, 그 때, 그 시에 천명을 받은 놈들은 다 저 모양인건가? 살모(殺母)의 순간은 아직 멀었다고 생각했는데…… 더러운 거지 계집년이 저도 앉지 못한 자리에 앉는다니 새끼 뱀도 열이 받은 모양이군."

광마제는 어린 뱀이 제게 원하는 모습을 그대로 보여 주었다.

연기를 하는 것은 쉬웠다.

어린놈의 연기에 맞춰 주기만 하면 되니까.

"혼현마제 놈이 왜 이딴 걸 만들었을까. 혼란? 글쎄. 흐흐흐, 혼현마제가 뭘 숨기고 있는지 한번 알아볼까?"

광마제의 눈빛이 희번덕거렸다.

그리고 역천비록을 두고 등을 돌리며 말했다.

"흑표야, 그걸 챙겨 안으로 오거라."

스윽.

광마제의 등 뒤에 검은 표범 가면을 쓴 인영이 나타나 역천비록을 주워 들었다.

그리고 당연한 듯 광마제의 뒤를 따라 들어갔다.

광마제가 태연하게 뒤를 맡기는 인물.

흑표의 등에는 낫처럼 생긴 아주 짧은 삭 두 개가 메어 있었다.

삭 대의 끝에는 검은 마룡이 입을 벌리고 있었다.

눈이 부신 듯, 눈꺼풀이 파르르— 떨렸다.

그 모습을 보며 한쪽에서 아주 단정한 목소리가 날아들었다.

"정신이 육체를 지배한다더니, 육신이 못된 성질머리를 그대로 따라간 듯합니다."

"……쓰불, 닥쳐라. ……그러게 누가, 단전을 부숴, 놓으랬냐?"

잠에서 갓 깨어났기 때문인지, 제갈길현은 이전보다 더 피로한 듯 말이 늘어졌다.

의선의 말에 따르면 제갈길현의 모든 기운이 그의 회복에 집중되고 있기 때문이라 했기에, 크게 걱정은 하지 않았다.

제갈길현은 순조롭게 회복 중인 것이다.

"다시 말씀드리지만 단전은 부서진 게 아니라 조금 망가진 것입니다."

제갈가주는 농담 같은 시비를 주고받으며 인사를 대신했다.

그때.

"지금 그게 중요한 것이 아니지 않습니까."

한쪽에 있던 젊은 목소리가 끼어들었다.

천수현인 제갈길현의 눈이 목소리를 향했다.

그리고 그의 눈동자가 커졌다.

"망할! ……남궁강은 아니겠고, 그 여우 같은 큰놈이나 망나니 둘째도 아니면…….'

"여우 같은 큰놈의 큰자식입니다. 남궁진휘라 합니다."

남궁진휘의 자기소개에 제갈길현이 눈을 도르르 굴려 제갈가주를 찾았다.

"단전을 부숴 놓더니, 이제는 내 울화통을 터뜨리려고?"

제갈길현의 말에 제갈가주가 한숨을 푹 쉬었다.

"그렇게 터질 울화통이었다면 진즉 터뜨렸을 텐데 말입니다."

제갈가주가 진심으로 아쉽다는 듯 말했다.

그는 제갈길현에게 유감이 많은 듯했다.

하긴, 그럴 수밖에.

저 제갈길현이 깔고 누운 침상, 저 좌활백설옥 안에 가문의 원수나 다름없는 혼현마제의 역천비록이 있다는데!

문제는 제갈길현이 몸을 회복하기 전까진 좌활백설옥을 깨뜨릴 수도, 혼현마제의 역천비록을 얻을 수도 없다는 것이었다.

지금 당장 좌활백설옥을 깬다면 제갈길현의 목숨을 장담할 수 없었기 때문이다.

지금 울화통을 터뜨리고 싶은 사람은 단연코 제갈가주였다.

"제갈세가는 이미 그렇게 된 것이고, 일단 또 잠드시기 전에 시급한 문제부터 해결하죠."

"……."

이미 그렇게 되었다니.

심지어 '글러먹었다'라고 말하려다가 눈치를 살피고 말을 바꾼 것이 보였다.

그런데 정말 열이 받는 건, 그게 맞는 말이라는 사실이다.

"남궁세가 놈은, 왜, 온 것이냐?"

"부군사로 제갈가주님을 보좌하고 있습니다. 시급하게 여쭐 것이 있어 왔고요. 듣는 즉시 남궁세가의 매응을 날려야 하거든요."

"……."

말끝마다 맞는 말이다.

제갈가주는 고통받는 아버지의 모습을 보며 슬쩍 뒤로 빠졌다.

그러자 마음이 급한 남궁진휘가 급하게 물었다.

"들으셨는지 모르지만 정의맹 적호단이 환마제를 죽였습니다. 그런데 한중 너머 그 일대에서 환마제가 이상한 교단을 일으켰을 때와 비슷한 사건들이 일어나고 있습니다."

"흐으. ……환마제의 빈자리를, 채우려는 거겠지. 귀천성에게, 팔현성의 자리는, 후우, 중요하니까."

남궁진휘의 말을 들은 제갈길현이 피곤이 몰려오는 듯 조금 느릿하게 답했다.

하지만 그럴수록 남궁진휘의 마음만 급해졌다.

"그들을 찾을 방법이 있습니까? 어떤 식으로 환마제를 키우는지 알고 계십니까?"

"피. 피를 찾아야지. 환마제는…… 키우는 게 아니라…… 만드는 걸세. 무수히 많은 피가…… 필요하니 전쟁을 이용…… 실수를……."

"천수현인!"

남궁진휘가 급하게 제갈길현을 불렀다.

하지만 점점 숨을 느리게 뱉던 제갈길현은 어느새 다시 눈을 감았다.

조용히 있던 의선이 다가와 제갈길현의 상태를 살폈다.

그 모습을 보며 남궁진휘가 아쉬운 얼굴로 말했다.

"……혹시 콧구멍을 막으면 다시 깨시지 않을까요?"

"암살 논의라면 아들인 내가 없는 곳에서 하는 것이 어떻겠나?"

남궁진휘와 제갈가주의 농담을 들으며, 의선이 웃음을 터뜨렸다.

"허허, 깨어나는 횟수가 늘어나고 잠드는 시간이 줄어드는 건, 천수현인께서 무사히 회복 중이라는 희소식입니다."

"후우……."

"참 다행한 일이군요. 감사합니다."

의선의 말에 남궁진휘와 제갈가주가 안도인지 뭔지 모를 한숨을 쉬었다.

"일단 알아낸 정보만이라도 적호단에 보내겠습니다."

"그러지. 아, 그리고……."

"알고 있습니다. 천수현인께서 깨어나신 것은 철저하게 함구하겠습니다."

남궁진휘가 속을 들여다본 듯 제갈가주의 뜻을 알아차렸다.

이미 진화가 알고 있지만, 그래도 언급을 조심하는 것이 좋았다.

남궁진휘가 매응을 날리러 나가고, 제갈가주가 죽은 듯 잠에 빠진 제갈길현을 보았다.

"역시 남궁이라 만만치 않지요?"

아버지를 향한 제갈가주의 말에 의선이 소리 없이 미소를 지었다.

제갈길현의 입꼬리도 미미하게 올라간 듯했다.

남궁진휘가 밖으로 나오자, 기다렸다는 듯 매응이 그의 팔에 내려앉았다.

남궁진휘가 다정하게 매응의 머리를 쓰다듬으며 고기 조

각을 먹였다.

고기를 다 받아 먹은 매응이 응석을 부리듯 그의 손에 부리를 비볐다.

"그래, 그래, 힘들지. 요즘 따라 널 찾는 사람들이 많구나."

남궁진휘가 제 손가락에 핏자국을 닦는 매응을 보며 실소를 흘렸다.

영악한 녀석.

"빨리 날아야 한다. 적호단도 그렇지만, 본가에 전할 소식이 중요해. 같잖지도 않은 놈이 감히 내 동생의 형 노릇을 하려는 모양이거든."

남궁진휘의 눈빛이 매섭게 번뜩였다.

입가에 지어진 미소 또한 서늘한 비소로 남아 있었다.

"진혜에게 갔다가 곧바로 본가로 가거라."

휘이이익――!

파드드드드.

남궁진휘의 명과 함께 그의 팔을 딛고 매응이 힘차게 날아올랐다.

파드드득.

팔에 매응이 내려앉자 남궁진혜가 매응의 가슴 털 속에서 전서를 꺼냈다.

보통은 다리에 달기도 하지만, 남궁진휘는 안력이 좋은 고수라면 다리에 달린 전서통을 볼 수도 있다며 이 방법을 택했다.

"하여튼 유난은."

남궁진혜의 입가에 웃음기가 있는 것을 보면 특별히 유감이 있어서 한 말은 아니었다.

하지만 전서를 읽고 난 후.

파—직.

"이런 씨, 남궁진휘, 이 새끼 이걸 정보라고 보낸 거야?"

남궁진혜가 잔뜩 열이 받은 얼굴로 구겨진 전서를 노려보았다.

　　핏자국, 피의 흔적이 많은 곳 주목. 전쟁을 이용 중.

남궁진혜가 어이없다는 얼굴로 주변을 돌아보았다.

남궁진혜의 시야가 닿는 곳은 온통 핏자국이 선연했다.

남궁진혜의 말을 들은 적호단주와 진화의 반응도 그녀와 같았다.

"며칠 전에 수백 명을 죽였는데, 거기서 피를 찾으라고?

도움이 안 되는군. 도울 생각이 없나?"

적호단주가 불만스러운 듯 전서를 비꼬았다.

"……."

이번만큼은 진화도 남궁진휘의 편을 들 수 없었다.

결국 적호단은 하던 대로 맨땅에 머리를 박듯 조금이라도 이상한 흔적을 찾기 시작했다.

마을의 분위기가 다시 조용해졌다.

처음 황태자와 표기군이 떠나도 기뻐하던 백성들도 이제는 경계심 어린 눈초리로 적호단을 보았다.

어찌 되었든 강한 힘을 가진 무림인들이라, 언제 돌변해서 그들을 위협할지 모른다는 듯한 눈치였다.

하지만 적호단도 좋아서 마을에 남은 것은 아니었다.

적호단원들 또한 매일같이 두 시진씩 걸리는 산길을 올라, 온통 시체가 쌓여 있는 적사문에서, 정확하게 뭔지도 모르는 것을 찾아 뒤지는 것은 곤욕이었다.

"구덩이를 깊게 파라!"

적호단은 마을 사람들의 도움을 받아 산 한쪽에 구덩이를 팠다.

자신들을 반기지 않는 것은 알았지만, 시체들이 썩어 가며 풍기는 악취와 들끓는 짐승과 벌레를 두고 볼 수 없었기 때문이다.

적호단은 마을 사람들과 시체를 정리할 조와 군대에 당해 텅 빈 마을 안, 숲속, 적사문 본 문을 수색할 조를 나누었다.

진화와 관도생들은 적사문 안쪽을 뒤지고 있었다.

'핏자국은 덜하지만, 온통 비밀스러운 통로들이군.'

바람이 흐르는 기운을 느끼며 진화가 절레절레 고개를 저었다.

총 세 채의 거대한 건물로 이뤄진 적사문은 눈에 보이는 것보다 보이지 않는 공간과 통로가 더 많았기 때문이다.

"문주의 방을 비롯해서 위쪽은 일, 이, 삼 조에 맡겨 두고, 우리는 우선 지하를 찾아보는 게 어떤가?"

"지하?"

현오의 제안에 진화와 일행이 의아한 듯 그를 보았다.

그러자 현오가 염주를 굴리며 씨익 웃었다.

"내가 환마제와 가장 오랜 시간을 보내지 않았는가."

"오랫동안 잡혀 있던 것도 그런 거라면."

남궁교명이 딴지를 걸었지만 어쨌든 현오가 환마제를 가장 오래 본 것은 맞았다.

"그 얼마나 힘든 고난의 시간이었는지 안 겪어 본 자는 알 수 없네!"

"아아, 그래서, 환마제에 대해 기억나는 게 있어?"

"그자는 어둡고 음습한 곳, 지하를 좋아했지. 그 육중한 몸으로는 계단을 오를 수도 없을 테니 당연하겠지만. 지하에 사람을 가둬 두고 하나씩 죽여서 갓 도살한 정육 고기처럼 걸어 두는데, 내 그 미친 곳에서 어떻게 버텼는지. 크흐! 부처님이 돌봐주시지 않았다면……."

"넌 악몽에 부처가 나온 거잖아. 양심도 없냐?"

현오와 남궁교명이 티격태격하는 것을 들으며, 순간 진화의 눈이 커졌다.

'인간 시장 노예를 포함해서 사람을 가둬 둔 감옥, 사람을 도살한 흔적.'

진화는 인림(人林) 밑에 있던 환마제의 소굴을 떠올렸다.

지하에 가둬 두었던 사람들과 인육방처럼 천장에 걸려 있던 시체들.

시체들의 밑에 피를 받는 큰 통이 있었다.

도살한 고기처럼 피를 빼서 흘려 버리는 것이 아니라 정성스럽게 모으고 있던 피.

그래, 피가 중요했다.

"그러니까! 내 악몽이 불마대법인 것이 얼마나 다행인가. 그 환기도 안 되는 곳에서 코를 찌를 듯한 혈향을 맡으면서 내가 얼마나 초인적인 정신력으로 견뎠는지. 사부님 잔소리와 사형제들의 찝찝한 품이 아련하게 떠오르면서 마침내 정신이 아득해지는데……."

"지하를 찾자!"

진화가 현오의 말을 끊고 말했다.

"응? 진짜 이 땡중의 말을 듣는다고?"

일행이 황당하다는 듯 진화를 보았다.

진화의 말에 반색하는 건 오직 현오뿐이었다.

"그렇지! 남궁 시주는 아는군. 그 음습한 놈! 제놈이 내 정신을 깨워 준 줄도 모르고 무슨 피를 술처럼 퍼마시고 있는데, 내가 거기서 혼신의 힘을 다해 자는 척을 하느라 얼마나 애를 썼는지 자네들은 상상도 못 할 걸세!"

모두가 의아한 속에 현오만 신난 듯 떠들었다.

하지만 일행은 물론 진화도 현오의 혼신의 힘에는 관심이 없었다.

"핏자국을 찾아. 건물 내부에는 전투가 없었으니까, 전투로 생긴 혈흔과 헷갈리지 않을 거다."

진화의 말에 이제야 일행이 관심을 보였다.

"그때 놈들의 지하 소굴엔 음식은 흔적도 보이지 않았고 사람들만 잔뜩 잡아다 놓았지. 현오의 말처럼 그때 환마제는 피를 마시고 있었다."

"아!"

"우리는 대량으로 피를 모아 놓은 곳이나 그랬을 법한 흔적을 찾는다. 그렇게 많은 피를 모아 놓으려면 사람들의 눈에 띄는 곳은 곤란할 테니, 사람들 몰래 숨기기 좋은 지하에 있을 가능성이 커. 일단 지하로 이어진 비밀 통로나 입구부터 찾지."

"추—웅!"

"좋은 생각이다!"

"아니, 이럴 건가? 내 생각과 한 치도 다르지 않구먼, 반응은 왜 이런 건가?"

"땡중은 닥치고 따라와!"

진화의 말에 당시의 기억을 떠올린 일행이 급히 움직였다.

흩어진 진화 일행이 일 층을 중심으로 뒤지자 몇몇 적호단원들이 관심을 보였다.

그리고 진화 일행의 설명을 들은 이들은 그들과 함께 움직이기 시작했다.

맨땅에 머리를 박는 것보다는 뭐라도 단서가 될 만한 것을 따라가는 것이 나았기 때문이다.

문제는.

"여기, 통로다!"

"여기도!"

"젠장, 뭐가 이렇게 많은 거야! 입구는 찾았어?"

지하로 연결된 비밀 통로가 너무 많고, 중요한 입구는 찾을 수 없다는 것이었다.

그렇게 반시진 동안 별다른 소득이 없자, 적호단에서도 슬슬 다른 말들이 나왔다.

"그냥 통로를 타고 들어가는 수밖에 없나?"

"어떤 함정이 있을 줄 알고."

"이대로 시간을 보내도 성과는 없을 듯합니다."

"흠, 단주님께 보고하고 비밀 통로로 진입하자."

"충."

경험 많은 단원들의 말처럼 비밀 통로를 타고 들어가는 것은 위험했다.

어디까지 어떻게 연결되어 있는지 알 수도 없고, 어떤 함정이 있을지도 모르는 상태에서는 뭔가 준비를 할 수도 없었기 때문이다.

결국 통로 진입을 결정하면서 표정이 좋지 못한 단원들을 보며, 진화는 생각을 바꿔 보기로 했다.

'어쨌든 비밀 통로들이 지하로 연결되어 있다 이거지?'

마침 진화의 눈에 팽가 형제가 들어왔다.

"돌 같은 건 금방 치우지?"

"음?"

"그게 무슨 말이야?"

팽가 형제가 황당하다는 듯 되물었다.

진화는 팽가 형제에게 대답 대신 씨익 웃어 보이며 그대로 바닥을 향해 발을 굴렀다.

콰———앙!

쿵. 쿵. 콰과광-쿵!

건물 전체로 퍼지는 거대한 기운의 파장과 함께 바닥 전체가 흔들렸다.

그리고 생각보다 많은 곳이 무너졌다.

"뭐, 뭐야!"

"읏!"

찾는 곳이 어디인지도 모르고 섣불리 땅을 판다면 자칫 통로가 무너질 수도 있지만, 만약 위치를 안다면?

바람의 흐름을 통해 진화는 자신들의 발밑에 거대한 공간이 있음을 알았다.

그리고 비밀 통로로 진입하는 것보다 안전하고 다칠 걱정이 없다면, 곧바로 내려가는 게 나을 수 있다고 생각한 것이다.

놀란 일행과 적호단의 눈이 뿌얀 먼지 속에 땅으로 꺼져 버린 진화와 팽가 형제를 찾았다.

"야! 도련님, 괜찮아?"

"무슨 일이야? 밑에 괜찮나!"

곁에 있던 남궁구와 적호단 일 조 조장이 급히 달려왔다.

거대한 구멍.

그저 바닥 한 층만 무너뜨린 것이라곤 상상도 할 수 없을 만큼 깊은 구멍이 아래로 이어졌다.

"몸은 괜찮지?"

"……몸은 괜찮다."

"마음이 안 괜찮다! 다음에는 땅을 무너뜨리기 전에 미리 말해라!"

진화의 물음에 팽가 형제가 고개를 저으며 답했다.

하지만 그것 외에는 팽가 형제도 진화를 탓할 수 없었다.

무너진 돌무더기 너머, 어쩌면 그들이 찾는 것일지 모르는 거대한 문이 보였기 때문이다.

"……금방 치우지."

팽수의 말과 함께 팽가 형제가 문을 반쯤 막고 있던 바위를 치우기 시작했다.

진화는 위를 향해 문의 존재를 알렸다.

"여기-! 뭔가 찾았습니다!"

"뭐? 찾았다고?"

"미친!"

진화의 말에 무슨 의미인지 모르겠지만 놀란 목소리들이 들려왔다.

그리고 잠시 후.

남궁구를 비롯한 진화 일행과 적호단이 어디서 찾아왔는지는 튼튼한 줄을 내렸다.

줄을 타고 관도생들을 비롯한 적호단원들이 구멍 아래로 내려왔다.

그들은 내려오자마자 진화가 발견한 것을 보고 차마 말을 잇지 못했다.

"이게 무슨……!"

팽가 형제들이 순식간에 치워 버린 바위 뒤로 거대한 문이 오롯이 모습을 드러냈다.

붉은색 문에서는 무엇으로 칠한 건지 모를 수 없을 만큼 비릿한 혈향이 풍겨 왔다.

"모두 정렬. 문을 열다."

진화의 말에 적호단원들이 진화의 뒤에 서고 팽가 형제가 양쪽으로 서서 문을 당겼다.

크르르르릉-.

조금 남아 있던 돌과 모래를 밀어내며 문이 열리는 소리가 마치 짐승의 울음소리 같았다.

진화를 비롯한 적호단원들이 잔뜩 긴장한 얼굴로 안을 노려보았다.

크르르르릉--!

"큿!"

"윽! 무슨 냄새가……!"

마침내 문이 열리면서 모두가 얼굴을 찌푸리며 코를 막았다.

그때, 진화가 급하게 소리쳤다.

"모두 물러서!"

쉐에에에엑----!

탕! 탕! 쉐에에엑---!

문이 열리는 것과 동시에 바람을 가르며 날아드는 금속성.

날카로운 무언가가 문을 베고 적호단을 향해 날아들었다.

파팟-!

"큿!"

푸른 불꽃이 팽가 형제의 눈앞에서 튀었다.

파지지지직---!

진화가 손을 펼친 곳 앞으로 푸른 번개 속에서 무언가가 튀겨지듯 부서지고 있었다.

'현홍사. 맞게 찾았구나.'

까맣게 재가 되어 흩어지는 현홍사의 흔적을 보며 진화가 눈을 빛냈다.

"괜찮나?"

"……몸은."

이번에도 마음은 괜찮지 않은 것인지.

진화는 팽가 형제의 대답에 피식 웃고 말았다.

제일 먼저 현홍사에 당한 형제였다.

그 뒤로는 대부분 진화가 막아 주긴 했지만, 처음 두부를 자르듯 문과 돌을 잘라 내는 현홍사를 맨몸으로 막아 낸 것치

곤 팽가 형제의 양팔에는 가는 혈선으로 된 상처만 남았다.

"너희는 몸만 무사하면 돼."

팽가 형제의 무사함을 확인한 진화가 적호단원들에게 고개를 끄덕였다.

더 이상 살기 어린 함정은 느껴지지 않았다.

진화의 신호에 일 조 적호단원들이 먼저 문 안으로 진입했다.

"윽! 시취(屍臭)다!"

"흡! 지독하군."

짧은 신음과 함께 적호단원들이 급하게 코를 막았다.

경험 많은 일 조 단원들마저도 시체가 한창 썩어 가는 냄새의 고약함은 견딜 수 없는 듯했다.

당혜군과 제갈상, 남궁교명은 자신들의 의지와 상관없이 구역질을 해야 했다.

왜 지하를 이렇게 깊게 팠는지 이해가 되는 높은 제단이 있었다.

그 아래로, 뭔가 커다란 무언가가 있었던 네모난 흔적.

제단에서 무슨 짓을 했는지 알 정도로 제단 아래, 네모난 흔적에서 벗어난 곳곳에 산산이 부서진 채 썩어 가는 시체들이 있었다.

그 앞쪽으로 까맣게 뭉쳐 있던 파리떼가 날아가자 색깔마저 검게 변한 혈흔이 넓게 이어졌다.

"대체 무슨 짓을 한 건지!"

어느새 내려온 적호단주가 눈살을 찌푸렸다.

곳곳에 치워지지 않은 시체와 땅을 흠뻑 적실 정도로 남아 있는 혈흔에 온갖 짐승과 벌레가 득시글거리는 모습.

경험 많은 적호단원들조차 구역질이 올라올 정도로 지독한 흔적이었다.

대체 얼마나 많은 사람들이 여기서 죽었는지 짐작조차 할 수 없었다.

수없이 많은 전투를 한 적호단원들이었지만, 그들의 상상력으로도 이만한 흔적을 남길 만큼 끔찍한 일은 쉽게 떠오르지 않았다.

하지만 그 순간에도 진화의 시선은 뭔가가 있었던 듯한 네모난 흔적에 고정되어 있었다.

'그때도 네모난 목간통 같은 것에 피를 받았지. 그럼 피를 옮긴 곳도 있을 텐데…….'

진화가 네모난 흔적 주변을 샅샅이 살폈다.

'혼현마제도 함께 있었다. 그자가 자신이 있었던 곳에 어설프게 단서가 될 만한 흔적을 남기진 않았을 거야.'

진화의 눈이 매섭게 빛났다.

그때, 구멍 아래로 뛰어 내려온 적호단원 하나가 적호단주를 찾았다.

"단주님, 부단주께서 수상한 관을 발견했습니다!"

진화가 급히 밖을 돌아보았다.

"그동안 신세 졌습니다."

"어인 말씀을요. 마을의 은인이십니다."

떠나는 적호단을 배웅하기 위해 마을 사람들이 모두 나왔다.

요 며칠 경계 어린 눈으로 보던 것이 언제였냐는 듯, 하나같이 이별을 아쉬워하는 얼굴이었다.

"어찌 일은 잘 끝나신 겁니까?"

"예. 어쨌든 우리의 임무는 적사문 토벌이었으니, 임무는 잘 마친 편이지요. 남은 적사문의 행태를 살피는 것은 어디까지나 부가적인 일이니, 더 필요하다면 맹에서 조사단을 보내든지 할 것입니다."

"아, 예."

적호단주의 말에 현씨 세가의 가주가 고개를 끄덕였다.

"그럼 다음에 뵐 때까지 무탈하십시오."

"이 촌무지렁이들이야 적사문도 없어진 마당에 별 탈 있겠습니까. 단주님과 단원들이야말로 언제나 건강하길 바라겠습니다."

"안녕히 가십시오!"

적호단주가 마지막 인사를 전하고 현씨 세가 가주와 마을 사람들이 공손하게 허리를 숙였다.

조용히 마을에 머물러 준 것만도 고마운데 황태자의 행패에서 마을을 구해 주기까지 했으니, 그들의 극진한 태도도 이해할 만했다.

마을 사람들은 적호단이 마을을 나가 보이지 않을 때까지 허리를 숙이고 있었다.

적호단이 완전히 산을 내려오고.

한동안 말이 없던 적호단주가 진화에게 물었다.

"이제 없느냐?"

"예. 전부 마을을 내려갔는지 확인하고 바로 돌아갔습니다."

"그래…… 건강하길 바라긴, 니미! 빌어먹을 것들!"

적호단이 마을을 벗어나 산을 다 내려올 때까지, 진화의 기감에 누군가 적호단을 따라붙은 것이 느껴졌다.

그 때문에 지금껏 감정을 누르고 입을 꾹 닫고 있던 적호단주였다.

적호단주는 감시자가 사라졌다는 말에 참았던 욕지거리부터 뱉어 냈다.

"스스로 촌무지렁이라 하면서 감히 정의맹을 농락해? 젠장! 끝까지 낯가죽 뻔뻔하게 실실 쪼개는 걸 아구창을 찢어 놓으려다 겨우 참았구먼."

적호단주가 현씨 세가 가주를 생각하며 이를 갈았다.

하지만 그럴 수밖에.

그 끔찍한 광경.

비밀스러운 재단 아래 피를 모은 것이 분명한 네모난 흔적.

적사문에 있던 자들이 남은 흔적은 모조리 치웠으나, 산속에 묻어 둔 흔적까지 모두 치우진 못했다.

남궁진혜와 수색조가 발견한 관.

적사문의 비밀스러운 지하에서 시작된 관이 다름 아닌 적호단이 묶였던 마을까지 연결되어 있었던 것이다.

적호단주는 물론 적호단원들 모두 마을 사람들의 행태에 소름이 돋았다.

적사문과 그쪽 마을 사람들을 희생시키며 한편으로는 천연덕스럽게 자신들에게 순박한 산골 백성들의 모습을 연기한 것이 아닌가.

적호단주는 현씨 세가 가주가 마을의 은인이라며 제 손을 잡을 때 저도 모르게 그 손을 떨쳐 버릴 뻔한 것을 겨우 참았다.

"백매단은 도착했나?"

"정의맹에서 벌써 보내 놨다고 했습니다."

적호단주의 물음에 부단주인 남궁진혜가 답했다.

"재단이 들켰고 조사단을 보낼 거라 정보를 흘렸으니, 놈들도 곧 움직이겠군."

"그 뒤를 백매단이 놓치지 않을 겁니다. 저들이 우리에게 환마제가 있는 곳을 알려 주겠지요."

"망할. 그때 반드시 우리가 간다. 마음껏 분풀이를 해 주지."

"망할 늙은이 아구창은 그때 찢어 버리면 됩니다."

적호단주와 남궁진혜가 사이좋게 이를 갈며 다음을 기약했다.

덩달아 적호단원들의 분위기도 흉흉하기 그지없었다.

"아미타불, 이러다 누가 산적인지 누가 적호단인지 모르겠군."

적호단 일행의 맨 끝에는 험한 산세를 지나다 뭣도 모르고 적호단을 습격한 산적들이 잡혀 있었는데, 현오의 말마따나 잡고 있는 사람과 잡혀 있는 사람이 거의 구분이 가지 않았다.

황도, 낙양.

화려한 낙양 저자에 새로운 볼거리가 떴다는 말에 사람들이 몰려나왔다.

전국 각지에 몰려든 사람과 물자로 없는 것이 없다는 낙양이었지만, 황족의 행차는 날마다 볼 수 있는 구경거리가 아니었다.

"황태자 전하 천세-! 천세--!"

"와아아아아! 태자 전하!"

사람들은 군대의 선두에서 금빛 갑옷에 백마를 탄 황태자를 향해 환호를 보냈다.

비록 이 행진을 위해, 부상자가 빠진 표기군은 줄어든 세를 보존하기 위해 급하게 중앙에 대기 중이던 병사를 보충하고, 황태자는 잃어버린 명마 대신 마시장에서 웃돈을 주고 산 관상용 말을 타야 했지만 말이다.

"황제 폐하, 신 황태자 한유강, 폐하의 명을 받아 한중의 민란을 제압하고 귀환하였나이다!"

황태자와 좌장군을 필두로 표기군이 대전 앞에 도열하여 무릎을 꿇었다.

절도 있는 모습이 사뭇 정예군 같아, 그 앞에 있던 황태자조차 이때만큼은 기세라는 것이 생긴 듯했다.

"수고하였다. 군의 노고를 치하하여 술과 고기를 하사하니, 오늘은 휴식을 취하고 내일 조당에서 성과를 자세히 보고하라."

"황공하옵니다, 황제 폐하! 만세 만세 만만세-!"

황제의 말에 황태자의 마음이 울렁였다.

대전에서 내려다보는 황제의 덤덤하고 냉엄한 눈조차 오늘은 그다지 겁나지 않은 느낌이었다.

게다가 황제가 대전으로 돌아가며 황태자를 향해 작게 고개를 끄덕여 주기까지 하자, 황태자는 비로소 자신이 뭔가 해낸 듯 가슴이 벅차올랐다.

"당분간은 황태자가 의기양양하겠군."

"이황자, 아니 삼황자께서 이 기회를 무척 아까워하시더니."

"각주군의 민란 토벌은 삼황자와 사황자가 함께 나갈 듯하더군요. 귀빈전과 미인전이 손을 잡은 것을 보면, 이번 황태자의 공이 크긴 큰가 봅니다."

"허허, 그런가요."

당당하게 군을 데리고 물러나는 황태자를 보며 신료들이 저마다 한마디씩 수군거렸다.

벌써 몇몇 신료들은 황태자와 좌장군을 찾아나선 지 오래였다.

조당에서 오래된 노신들 또한 그 모습을 보고 있었다.

그들은 언제나 그렇듯 다른 혈기 왕성한 신료들보다 발걸음이 무거웠다.

"허어, 황태자 전하의 얼굴에 완전히 자신감이 붙었구려."

"좌장군은 어떻고. 황도에 들어오기 전에 벌써 군사들은 물론 은밀하게 포섭할 신료들까지 표기대장군부로 불러들였다는군."

"허허허, 좌장군도 제법일세."

좌장군 표서량의 정식 명칭은 표기대장군.

한 제국에는 중앙 정예군이라 불리는 다섯 군대가 있었는데, 그중 황제 직속의 황룡군을 제외한 네 개의 군대는 각각 제국 최고사령관이라 할 수 있는 네 명의 대장군이 맡고 있었다.

표기군을 맡고 있는 표서량은 다른 대장군들과 마찬가지로 따로 대장군부를 가지고 있었다.

"저치도 이제 욕심이 생기는가 보군."

"허허허, 욕심은 진즉에 있었지. 그걸 언제 드러내느냐 하는 문제 아닌가."

노신들은 황태자의 뒷배로 야심만만한 행보를 보이는 좌장군 표서량의 모습을 몹시 흥미롭게 지켜보았다.

하지만 흥미는 흥미일 뿐.

혈기 왕성한 젊은 장군의 행보에 함께하기 위해 발걸음을 옮기는 노신은 아무도 없었다.

"군공을 세웠으니 당분간은 황태자 전하의 위세가 오르겠구먼."

"암, 하나 있던 약점이 사라진 격이 아닌가."

"……글쎄."

그동안 황태자는 온화한 성품이라는 칭찬 끝에 다소 유약하고 예민하다는 평가가 꼬리처럼 따라붙었다.

그런데 이번 민란 진압을 무사히 해내면서 군공을 세웠으니. 지금이야말로 유일한 흠결이라 여겨지던 유약하다는 평을 떼어 버릴 수 있게 된 것이다.

좌장군과 황태자의 기세가 이처럼 등등한 것도 모두 그 때문이었다.

하지만 발걸음 무거운 노신들처럼 모두가 그렇게 생각하는 것은 아니었다.

현학장원.

하남조씨 일가의 장원으로 황도에서 황궁 다음으로 큰 곳이었다.

어떤 이들을 조씨 일문을 향해 중원 제일의 부자라 했고, 어떤 이들은 중원 제일의 명문가라 불렀으니.

현학장원에는 일부러 사람을 끌어모으지 않아도 하루에 수백 명의 손님이 드나들고, 지금도 매일 수십 명의 식객이 머물고 있었다.

특히 현학장원에 머무는 식객 중에는 중원에 이름난 학자부터 조정 신료들의 스승이라 불리는 학자, 조정에 뜻을 둔 젊은 학자들이 수두룩했는데, 그들 대부분은 하남조씨와의 인연을 끝까지 이어 가는 편이었다.

그렇게 이어진 인연이야말로 하남조씨 일문이 조정에 가

진 진정한 힘이라 할 수 있었다.

"부서령이 왔다 갔습니다. 스승을 뵙는다는 핑계였지만, 표기대장군부의 소식을 전해 주더군요."

조정호가 부서령이 전해 준 전서를 아버지 조위례에게 전해 주었다.

작은 쪽지에는 표기대장군부에 든 신료들의 이름이 적혀 있었다.

"박쥐 같은 놈들이 꽤 많이 움직였군."

조위례가 전서에 적힌 이름들을 보며 코웃음을 쳤다.

"다행히 우리 쪽 사람은 없습니다. 좌장군이 원귀빈 쪽에 있는 젊은 장수와 허미인에게 붙은 젊은 신료들을 골라서 연통을 보냈더군요. 노리는 바가 너무 명확해서…… 안 그래도 북회대장군부에서 대사마 허임까지 들어서 논의 중이라 합니다."

"허허, 백날 의논해 보라지. 황태자의 기세를 어디 대화를 나눈다고 꺾을 수 있겠느냐."

"삼황자와 사황자가 각주군 민란 진압에 나설 것이 확실하더군요."

"늦었다. 뭐든 처음이 중요한 것이다. 그다음은 이미 빛이 바랬지."

조위례는 조정호의 보고에서 느껴지는 삼황자와 사황자 측의 노력을 냉정하게 평가했다.

그들이 들으면 서운하다 할 수 있겠지만, 한 제국을 다시 부활시키고 지금의 황제를 옹립하기까지 중원의 정치를 움직인 조위례의 판단을 무시할 수 있는 사람이 있을까.

조정에서 물러난 지금까지도 황제는 조위례에게 태사의 자격을 쥐여 주고 심심찮게 그를 황궁으로 불러들였다.

아들이 조정호 또한 대장군의 반열에 오르고도 조위례의 말은 무조건 경청하는 편이었다.

"좌장군이 신료들을 규합하여 우리 황자님을 모함할 것입니다. 황태자의 기세가 이 이상 오른다면 황자님이 곤란해지실 수도 있지 않겠습니까."

조정호가 불안한 듯 물었다.

좌장군의 움직임은 미리 쭉 읽고 있었지만, 새삼 그 움직임이 예상보다 기민하고 동조하는 신료들도 늘어났기 때문이다.

하지만 조위례는 눈 하나 깜짝하지 않았다.

"보아라."

조위례가 조정호가 전해 준 쪽지를 다시 돌려주었다.

"좌장군이 젊은 장수, 젊은 신료 들만 따로 연통한 것이 무엇 때문이겠느냐?"

"언제나 위로 오르기를 갈망하는 자들이니 움직이기 쉽기 때문이 아니겠는지요."

"그래. 하지만 위로 오르고 싶기는 다른 신료들도 마찬가

지다. 그들은 뭐가 좋아 순번을 기다리며 삼황자와 사황자의
밑에 줄을 서 있겠느냐."

"……."

"눈치가 빤한 이들이다. 흐흐흐, 전 황후를 폐서인시킬 때
도 납작 엎드려 살아남았던 좌장군도 눈치가 빤하니 그놈들
에게는 연통을 안 한, 아니 못한 것이지."

조위례가 맹렬하게 눈치를 보고 머리를 굴렸을 사람들을
생각하며 웃음을 흘렸다.

"문제는 황태자입니다. 우리가 준비한 것이 충분하겠는지
요?"

"허허허, 그래, 문제는 황태자지."

조심스럽다 못해 결벽적일 정도로 완벽을 기하는 조정호
다.

아들의 성품이 마냥 좋다고 할 수는 없지만, 조위례는 만
족스럽게 웃을 수 있었다.

적의 움직임을 읽고 뒤를 잡은 상황.

다른 젊은 신료나 장수 들은 신이 나서 흥분했을 상황에,
이런 때일수록 더 신중을 기하는 아들의 모습을 보면 이제
슬슬 뒤를 맡겨도 괜찮겠다는 생각이 들었다.

"황태자의 약점은 유약하다거나 군공이 없다는 것이 아니
다. 군공이라면 좌장군이 넘치게 채워 줄 수 있다."

"하면……?"

"황태자의 약점은 외척이 없는 것이다. 정치판에서 외척이란 자식의 외가를 말하는 것이 아니라 황제와 결혼이라는 거래를 한 국모, 황후의 집안을 말함이지. 황태자의 약점은 폐서인의 자식이라는 그 자체다."

본인도 어찌할 수 없는 치명적인 결함.

황태자의 입장에선 억울할 수 있겠지만 그것이 혈통으로 이어지는 황실의 힘이자 한계였다.

그리고 그것으로 얼마든지 물어뜯기는 것이 조정과 정치판이라.

조위례가 어설프게 이를 드러낸 좌장군과 황태자를 마음껏 비웃을 수 있는 이유였다.

"황실을 대신하여 외척이 쌓을 수 있는 영향력…… 전장에서 세운 전공으로는 어찌할 수 없다는 걸 이제 좌장군도 알게 되겠군."

그러게. 황태자의 약점을 없애려 했다면 군공이 아니라 다른 외척을 만들든, 후계를 만들든 했어야지.

조위례가 여유롭게 남궁세가에서 보낸 용정차 들이켰다.

한중의 협곡을 벗어나자 그다음부터는 일사천리였다.

산적들은 한중권문에 넘기고, 적호단은 한수를 타고 그대로 정의맹으로 복귀했다.

정의맹에 도착하자마자, 진화는 의외의 인물에게 초대를 받았다.

"형아, 이건 운명이야! 날 책임져!"

"……."

방긋 웃으며 꽃을 내미는 아이를 보며 진화가 할 말을 잃은 사이.

대체 뭘 비는 건지, 강무련이 한수림의 뒤에서 진화에게 두 손을 모아 빌고 있었다.

자신을 책임지라니.

게다가 강무련의 저 비는 동작은 대체 뭘까.

아이를 책임지라는 걸까, 아니면 아이를 때리지 말아 달라는 걸까.

진화가 혼란스러운 눈으로 한수림과 강무련을 보았다.

그러다 저도 모르게 한수림이 내민 꽃에 손을 내밀 즈음.

탁.

"아앗!"

누군가 한수림의 손에서 꽃을 빼앗듯 가져갔다.

남궁진휘였다.

"형님!"

진화의 반가운 목소리에 남궁진휘가 난처한 듯 웃어 보였다.

그리고 입가에 미소를 단 채 많은 의미를 담은 눈으로 한수림을 쏘아보았다.

"소공자, 내 일전에도…… 어린 나이를 빌미로 순진한 척 개수작을 부리는 건 동네 일곱 살짜리한테도 통하지 않을 거라…… 친히 조언하지 않았던가?"

남궁진휘의 말투에 서늘함이 묻어났다.

하지만 호부 밑에 견자 없다고 한수림은 눈 하나 깜짝하지 않았다. 오히려 아쉽다는 듯 앙증맞은 입술을 불뚝 내밀었다.

"칫. 나도 안 될 줄 알았지만, 그래도 귀여운 얼굴 믿고 한번 해 본 거라고요."

진화가 놀란 눈으로 한수림을 보았다.

남궁진휘와 강무련이 기가 막힌다는 듯 고개를 젓는 모습을 보자니, 남궁진휘가 아니었다면 거의 꽃을 받을 뻔했다는 건 끝까지 말하지 않기로 했다.

"알다시피 그 결정은 우리가 아니라 사패천주의 요청이었네. 그러니 공자도 이만 수긍하시고 착실하게 준비하길 바라네."

"……히잉."

남궁진휘의 단호한 말에 꿋꿋하던 한수림의 눈에 눈물이 고였다.

한쪽에는 이미 강무련이 고개를 숙이고 있었다.

그리고 곧, 기다렸다는 듯 터지고 말았다.

"우에에에엥! 가기 싫어! 가기 싫다고ㅡ!"

울음을 터뜨리는 한수림을 강무련이 안아 들고, 한수림은 그 품에서 더 크게 울음을 터뜨렸다.

"우에에에에ㅡ! 형아! 임무 가서 보지도 못했는데! 형아, 나랑 겨론하자! 엉? 형아랑 겨론해서 나 안 갈 거야! 허어어엉!"

강무련에게 안겨 멀리 떨어질 때까지도, 한수림은 울면서 진화에게 손을 뻗었다.

"형아아아아앙ㅡ!"

애처롭고 간절한 목소리와 손짓에 진화는 몹시 황당한 얼굴로 그 모습을 끝까지 지켜보았다.

남궁진휘가 한숨을 쉬며 놀란 진화의 어깨를 토닥였다.

"사패천에서 소공자를 돌려보내라는 전갈이 왔는데, 그 후로 계속 저 상태더구나. 울고 떼쓰다가 남궁세가에 청혼서를 보내고, 네가 왔다는 소식에 이렇게 직접 나설 줄이야. 사패천주의 아들답게 추진력이 상당해. 하하하."

"……."

진화로서도 뭐라 할 말을 찾지 못했다.

이런 일은 이전 생을 합쳐 처음, 아니 두 번째 겪는 일이었기 때문이다.

"일단 안으로 들어가자. 천수현인께서 기다리신다."

남궁진휘가 진화를 안으로 이끌었다.

그랬다.

애초에 진화와 만나기를 요청한 사람은 한수림이 아닌 제갈길현이었다.

의선의 말처럼 제갈길현의 회복이 순조롭게 진행되면서, 이제는 제법 깨어 있는 시간도 늘어났다.

그리고 제대로 대화를 하게 된 후로 제갈길현이 가장 먼저 찾은 사람이 진화와 현오였다.

제갈길현의 방에 들어가자 아니나 다를까 현오가 먼저 와 있었다.

봇짐을 한쪽에 둔 채 만두만 들고 있는 모습을 보자니, 소림에 들르지 않고 만둣가게에 갔다가 끌려온 듯 보였다.

제갈길현은 눈치를 보면서도 꿋꿋이 만두를 먹고 있는 현오를 두고 관찰 중이었다.

남궁진휘와 진화가 들어오자 제갈길현의 눈이 진화를 향했다.

"음……."

세세하게 진화의 얼굴을 관찰하는 듯한 인상.

제갈길현은 첫 만남의 강렬한 인상 때문인지, 부리부리한 눈에 번뜩이는 안광, 매서운 콧날이 가장 먼저 눈에 띄었다.

한눈에도 결벽한 학자 같은 제갈가주보다는 전형적인 무인 같았던 제갈후현과 더 많이 닮은 듯했다. 오랜 세월 누워 있느라 왜소해지긴 했지만 크고 굵은 골격도 그런 생각을 뒷받침했다.

하지만 진화와 현오의 얼굴을 살피는 제갈길현은 어떤 사람들보다 신중했다.

"역시."

한참 진화와 현오를 살핀 후 제갈길현이 고개를 끄덕이자, 사람들, 특히 의선과 홍랑대부가 급히 다가왔다.

"뭔가 알아낸 것이 있습니까?"

의선과 홍랑대부가 눈을 반짝이며 물었다.

제갈길현이 고개를 끄덕이자, 그들의 눈빛이 더욱 강렬해졌다.

"그게 뭡니까!"

"관상은 상관없네."

"……네?"

"혹시, 기껏 현오 스님과 황자 전하를 불러내서 알아낸 것이 '관상은 상관없다'는 것은 아니겠지요?"

의선과 홍랑대부의 기대가 싸늘하게 식었다.

홍랑대부는 진화를 남궁 공자가 아닌 황자라 칭하며 은근히 제갈길현에 대한 비난을 키웠다.

의선과 홍랑대부는 처음에 비해 제갈길현을 대함에 있어 격과 기대가 많이 사라진 듯했다.

그도 그럴 것이 그동안 제갈길현과 시간을 보내며, 의선과 홍랑대부도 중원의 현자라는 천수현인이 사실은 장난기 많고 괴팍한 노인네라는 것을 알아 버렸기 때문이다.

"관상이 아주 좋아. 이마, 눈썹, 눈 끝, 코끝, 입술 끝이 모두 길하니. 특히 복덕궁과 명궁, 질액궁, 재백궁, 노복궁이 모두 좋아서 말년까지 고생 없이 부귀영화를 누리겠군. 도화살이 짙기는 하지만 신분이 높으니 그 또한 처첩을 거느릴 관상이고. 흐흐흐."

"다행이군요!"

진화를 향해 능글맞게 웃음을 흘리는 제갈길현의 모습에, 그의 말을 듣고 좋아하는 사람은 남궁진휘밖에 없었다.

남궁진휘는 진화의 등을 토닥이며 진심으로 기뻐하고 있었다.

하지만 그럴수록 제갈길현을 보는 진화의 눈빛은 의선이나 홍랑대부의 그것과 비슷해졌다.

'사기꾼 같은 자로군. 이전 생의 내 인생이 어떠했는지 알려 주고 싶군.'

진화는 속으로 제갈길현을 비웃었다.

"저는요? 저는요?"

"잉? 스님은…… 팔자가 중요해? 이미 충분히 박복하지 않아?"

"지금 관상 가지고 신분 차별하는 것입니까?"

"아니, 그런 건 아니고. 흐흐, 걱정 말게. 말년이 좋아. 편안한 말년을 누리겠어. 장사를 해야 할 관상이긴 한데, 소림에서 고기도 팔아먹을 관상이니 소림이 부흥하겠군."

"그, 그래요?"

제갈길현의 말에 현오가 손에 든 만두를 보며 눈을 빛냈다.

진화는 소림 아래에서 '극락왕생만두'를 팔던 현오를 생각하며 이번에는 제갈길현의 의견에 동의했다.

그때, 한쪽에서 덤덤하게 있던 제갈가주가 끼어들었다.

"이렇게 사이좋게 노닥거리자고 바쁜 사람들을 불러 모은 것은 아닐 텐데요."

"쯧, 더럽게 재미없는 놈."

흥이 깨졌다는 듯 제갈길현이 제갈가주를 향해 혀를 찼다.

하지만 곧 진지한 얼굴로 진화와 현오에게 시선을 돌렸다.

뚫어질 듯 쳐다보는 눈빛, 번뜩이는 안광에서 언뜻 살기가 스쳤다.

진화와 현오의 표정도 굳었다.

"말 그대로 관상과 상관없다는 말일세. 혼돈의 빛이 눈 안에 있지만, 관상은 오히려 이쪽이 더 역천의 관상이야. 저 스님도, 살성이 묻어나지만 대상의 운이 더 강해. 광마제와 역천마제 놈들과는 다르지.”

제갈길현의 말에 진화와 현오는 물론, 의선과 홍랑대부의 안색이 달라졌다

“역시 역천비록은 사주와 천문으로 이뤄진 것이로군요.”

홍랑대부가 약간 의기양양한 표정으로 의선을 힐끗거렸다.

하지만 제갈길현은 홍랑대부의 말엔 대답도 없이 진화에게 말을 걸었다.

“처음 본 날, 내가 한 말을 기억하나?”

“……제 운명 또한 ‘역천마제에게 닿아 있다.’고 하신 것 말입니까?”

“그렇다. 내가 아는 한, 운명의 중첩은 마제와 제물에 관한 말이 아니었다.”

“그럼?”

“오히려 역천마제와 팔현성의 관계를 말함이었지. 같은 운명의 큰 줄기에 엮인 자들…… 혼현마제 그놈이 제 역천비록을 혼자 몰래 가지고 있었던 것도 그 때문이라 생각했다.”

“아……!”

“그래서 그게!”

제갈길현의 말에 조용히 입을 다문 진화와 달리 의선과 홍랑대부는 뭔가 깨달은 듯 탄성을 내었다.

제갈가주와 남궁진휘가 의선과 홍랑대부를 보았다.

"뭔가 깨달은 것이 있습니까?"

"아니, 아니오. 다만……."

"최종 제물이라 불리는 이들은 모두 마제들과 같은 생일시를 가지고 같은 천문마저 가졌으니, 그들의 사주와 천문의 조합이 마제들과 거의 동일한 것은 당연한 일이지요. 만약 운명의 중첩이 역천마제와 팔현성의 관계를 가지고 한 말이라면, 어쩌면 우리는 마제들 간에 운명의 중첩을 찾을 수 있을 듯해서 말이오."

"마제들 간에 말입니까?"

남궁진휘의 물음에, 의선과 홍랑대부의 시선이 진화와 현오를 향했다.

"두 사람은 생시가 동일하오. 해가 바뀌는 시간 안에서도 다시 바뀌는 시간. 계유(癸酉)는 해를 잡아먹는 검은 닭. 역천마제와 현오 스님은 흰 뱀, 달을 잡아먹는 검은 닭이지요."

"반면, 광마제와 남궁 공자의 을해(乙亥), 청 돼지는 하늘의 귀족이라, 닭의 목을 비틀어 아침을 여는 자. 같은 시간에 만나는 두 사람의 사주와 천문은 서로가 죽고 죽이는 관계입니다."

의선과 홍랑대부가 조심스러운 얼굴로 진화와 현오를 보았다.

현오는 놀라고 당황한 눈으로 진화를 보고 있었다.

반면 진화는 그보다 침착해 보였다.

"우리가 역천마제, 광마제와 같은 운명을 가졌다면, 그들도 우리와 같은 관계라는 거겠지요?"

진화가 제갈길현을 향해 물었다.

진화는 제갈길현이 이 모든 것을 알고 있었을 것이라 확신했다.

아마도 의선과 홍랑대부가 알아차리기 전에 제갈길현은 모든 사실을 추측하고 그것을 확인해 보고자 자신과 현오를 찾았을 것이다. 그리고 관상을 본다는 핑계로 자신과 현오를 관찰한 것이고.

진화의 추측이 맞다는 듯, 제갈길현이 고개를 끄덕였다.

"혼현마제가 자신의 역천비록을 숨긴 것이, 정말 그런 이유 때문이라 생각하십니까?"

"혼현마제의 역천비록은 나도 보지 못했네. 하지만 사주와 천문의 관계를 파악한다면, 그 관계 속에서 그걸 깨뜨리는 법도 찾을 수 있다는 것. 그래서 놈이 그토록 지독하게 자신의 비록을 숨긴 것이라는 게 내 추측이네."

제갈길현이 지지한 얼굴로 말했다.

의선과 홍랑대부도 그의 말에 동의한다는 듯 고개를 끄덕였다.

"역천마제와 광마제의 운명이 어찌 보면 악연으로 묶였음에도 그들이 함께 있는 데에는, 우리가 알지 못하는 뭔가 조건이나 다른 요소가 있겠지."

"그걸 전부 알게 된다면, 운명대로 만들 수도 있겠군요."

"음."

진화의 말에 제갈길현이 심각하게 표정을 굳힐 뿐 답하지 않았다.

오히려 현오가 놀란 눈으로 진화를 보았다.

"날 죽이겠다고?"

"내 운명이 널 죽일 수 있다면, 내가 역천마제도 죽일 수 있다는 거니까."

"아!"

진화의 말에 현오가 주먹으로 손바닥을 치며 감탄했다.

제갈가주나 의선, 홍랑대부도 마찬가지였다.

특히 의선과 홍랑대부는 뭔가 희망을 찾은 듯 상기된 얼굴이었다.

"다른 비록에도 시(時)가 중첩되는지 찾아보아야겠습니다. 그리고 그 관계성을 중점으로 풀어 보겠습니다!"

아무것도 없는 상태에서 암호와 같은 역천비록을 해석하고 뭔가 풀어내는 것은, 적호단이 뭘 찾는지도 모르고 산을 수색하는 것과 같았다.

맨땅에 머리를 박듯 앞이 깜깜하다는 것이다.

하지만 방향만 정해진다면, 그다음은 시간과 인내의 싸움이었다.

의선과 홍랑대부가 다시 의욕에 불타고 제갈가주가 기대

를 표하는 중에, 제갈길현은 이전보다 한결 누그러진 눈빛으로 진화와 현오를 보았다.

"운명 때문이 아니라, 그대들은 내 수십 년의 세월이 아깝지 않을 인재들일세. 급하지 않게 차근차근, 길을 잃지 않고 간다면 반드시 평화로운 관상대로 모든 것을 이룰 수 있을 것이네."

이번에야말로 실로 천수현인다운, 현기 가득하고 자애로운 덕담이었다.

하지만 제갈길현의 진심이었다.

실로 무섭고 버거운 운명에 대해 알게 된 순간이건만 그것에 매몰되지 않고 굳건한 두 젊은 무인들의 모습이, 수십 년 전 무림을 구하기 위해 검을 들었던 수많은 동료들을 떠올리게 했다.

제갈길현은 그때 그들에게 하지 못했던 말을 진화와 현오에게 해 줄 수 있음을 다행으로 여겼다.

그리고 동시에, 마치 서툰 아버지였을 적 자식에게 해 주지 못한 것을 할아버지가 되어 비로소 손자, 손녀에게 쏟아내는 듯 제갈길현은 눈을 감고 흘려보낸 수십 년의 세월을 실감했다.

'혼돈을 담아 낸 역천의 관상이 역천마제를 죽이는 것이라니…… 실로 하늘의 뜻을 짐작할 수 없구나.'

다시 잠이 들기 전, 제갈길현은 방을 나가는 진화에게서 시선을 떼지 못했다.

그날 오후.

진화는 본의 아니게 의선문에 한 번 더 걸음을 했다.

"후에에에에엥! 형아─! 조금만 기다려 줘요! 새끈하게 커서 돌아올게요! 그러니까 그때까지…… 으아아아앙─! 형아──!"

한수림이 사패천으로 돌아가는 것은 일급 기밀로, 의선문 안에서부터 꽁꽁 싸인 채 사패천까지 갈 예정이었다.

하지만 이런 어른들의 사정과 상관없이 한수림은 가는 날까지 진화를 보지 않고는 출발하지 않겠다며 떼를 썼고, 긴 울음소리를 남긴 채 떠났다.

한편, 황태자가 돌아온 한 제국 황궁은 어수선한 분위기였다.

표기대장군부의 잔치에 누구누구가 불려 가고 누가 참석했더라는 소문만 무성한 가운데, 그들의 잔치는 장장 사흘 동안 이어졌다.

그리고 마침 공교롭게도 원귀빈의 친정인 북회대장군부와 허미인의 친정아버지인 대사마 허임이 같은 날에 회합을 가졌다.

그것을 우연이라 생각하는 어리석은 자는 아무도 없었다.

그렇게 맞이한 첫 조정 회의.

신료들이 저마다 눈치를 살피며 대전에 들었다.

하지만 대전에 든 신료들 모두 한쪽에 있는 인물을 발견하고 눈이 휘둥그레졌다.

"태, 태사! 태사께서 여긴 어인 일로!"

"허허허, 다들 잘들 있었는가."

태사 조위례.

조정 회의에 한동안 모습을 드러내지 않았던 거두의 등장에 신료들이 앞을 다투어 그 앞에 눈도장을 찍었다.

마침 대전에 들던 좌장군 또한 조위례를 발견했다.

'저 늙은이는 왜…… 설마 알아챈 건가? 아니야, 그럴 리가. 설사 알아차렸다고 해도 이제 와서 어떻게 할 수 있는 건 없다!'

좌장군이 조위례를 보며 걸음을 멈추었다.

하지만 곧 자신만만하게 웃으며 조위례에게 다가갔다.

떨칠 진振 꽃 화花 : 세상에서 가장 화려한 투기장

한 제국 황궁.

황태자가 돌아온 뒤 처음으로 조정 회의가 열리는 날이었다.

겨우 민란이었지만 그간 약점을 극복하고 군공을 세운 황태자가 어떤 상을 받게 될지, 황제가 어떤 반응을 보일지.

확실한 것은 황제가 황태자와 표기군에 내리는 포상에 따라, 앞으로 황태자의 입지와 민란 제압에 나설 삼황자와 사황자가 얻게 될 것이 결정된다는 사실이다.

어떤 신료들은 기대에 찬 얼굴로, 어떤 이들은 비장한 얼굴을 하고 대전에 올랐다.

"좌장군이 이제까지 폐서인의 오라비로 전장만 떠돌지 않았나. 이제 대장군 반열에 오르고 황태자께서 약관을 넘기셨으니, 황도에 세를 만들려는 거지."

"그걸 원씨와 허씨 집안에서 순순히 보고만 있겠는가?"

"글쎄, 같은 날 회합을 가진 것으로는 세가 비등비등했다더군."

동료의 말에 다른 신료들의 눈이 커졌다.

"좌장군의 집에 그렇게 많은 사람들이 모였다고?"

"하긴 황태자의 유일한 외숙이 아닌가. 군부에는 따르는 젊은 장수들도 많고."

"하지만 중요한 것은 중앙 관료지. 끈도 없는 젊은 신료들로 뭘 하겠나."

"끈이야 좌장군과 황태자 자체가 끈이지."

은근히 좌장군의 편을 드는 자도 있고, 그것을 깎아내리는 자도 있었다.

아닌 척 대화를 나누지만, 그들은 아마도 회합에 참석했거나 이미 편을 정한 게 분명했다.

그리고 회합에 초대받지 못한 이들이나 아직 자리를 정하지 못한 이들 또한 그것을 알면서 모르는 척 그들이 나누는 대화에 귀를 기울였다.

"뭐, 어찌 되었든 오늘 보면 알겠지."

"늦기 전에 움직이라고."

의미심장하게 남기는 말을 끝으로, 젊은 신하들이 대전 안으로 들어갔다.

한편, 대전을 오르는 계단 앞에서 북회대장군, 통칭 위장군 원수경과 표기대장군, 통칭 좌장군 표서량이 서로 마주쳤다.

"허엄!"

"장군, 오셨습니까."

"오랜만이네, 좌장군."

"그간 평안하셨습니까. 황도에 온 지 얼마 되지 않아 격조하였습니다."

"허허허, 공무가 바쁜 사람이니 아니 그렇겠나."

사흘 동안 서로가 뭘 하고 있었는지 모를 리 없었다.

그러니 위장군과 좌장군이 웃음기 하나 없는 얼굴로 인사를 나누는 것이 아니겠는가.

사흘 동안 이어진 세력 규합과 과시는 신하들의 말처럼 경합세를 보였다는 평이 일반적이었다.

표기대장군부로는 젊은 장수들과 신진 관료들이 몰려들었고, 북회대장군부에는 대사마가 이끄는 실무직에 있는 관료들과 이미 막대한 군벌을 형성한 장수들이 함께했다.

결국 서로 편만 확인한 채 첫 조정 회의를 맞게 된 셈이었다.

서로 불편한 얼굴로 인사를 나눈 채 말없이 계단을 올랐다.

그런데 그때, 조금 앞서가던 위장군이 대전에서 누군가를 발견하고 흠칫했다.

"허! 음!"

크게 헛기침을 한 위장군이 대전 한쪽으로 걸어갔다.

뒤를 이어 대전에 들어온 좌장군도 안으로 들어오려다 말고 멈칫하고 말았다.

위장군이 급히 어디론가 간 이유.

좌장군 또한 대전 한쪽에 참석한 조위례를 발견한 것이다.

태사 조위례.

신료들 위의 신료이자, 황제가 조언을 구하는 한 제국의 장자방.

지금은 모든 관직에서 물러나 황제의 간청으로 명예직이나 다름없는 태사 직만 유지하고 있었지만, 하남조씨 일문의 영향력은 누구도 무시할 수 없었다.

다만, 좌장군이 궁금한 것은 그가 갑자기 조정 회의에 참석한 이유였다.

'역시 사례교위가 뭔가 눈치채고 알린 모양이군. 하지만 늦었다. 이 황도에 목격자라곤 우리 표기군밖에 없으니까. 늘그막에 손자 편들어 보겠다고 나타난 모양이지만, 소용없다.'

좌장군의 입꼬리가 자신만만하게 비틀렸다.

그리고 당당하게 걸어 조위례에게 다가갔다.

좌장군이 다가오자 신료들이 눈치를 보며 길을 열었다.

"이게 누구십니까. 태사께서 어인 일이십니까."

넉살 좋게 건네는 인사.

"허허허, 황태자께서 군공을 세우고 첫 조례가 아닌가. 노구라도 이끌고 참석해야지 않겠나."

조위례가 사람 좋게 웃으며 좌장군의 말을 받았다.

겉으로 보이기에는 정말로 황태자의 군공을 축하하기 위해 온 사람 같았다.

"큰일도 아닌데요."

"아니지, 아니지. 그간 황제 폐하께서도 기다리셨던 소식이 아닌가. 허허허! 미리 축하하지."

"태사의 축하라니 가문의 영광이로군요."

'구렁이 같은 영감.'

조위례의 표정에서 아무것도 읽을 수 없자, 좌장군도 그저 웃으면서 물러설 수밖에 없었다.

잠시 후.

"황제 폐하 납시오――!"

태감의 우렁찬 외침과 함께 신료들이 몸을 숙이고 황제를 맞이했다.

"황제 폐하를 뵙습니다! 만세 만세 만만세!"

서로 많은 생각이 뒤엉키는 속에 회의가 시작되었다.

누가 뭐래도 주연이라는 듯, 황태자와 좌장군이 당당하게 황제의 앞에 나와 부복했다.

중서령이 엄숙한 얼굴로 황태자의 공을 읽어 내렸다.

"사특한 무리가 법도를 해치고 민도를 혼란케 하여 나라를 어지럽히니. 한중과 광한, 흑군의 역도 이천여 명이 규합하여 관리와 백성의 목숨을 해치기에 이르렀다. 이에 황제 폐하께서 친히 황태자와 표기군을 보내 이를 토벌케 하였으니. 폐-하, 황태자 한유강과 표기군은 열흘을 넘기지 않아 일대의 민란을 모두 토벌하고 돌아왔습니다. 그 과정에 무도한 무리의 공격에 황태자 전하께서 부상을 입고, 표기군 마흔두 명이 목숨을 다하거나 부상을 입었으니, 이를 통촉하여 주십시오."

중서령이 감정이라고는 없는 사람처럼 황태자의 공과에 대해 보고했다.

그리고 황제는 무표정한 얼굴로 황태자와 좌장군을 내려다보았다.

"고작 민란에 황제의 군대 수십 명이 상한 것은 적절치 않다. 태자는 이에 대해 어찌 생각하느냐?"

황제의 물음에 황태자가 눈매가 움찔거렸다.

제대로 된 아비라면, 제국의 황태자인 자신을 지키지 못한 표기군에게 화를 내어야 하지 않은가?

일부러 다 나은 목의 상처 위에 붕대를 떼지도 않았건만, 그것에 대해서는 일언반구도 없는 부황의 처사가 야속하게 느껴지자 황태자의 입이 불만스럽게 꿈틀거렸다.

그때, 좌장군이 먼저 입을 열었다.

"신 좌장군 표서량 아룁니다."

"짐은 태자에게 물었는데?"

"아뢰옵기 송구하오나, 태자 전하께서 결코 병사들의 실책을 말하지 않으실 것이기에 부득이 소신이 나섬을 가납하여 주십시오!"

"호오, 태자는 말하지 않을 병사들의 실책이라……."

좌장군의 말에, 황제가 흥미가 동한 얼굴로 황태자에게 시선을 주었다가 다시 좌장군을 보았다.

"그래, 좌장군. 그대가 말해 보라. 병사들의 실책이 뭐지?"

"예, 폐하."

순간, 좌장군의 시선이 조위례가 있는 곳을 향했다.

고개를 숙이고 있는 터라 누구도 보지 못했지만, 그의 입가에는 슬쩍 미소도 지어진 듯했다.

물론 그의 입에서 터져 나오는 목소리는 무척 안타깝고 비통했지만 말이다.

"아뢰옵기 송구하오나 폐하, 마지막 흑군에서 민란을 토벌할 때 신도 예상치 못한 변수가 생겼습니다. 순조롭게 민란을 토벌하고 돌아오는데, 무림의 무리가 태자 전하의 목숨을 노린 것입니다!"

"뭐라, 무림인들이 태자의 목숨을 노려?"

"그러하옵니다. 흑군 민란에 무림인들과 협조 중인 동해왕 저하를 만났사온데, 신이 저하를 도울 처지가 아니었던지라. 동해왕 저하와 무림인들의 전투가 끝을 맺지 못하고 불미스러운 무리가 도주하여 태자 전하를 노린 것입니다. 그들과 준비되지 않은 전투로 태자 전하를 지키며 병사들이 큰 피해를 입고, 그때 동해왕 저하께서……."

좌장군이 차마 말을 못 하겠다는 듯 말끝을 흐렸다.

그러자 황제가 나서 그의 말을 재촉했다.

"좌장군은 계속 말을 이으라."

"예, 폐하! 감히 무도한 무림인이 태자 전하의 지척까지 다가오고, 동해왕 저하께오서 그곳에서 곧장 전투를 벌이신 바. 그 틈에 태자 전하의 옥체를 상하게 되었습니다. 모두 신의 불찰이니, 신을 탓해 주시옵소서!"

앞뒤가 다른 말을 자연스럽게 뱉으며, 좌장군이 천하의 충신처럼 대전에 머리를 박았다.

그 옆에서 기다렸다는 듯 황태자가 머리를 숙였다.

"아니옵니다. 전장이니만큼 태자인 제가 스스로 몸을 지켜야 했습니다. 군사들은 그저 저를 위해 최선을 다했으니,

부디 몸을 소중히 다루지 못한 소신의 실책만을 탓하여 주십시오!"

"통촉하여 주시옵소서!"

황태자와 좌장군의 말에 조정 분위기가 술렁였다.

앞을 다투어 자신들의 실책이라 말하지만, 누구도 동해왕의 실책에 대해서는 감싸지 않는 모습에 그들의 의도가 뻔히 보였다.

하지만 무림의 일을 도맡은 동해왕 한진화가 제대로 처신을 하지 못해 표기군에 피해를 주고 황태자가 상처까지 입었으니, 이는 결코 작은 문제도 아니었다.

"그대들의 말에 따르면, 누구의 탓도 아닌 동해왕 한진화의 탓이로군. 다 된 민란 토벌에 무림의 싸움을 끌어들여 군에 피해를 입히고 제국 태자의 몸에 상처까지 입혔으니."

황제의 깔끔하고 직설적인 정리에 황태자와 좌장군도 순간 당황했다.

하지만 그것이야말로 그들이 원하는 바를 정확하게 짚어 낸 것이니 더 이상 가타부타 말을 덧붙이지 않았다.

그쯤 되자 신료들이 당황한 모습이 역력했다.

설마 황태자가 삼황자나 사황자도 아닌 이황자를 경계할 것이라 생각지도 못했으니, 위장군과 대사마 일파마저 혼란스러워하는 가운데 모두의 눈이 조위례를 향했다.

조위례야말로 황태자의 군공을 축하하러 왔다가 된서리를

맞게 된 격이었으니.

모두의 걱정스러운 시선 속에서, 태사 조위례가 여전히 웃는 낯으로 좌장군과 황태자를 보고 있었다.

그때, 한 젊은 신료가 급히 대전으로 들었다.

"무슨 일이냐?"

"예, 폐하. 방금 막 한중과 광한, 흑군의 태수에게서 상소가 올라왔나이다!"

신료의 말에 고개를 숙이고 있던 좌장군이 저도 모르게 고개를 번쩍 들었다.

'설마!'

좌장군이 조위례를 보았다.

"가져오라."

황제가 고개를 끄덕이고, 중서령이 젊은 신료에게서 상소를 받아 왔다.

"마침 태수들의 상소가 왔다니, 함께 보면 되겠군."

좌장군 표서량의 귀에 황제의 말이 이토록 불길하게 들릴 수가 없었다.

'으윽, 조위례! 이걸 노린 건가?'

태사 조위례가 갑작스럽게 조정 회의에 나타난 이유.

좌장군의 눈동자가 불안하게 떨리고, 그 모습을 지켜보며 태사 조위례가 입가의 미소를 지우지 않고 좌장군을 보았다.

"광한군 태수 장무격이 아뢰길. 표기군이 민란을 제압하며 과도하게 민가 이백 채에 불을 놓아, 마른 날씨에 불이 옮겨붙으며 임야 일만 평을 불태우니. 앞으로 징세를 감당하기는커녕 군량미를 수급하는 것조차 힘이 든다고 합니다."

"하, 하오나……!"

"스읍! 태자의 발언은 허하지 않았다. 중서령은 상소를 마저 읽으라!"

"예, 폐하. 표기군의 약탈과 과한 살생으로 한중군의 마을 다섯 곳이 절멸하고 농사를 지을 백성이 없으니. 게다가 황폐해진 땅을 수습할 인력마저 부족할 지경이라 하옵니다."

중서령이 하나하나 상소를 읊을 때마다, 황태자와 좌장군의 얼굴이 창백하게 식어 내렸다.

"흑군 태수의 상소에 따르면, 흑군의 특수함을 통촉해 주시기를 간청한다고 합니다. 산중 협곡으로 이어진 마을은 관과 무림이 서로 얽혀 있어, 이번에 동해왕 전하께서 표기군에 의한 불필요한 마을의 절멸을 막고 귀천성의 무도한 무리를 막아 주시니, 흑군 백성들이 모두 그 은혜에 백골난망이라 전하였습니다. 다만, 가뜩이나 부족한 임야와 마을이 큰 피해를 입었으니, 급히 군량과 병력의 지원을 바란다고 합니다."

"……."

중서령이 세 개의 상소를 마저 읽고 나자 대전 안에는 서늘한 침묵이 내려앉았다.

황제가 조용히 좌장군과 황태자를 내려다보고, 두 사람은 고양이 앞의 쥐처럼 안절부절못하며 벌벌 떨었다.

"좌장군. 태자."

"예, 폐하."

"그대들의 실책이 아까 그것이 끝이 아니었나 보군."

"오, 오해이옵니다, 폐하! 민란으로 관이 유명무실하여 병사들과 관리들은 자리를 지키지 못했으니, 그들의 상소는 열악한 현장의 실체를 제대로 파악하고 있지 못한 것입니다."

"호오, 태수들이 제대로 현장을 파악하지 못한 것이라……경들은 어찌 생각하오?"

좌장군의 변명에 황제가 어떤 반응도 하지 않았다.

다만 불이 붙은 공을 던지듯 신하들 사이로 화제를 던졌다.

의기양양하던 좌장군이 갑자기 이황자에게 비수를 던진 후 신하들은 혼란스러운 듯 그 상황을 지켜보고 있던 차였다.

하지만 상황이 급변하자, 신하들은 벌 떼처럼 황제가 던진 공을 향해 달려들었다.

그들은 이리저리 공을 차듯 말을 던지며, 황태자와 좌장군의 실책과 그 여파에 대해 목소리를 높였다.

상을 받으러 나온 자리가 벌을 받는 자리가 되어 버린 좌장군과 황태자.

좌장군은 신료들이 목소리를 높인 사이로 조용히 자리를 지키고 선 조위례를 노려보았다.

'역시 네놈의 수작이었더냐! 내가 이대로 순순히 당할까!'

벌겋게 달아오른 시선에 조위례가 좌장군과 눈을 마주쳤다.

조위례는 눈 하나 깜짝하지 않고 덤덤하게 좌장군의 시선을 받아 냈다.

휘하의 신료들을 앞세워 뒤로 물러나 있던 위장군 원수경과 대사마 허임은 그런 조위례의 모습에 감탄하는 동시에 경계 어린 시선을 보냈다.

조위례는 그들 모두의 시선을 느끼며 이 순간의 승리를 만끽했다.

어쩐지 향기롭고 끝 맛이 단 용정차 생각이 절로 나는 듯했다.

조위례가 한중과 광한, 흑군의 태수들을 움직인 것을 모를 이는 없었다.

지방관의 삶은 갈수록 팍팍하고 힘든데, 좌천이나 다름없는 그 생활에 하남조씨 일문의 도움은 가뭄 속의 단비라. 지방관들 중에 하남조씨의 녹을 먹지 않은 자가 없다는 건 익히 알려진 사실이었다.

'미친 늙은이. 그걸 하필 조정 회의에서 터뜨려?'

'……대체 무슨 수로 이렇게 빨리 움직인 거지?'

위장군 원수경이 살짝 질린 눈으로 조위례를 보는 동안, 대사마 허임이 빠르게 눈을 굴렸다.

하지만 아무리 머리를 굴려도 시기상 어떻게 이렇게 빨리 상소를 올렸는지 계산이 서지 않았다.

조위례는 그런 허임을 향해 느긋하게 미소를 지었다.

'네놈들의 좁은 머리로는 상상도 못 할 곳에서 움직였지.'

세상에서 가장 빨리 움직이는 이들이 누구일까 생각하면 쉬웠다.

바로 상인들.

지방관들 중에 하남조씨의 녹을 먹지 않은 사람이 없다면, 상인들 중에 이 위험한 세상을 헤치며 남궁세가의 도움을 받지 않은 사람이 없었으니.

심지어 남궁세가의 상인들은 세상 그 어떤 봉화나 파발보다 빨리 상소를 황도까지 배달하고, 현지의 여론을 움직였다.

탁.

"그러게 감히 누굴 건드려? 우리가 그리 둘 성싶었더냐."

남궁진휘가 황도에서 보내온 전서를 두고 싸늘하게 냉소했다.

황도에서 보내온 전서에는 진화를 모함하려던 좌장군의 실패와 함께, 황제가 이 일의 시비를 명명백백 가리기 위해 진화를 찾을 거란 소식이 적혀 있었다.

"멍청한 황손들이 진화의 형제 노릇을 하려는 모양이니…… 진혜를 붙여 줘야겠군. 뜨거운 맛 좀 보라지."

남궁진휘가 심술궂게 웃으며 진화와 남궁진혜를 찾았다.

"결론을 내리겠다."

"하교하소서."

황제의 말 한마디에 문무백관들이 용좌를 향해 몸을 엎드렸다.

"사방에 역적들이 날뛰고 나라는 혼란하며 백성들의 삶은 도탄에 빠졌다. 이런 상황에서 민란을 토벌하기 위해 나간 군대가 오히려 군량미와 조세에 차질을 빚은 일은 큰 실책이 아닐 수 없다. 하나 일방의 말만 듣고 판결할 수는 없는 일. 황태자와 표기군의 폭거에 대한 관리들의 상소에 관해서는 따로 조사관을 보내 낱낱이 실정을 파악토록 한다."

"실로 마땅한 결정이옵니다, 폐하!"

"또한 황태자의 몸에 상처를 남기고 군의 일을 방해한 것 또한 중차대한 문제다. 하나 이 일 또한 일방의 말만 들을 수 없음이니. 동해왕 한진화에게 입궁을 명한다. 이 일 또한 사실 관계를 정확하게 파악한 후 상벌을 정하겠다!"

"뜻대로 하시오소서, 폐하!"

"현지 조사관과 동해왕이 입궁하는 대로 판결을 내릴 것이다. 오늘 조례는 이만 파한다."

"황제 폐하, 만세 만세 만만세-!"

지엄한 용좌의 결정이었다.

안절부절못하고 있던 황태자와 좌장군은 물론 문무백관이 모두 그 말을 받들었다.

혼란스러운 전개를 이어 가던 조정 회의가 끝이 나고.

신료들은 모두 황제가 이치에 맞고 합당하게 결정을 내렸다고 생각했다.

하지만 그것과 별개로 상황이 황태자와 좌장군에게 불리하게 된 것은 사실이었다.

조정 회의를 마치고 돌아가는 길, 신료들이 다시 삼삼오오 뭉쳤다.

백성들의 죽음?

유감스럽지만 그건 평소라면 문제로 삼기조차 어려운 사소한 일이었다.

조세 차질? 군량미 부족?

그 또한 다른 곳을 쥐어짠다면 금방 해결될 문제였다.

신료들에게 문제는 단 하나, 황제의 의도를 알 수 없다는 것이었다.

"동해왕까지 입궁시키다니, 무슨 생각이실까요?"

"설마 이황자 저하를 모함했다는 핑계로 황태자 전하를……."

"어허! 입조심하시오. 고작 그만한 일로 태자 전하가 어찌 되겠소?"

이번만큼은 황태자파와 삼황자파, 사황자파가 따로따로 헤어졌다.

이번 일로 황제의 심중이 움직일 수 있다는 것을 그들도 직감한 듯했다.

중립을 지키고 있던 노신들도 이번만큼은 바람처럼 흔들렸다.

"다른 때면 몰라도, 요즘같이 신 제국이 불안한 때에 전방의 군량미 부족은 큰 문제가 아닙니까. 게다가 한중 태수 공복야는 한중 공씨 가문의 유력자입니다. 완전히 조 태사의 사람도 아니었던 자가 돌아선 것을 보면……."

"어허! 이사람, 입조심하라니까! ……전 왕자비를 폐서인 시키고도 폐하께선 장자를 황태자에 올리고 그 외숙을 살려 두었소. 앞으로 제국의 정통성을 확고히 하시겠다는 뜻이 아니고 뭐겠소."

"그건 그렇지만…… 사실 그 정통성을 따져도 이황자가 우선이지 않습니까."

"흐음."

노신들이 흔들리는 것은 바로 그런 이유였다.

외가가 탄탄한 삼황자와 사황자의 앞에 무신들과 문신들이 줄을 설 때에도 노신들이 중심을 지켰던 건, 제국에 '정통성'을 확립하겠다는 황제의 의도를 읽었기 때문이다.

그런데 이번에는 그 정통성 면에서 폐서인된 전 왕비를 어미로 둔 황태자보다 명문 출신 정통 황후 소생의 장자인 이황자가 더 나아 보이는 것이 문제였다.

"태사까지 나섰소. 이는 하남조씨 가문이 움직이겠다는 뜻이 아니고 뭐겠소."

"흐음. 일단 기다려 봅시다. 이황자 저하가 오고 나서 폐하의 태도를 보면 그분의 마음이 어디에 있는지 알 수 있지 않겠소?"

이제 와 황태자나 유력 황자들의 줄을 타기엔 조금 늦었다.

하지만 그래서 새롭게 올라오는 적통 황자의 동아줄이 탐스러워 보이는 건 당연한 일이었다.

말은 신중하자고 했지만, 노신들의 시선이 느긋하게 퇴궁하고 있는 태사 조위례의 뒤를 좇았다.

중서령은 흔들리는 노신들을 보며 만족스러운 듯 고개를 끄덕였다.

　　최근 정의맹은 귀천성 소속 문파들의 연결 고리를 끊어 내고 있었다.

　　말이 쉬워 연결 고리를 끊는다지만, 백매단과 연맹 문파를 통해 들어오는 정보를 읽고 적의 이동 경로를 예측해서 적보다 한발 빠르게 무단을 움직이는 것은 매우 어려운 일이었다.

　　직접 싸우는 무단들의 활약도 중요했지만, 모든 일의 중심에서 정보를 취합해서 빠르고 정확한 판단을 내려야 하는 군사부의 일이 어느 때보다 중요했다.

　　해서 부군사인 남궁진휘는 요즘 눈코 뜰 새 없이 바쁜 날들을 보내고 있었다.

　　아주 잠깐, 동생의 배웅을 나오는 것조차 끝까지 지켜보지 못할 정도로.

　　"배를 타고 가면 금방일 것이다. 청화상단주가 직접 나서고 구와 교명이까지 가니까, 형이 한시름 놓으마."

　　"예, 걱정 마십시오, 형님."

　　진화는 바쁜 남궁진휘가 직접 포구까지 배웅을 나와 준 것만으로 감사했다.

"나는? 나한테는 할 말 없어?"

남궁진혜가 아니꼬운 눈으로 남궁진휘를 향해 물었다.

이번 황제의 부름에 남궁진휘가 나서서 특별히 남궁진혜를 합류시켰다.

남궁진혜는 애초부터 위험한 황도에 진화 혼자 보낼 생각이 추호도 없었지만, 어쨌든 남궁진휘가 일부러 저를 넣은 데에는 특별한 이유가 있을 거라 생각했다.

아니나 다를까.

평소라면 남궁진혜의 말을 세 번 꼬아서 받아치고 단번에 못 알아듣는 남궁진혜를 비웃고도 남았을 남궁진휘가, 이번에는 남궁진혜의 손을 꾸욱 잡았다.

"뭐, 뭐야?"

남궁진혜가 당황해서 팔을 빼려는데, 남궁진휘가 힘을 줘서 남궁진혜의 손을 잡았다.

손안으로 뭔가 쪽지가 전해지는 느낌이었다.

"이번에는 특히 조심해야 한다."

"무슨 일 있어?"

"황궁의 것들이 감히 진화의 형제 노릇이 하고 싶은 모양이야."

"뭐?"

남궁진혜의 눈빛이 대번에 사납게 변했다.

그 눈을 마주하며 남궁진휘가 서늘하게 미소를 지었다.

"너를 믿지 않아. 그래서 보내는 거다. 남궁세가에는 은인지황(恩人之皇)의 자격으로 황금 면패(免牌)가 세 개나 있으니까."

황제가 황자를 구해 주고 길러 준 남궁세가의 은혜에 고마워하며 황금 면패를 세 개나 내려 주었다.

그 어떤 죄를 짓더라도 반드시 형을 면죄해 주는 금패는 나라에 큰 공을 세운 신료들조차 하나 가지기 힘든 것이었는데, 황제는 남궁세가에 그것을 세 개나 내려 주었으니.

"세 놈까지는 괜찮겠네."

그리 쓰라고 준 것은 아닌 게 분명했지만, 남궁진혜는 자신만만했다.

이번에는 남궁진휘도 그녀를 말리지 않았다.

'오오, 이거 큰일이군. 오랜만에 심장이 쫄깃쫄깃한데?'

'좋냐? 지금 웃음이 나와, 이 미친놈아?'

남궁교명이 눈빛을 반짝이는 남궁구를 노려보았다.

모두가 밝은 가운데 오직 남궁교명만 낯빛이 점점 죽어 가고 있었다.

"소공자님, 어서 타시지요."

청화상단 상단주, 전 이장로이자 남궁교명의 아버지인 남궁경옥이 배에서 기다리고 있었다.

이제는 익숙해져서일까.

이전의 모습이 생각나지 않을 정도로 검게 탄 얼굴에 두툼한 근육질의 모습이 잘 어울렸다.

"잘 부탁하오."

"걱정 마십시오."

청화상단주가 소가주인 남궁진휘에게 공손하게 인사하고 배를 출발시켰다.

양청현에서 낙양 포구까지.

청화상단의 용정선으로는 하루면 도착할 것이었다.

"교명아."

"아버지."

"사흘은 황도에 머물 것이니, 여차하면 배로 오거라."

"……."

듬직하게 내뱉는 청화상단주의 말이 너무 진지해서, 남궁 교명의 마음이 바닥까지 가라앉았다.

다음 날 아침.

청화상단의 용정선이 포구에 닿자 기다렸다는 듯 황궁에서 나온 금군과 사례교위 조정호가 진화 일행을 맞았다.

"저하, 오시느라 수고하셨습니다."

"아, 사례교위님, 오랜만입니다. 그간 평안하셨습니까?"

"덕분에 이곳은 모두 무탈하였습니다."

"그…… 태사께서도 건강하십니까?"

진화는 아직 외숙, 외조부라는 호칭이 어색하기만 했다.

전서에는 어찌 잘 썼는데, 얼굴을 마주 보니 입 밖으로 말이 나오지 않았다.

진화가 미안한 마음에 조정호의 눈치를 보는 듯하자, 조정호는 일부러 더 밝게 웃었다.

"예. 정정하십니다. 안 그래도 저하께서 오시면 저하의 글스승을 하실 거라 기다리고 계십니다."

"아, 예……."

진화가 어색하게 웃으며 말끝을 흐렸다.

그동안 어머니 팽연화와의 약속 때문에도 남궁세가에 보내는 전서만큼 황궁과 하남조씨 가문과도 전서를 주고받은 진화였다.

황제와 황후는 진화의 전서에서 진화의 어린 시절 모습을 발견하고 반가워했지만, 태사인 조위례는 다섯 살에서 멈춰 있는 진화의 글씨에 기함을 한 바 있었다.

진화가 부끄러운 마음에 얼굴을 붉히자 사례교위 조정호가 싱긋 웃으며 화제를 돌렸다.

"남궁 소저, 오랜만이오. 어째 이전보다 더 강해진 모습이오?"

조정호가 남궁진혜에게 반갑게 인사했다.

"오, 교위님은 알아보시는군요. 하하, 그간 성취가 좀 있었습니다!"

"호오, 그래요? 그거 참 축하하오."

"뭘요! 밥 먹고 하는 일이 싸우는 건데, 이거라도 늘어야지요! 핫핫핫핫!"

조정호는 처음부터 양팔의 소매를 뜯고 나타난 남궁진혜의 모습에 덕담 삼아 건넨 말이었지만, 남궁진혜는 겸양 따위는 잘 모르는 무인이었다.

남궁진혜는 조정호의 칭찬에 한층 우람해진 팔근육을 드러내며 화통하게 웃었다.

실로 황실 여인들이나 황도의 귀한 집 영애들에게선 상상도 할 수 없는 모습이었다.

'색이 너무 다르면 섞이지도 않는 법이지. 그런 때는 더 짙은 색이 다른 색을 덮어 버리는 수밖에 없다던가?'

조정호는 남궁세가의 소가주 남궁진휘가 굳이 남궁진혜를 함께 보낸 이유를 짐작하며 쓴웃음을 흘렸다.

"황제 폐하와 황후마마께서 기다리고 계십니다. 궁으로 모시겠습니다."

조정호가 진화 일행을 황궁으로 안내했다.

아름다운 외모에 늠름하고 꼿꼿한 자세, 당당한 태도.

금군과 사례군의 호위를 받으며 황궁으로 귀환하는 이황자의 모습은, 화려한 백마를 타지 않아도 사람들의 이목을 한눈에 끌었다.

"진화야—!"

아들을 만나길 손꼽아 기다리고 있던 황후는 창신궁 밖에까지 나와서 진화를 맞았다.

"황후마마, 소자 한진화 무탈하게 환궁하였사옵니다."

"아가!"

궁중 예절도 팽개친 채 황후가 달려가 진화를 끌어안았다.

아직 어머니라는 말조차 어색한 진화는 어색한 자세로 그녀에게 안겼다.

황후는 그런 진화조차 사랑스러운 듯 진화를 더욱 세게 끌어안았다.

오히려 주변 사람들이 그 모습을 안타까운 듯 보았다.

진화를 호위하고 자리로 돌아온 사례교위 조정호가 한숨을 쉬었다.

그러자 느긋하게 차를 즐기던 태사 조위례가 힐끗 그에게 눈길을 주었다.

"황자님은 잘 도착했더냐?"

"예. 방금 궁에 모셔다드리고 온 길입니다."

"그런데 대낮부터 웬 한숨이냐?"

조위례가 낯빛이 어두운 아들을 타박하며 혀를 찼다.

"저하께서는 아직 황후마마와 저희가 어색하신 듯합니

다.”

“……왜?”

사례교위 조정호가 한숨을 쉰 이유를 짐작한 조위례가 나
지막하게 물었다.

그러자 조정호가 기다렸다는 듯 입을 열었다.

“황후마마는 그조차 좋아서 버선발로 궁을 뛰어나오시는
데, 저하께서는 아직 모후, 아니 어머니 소리가 나오지 않으
시니. 황후마마도 티는 내지 않으시는데, 그 속이 오죽하시
겠습니까. 두 분 모두 보기에 안타까워서…….”

“허어, 어찌하겠느냐. 세월의 힘을 인간이 어찌할 수 있는
것도 아니고.”

오랫동안 마음고생을 했던 딸이었다.

눈에 넣어도 아프지 않은 딸이 결국 마음의 병까지 얻는
것을 지켜보는 조위례나 조정호의 마음도 편할 리 없었다.

“조금 서운하다 한들, 우리보다 저하의 사정을 헤아려 드
려야 한다. 그분이 어찌 구출되고, 어찌 컸는지 들었지 않느
냐. 피는 물보다 진하다 하니, 시간을 두고 천천히 익숙해지
다 보면 그분도 마음의 문을 열 것이다. 행여 옆에서 채근하
지 말거라.”

“그건 그렇지만…….”

“그래도 꼬박꼬박 전서에는 외조부, 외숙이라 써 주시지
않느냐. 허허허.”

"외숙이 아니라 애숙이라 보이지만요."

"허허허허!"

조정호의 말에 조위례가 크게 웃음을 터뜨렸다.

하지만 조정호는 조위례를 따라 크게 웃을 수 없었다.

여전히 걱정거리가 남았기 때문이다.

"이번에는 황제 폐하께서 나와 계시지 않으셨습니다. 의복을 정제하는 대로 대전으로 데려가려는지 엄 태감이 기다리고 있더군요."

"……."

"아직 황궁에 익숙지 않으신 분입니다. 역시, 황제 폐하의 독대 전에 뭔가 언질을 주는 것이 낫지 않았을까요?"

조정호가 걱정스럽다는 듯 물었다.

진화가 도착하자마자 황제가 독대를 할 것은 모두가 예상했던 일이었다.

조정호는 그 전에 진화에게 조정 분위기가 사태가 흘러가는 양상에 대해 미리 언질을 주지 못한 것이 못내 마음에 걸리는 모양이었다.

그러나 이번만큼은 조위례가 단호하게 고개를 저었다.

애초에 전서로나마 진화에게 상황을 전해 주지 못한 것도 조위례가 그것을 말렸기 때문이다.

"아서라, 황제 폐하가 어떤 분인데. 뭔가 미리 알고 나서 행여 말을 꾸며 하거나 변명처럼 풀어 한다면 오히려 크게 실망하실 것이다."

"황자 저하 성품에 그러실 것 같지는……."

"그러니. 미리 상황을 알고 간다면 아무리 솔직하게 말한다고 한들 대답을 미리 생각해 두게 될 터이니. 황제 폐하께선 그조차도 알아차릴 것이다. 차라리 저하의 성품대로 솔직하게 날것 그대로 상황을 고하는 것이 나을 것이다."

"후우, 아버님 말씀이 옳습니다. 다만 걱정이 되는 것은 어쩔 수 없군요."

조위례의 말에 조정호가 고개를 끄덕였다.

조정호는 늘 그랬듯 오랫동안 황제를 모신 조위례의 판단을 믿었다.

다만 조위례와 조정호가 간과한 것이, 그들이 오랫동안 지켜본 것은 황제이지 진화가 아니라는 사실이다.

진화는 의관을 정제하자마자 황제의 집무실을 찾았다.

그리고 단도직입적으로 황태자와의 일을 묻는 황제에게 솔직하게 답했다.

"멍청하게 기습 방비도 제대로 안 하고 산을 내려가다가 습격을 받더군요. 황태자 때문에 표기군도 적사문 잔당에게 제대로 힘을 못 쓰고, 그러다가 적사문 잔당을 놓칠 순 없지 않습니까. 게다가 적사문주는 정의맹에서도 벼르고 있던 자라, 부득이하게 끼어들어 황태자의 목숨을 구해 주게 되었습니다.”

“허어, 부득이하게?”

“……본의 아니게……라고 해야 합니까?”

“허어!”

황제가 기가 막힌 듯 탄식하고, 엄 태감을 비롯한 태감들이 소리 없이 진화를 향해 경악했다.

황궁처럼 소문이 많고 빠른 곳이 또 있을까.

황제가 이황자와 독대를 가졌다는 소식은 순식간에 궁 안팎으로 퍼져 나갔다.

황제가 이황자와의 독대에서 기함을 하고 황실에서는 절대 마시지 않는 냉수까지 찾았다는 확인되지 않는 소문이 퍼져 나갔지만, 내관들 누구도 답해 주지 않았다.

황제와의 독대 이후 이황자는 황후와 매일 궁을 찾는 태사 조위례와 시간을 보냈고, 황제도 더는 이황자를 찾지 않았다.

그 때문에 황제와 이황자의 관계가 틀어진 것이 아니냐는 누군가의 기대 섞인 의혹이 일었다.

하지만 이는 사실이 아닌 것으로 곧 밝혀졌다.

신 제국이 파군과 장기군일대로 군사를 옮기고 있다는 소식이 조정에도 알려졌기 때문이다.

황제의 집무실에는 북회대장군 원수경과 대사농 정조인, 중서령 사마윤이 계속해서 드나들고 있었고, 그들은 신료들을 소집하여 준비를 시작했다.

다시 궐 안에 곧 신 제국과의 전쟁이 있을 것이라는 말이 파다하게 퍼져 나갔다.

그런 와중에 조정 회의가 열렸다.

"조사관의 전서가 도착했다."

황제의 말에 한차례 분위기가 술렁였다.

신 제국과의 전쟁에 정신이 팔려 모두 황태자의 일을 잊고 있었기 때문이다.

'오늘 이황자 저하가 왜 조정회의에 나왔나 했더니.'

방금 전까지만 해도 신 제국과의 전쟁에 대해 논할 줄 알았던 신료들은 그제야 황태자와 좌장군의 눈치를 살폈다.

"폐하, 신 좌장군 표서량 아뢰옵……."

"아, 됐다."

좌장군이 급히 앞으로 나서려는데, 황제가 손을 들어 끊었다.

순간 대전의 분위기가 살얼음이 언 듯 차갑게 굳었다.

"태자와 좌장군은 입 열지 마. 그대들이 하고자 한 말은 그때 전부 들었어."

황제의 말이 하얀 서리처럼 차갑게 황태자와 좌장군의 머리 위에 내려앉았다.

고개 숙인 황태자가 피가 나도록 입술을 깨물었다.

"신 제국이 파군과 장기군으로 군을 움직였다. 그런데 군량미가 부족하다더군. 한중 평야의 삼분지 일이 추수를 앞두고 불에 탔거나 농사를 지을 백성들이 부족해서 군량미 충족이 어렵다고."

탕——!

황제가 손바닥으로 용좌를 내리쳤다.

추상같은 군주의 분노가 대전에 울려 퍼졌다.

"조사관에게 보고를 받을 필요도 없었어. 파군과 장기군 일대의 군사들이 당장 굶을 판이니까! 황태자와 좌장군은 대체 무슨 짓거리를 한 것인가!"

"죽을죄를 지었사옵니다, 폐하!"

"통촉하여 주시옵소서!"

좌장군이 앞으로 튀어나오고, 황태자가 그 뒤를 따라 나와 바닥에 엎드렸다.

처음부터 제대로 확인하지 않을 것을 상정하고 저지른 짓이었다.

지금까지는 쭉 그랬으니까.

하지만 그들의 생각과 달리 황제가 사실관계를 확인하겠다고 나선 순간, 그때부터 일은 이미 틀어진 것이었다.

설마 신 제국까지 끼어들어 일을 이 지경으로 만들 줄은 몰랐지만, 이런 때에는 변명 없이 그냥 비는 것이 현명했다.

황제는 못된 짓을 하다가 걸린 것보다 비굴하게 구는 모습을 더 싫어했으니 말이다.

그러나 황제의 반응은 이번에도 좌장군과 황태자, 신료들의 예상을 벗어났다.

황제는 바닥에 엎드린 황태자의 모습에 더 크게 분노했다.

"통촉? 대체 뭘 통촉하라는 것이냐! 너 때문에 죽은 표기군의 죽음이 제대로 보고되지 않은 것? 이황자에게 목숨을 빚지고도 은혜를 모함으로 갚은 것? 그러고도 내게 너를 통촉해 달라? 너는 대체…… 금수도 하지 않을 짓을 제국의 황태자라는 놈이 하고서, 그것을 짐에게 통촉해 달라는 것이냐!"

황제가 고성을 터뜨리며 황태자를 노려보았다.

아들이 아닌 원수를 보듯 살기마저 어린 눈빛에, 고개를 들었다가 황제와 눈이 마주친 황태자는 황급히 눈을 피하며 몸을 떨었다.

"십수 년 만에 찾은 형제다. 태자로서 넓은 아량과 덕을 보이라 기대하지 않았고, 형제지간의 정을 쌓아 보라 하지도 않았다만……."

황제의 시선이 황태자와 함께 한쪽에 조용히 있던 진화에게 슬쩍 닿았다.

"목숨을 구해 준 형제에게 감사는 못 할망정 되레 모함을

해?"

"아니, 아니옵니다! 그것은 정말 오해이옵니다! 이, 이황
자가 뭐라 말했는지는 몰라도 진실은……."

황태자의 얼굴이 창백하게 질렸다.

황태자는 궁지에 몰려 이성을 잃은 듯 정신없이 고개를 흔
들었다.

그 모습이 마치 울음으로 생떼를 쓰는 아이 같았다.

"이놈이 그래도! 이황자가 말해 보라. 오해가 있더냐?"

"신 동해왕 한진화 아뢰옵니다."

진화가 당당하게 걸어 나왔다.

도중에 좌장군과 황태자와 마주쳤으나, 진화는 길을 막고
있는 그들을 깔끔하게 지나쳤다.

"아뢰기 송구하오나 소신은 태자 전하가 무엇을 오해라 했
는지 모르겠습니다."

진화는 자신을 노려보는 황태자의 시선을 무시한 채 황제
를 향해 덤덤하게 말했다.

"당시 상황을 보여 드려도 되겠습니까?"

"당시 상황을 보인다?"

황제가 고개를 갸웃거리며 되묻는 순간, 진화가 황태자의
목을 향해 매서운 기세로 팔을 뻗었다.

"전하!"

퍽ㅡ!

좌장군이 놀라 황태자를 밀쳤다.

"……허어!"

"저, 저."

황태자가 바닥을 나뒹굴며 놀라서 좌장군을 보고, 좌장군은 매서운 눈으로 진화를 보았다.

신료들 또한 방금의 사태에 경악을 금치 못한 얼굴로 그들을 보고 있었다.

황제의 눈동자가 조금 흔들렸을까.

진화가 태연하게 황태자를 향해 물었다.

"방금 좌장군은 태자 전하를 해한 것입니까, 구하려 한 것입니까?"

진화의 물음에 황태자의 눈이 급격하게 떨렸다.

"당시에는 검이었지요. 제 검이 적사문주의 검을 막지 않았다면 어찌 되었을 것 같습니까? 전하의 오해는 어떤 부분입니까?"

"그, 그……."

결국 황태자는 진화의 물음에 아무런 대답도 하지 못했다.

"쯧쯧쯧쯧!"

경악스러운 침묵이 맴도는 가운데, 혀를 차는 소리가 대전을 울렸다.

황태자가 천천히 소리가 나는 쪽으로 고개를 돌렸다.

용좌에 앉은 황제가 한심하다는 눈빛으로 황태자를 보고

있었다.

신하들은 갑작스러운 진화의 행동을 질책했어야 마땅했지만, 황태자와 좌장군의 몰락을 지켜보기 위해 입을 닫았다.

"결론이 났군. 황태자 한유강과 좌장군 표서량은 빠른 시일 안에 민란을 수습하는 공을 세웠지만, 수많은 임야를 불태워 제국에 손해를 끼치고 죄 없는 백성들까지 도탄에 빠뜨린 실책이 더 크다. 또한 황태자는 실책이 드러나는 것이 두려워 형제를 모함하는 치졸한 추태까지 보인바. 황태자는 앞으로 일 년 동안 동궐 밖 출입을 자제하고 근신토록……."

추상같은 황제의 판결이 이어졌다.

그때.

황태자가 황제의 말을 끊고 끼어들었다.

"저, 전장으로 가겠습니다!"

감히 황제의 말을 끊은 것도 놀라웠지만, 황태자가 던진 말이 워낙 충격적이라 모두 경악한 얼굴로 그를 보았다.

황제마저도 놀란 눈을 했다가, 곧 황태자를 노려보았다.

"전장으로 가겠다?"

"민란 수습에 실책이 생긴 것도, 이황자의 행……동을 오해한 것도, 모두 소자가 약하고 경험이 미천했기 때문입니다. 전장으로 가서 진짜 전투를 겪어 보고 제국의 승리를 가져와, 제가 끼친 피해를 만회하겠습니다."

"모두 경험 부족 때문이다?"

황제가 황태자를 노려보고, 황제의 눈빛을 마주하는 황태
자의 눈에도 서서히 독기가 차올랐다.

"그것이 네 결론이냐?"

"그러하옵니다."

"오냐, 좋다! 황태자의 근신을 취소하고 전장으로 보내겠
다. 북회군에 섞여 말단 장수로서 전쟁을 수행하라! 이전과
같은 황태자에 대한 의전이나 호위는 없을 것이다!"

"폐, 폐하!"

"황은이 망극하옵니다!"

신료들이 당황하는 가운데, 황제가 명을 내리고 황태자가
그것을 덥석 받아 버렸다.

좌장군 또한 놀란 얼굴로 황제를 보고, 신료들은 편을 떠
나서 모두가 크게 경악했다.

오직 진화만이 덤덤하게 황제와 황태자를 볼 뿐이었다.

이날 조정 회의는 그렇게 화가 난 황제가 일방적으로 파해
버림으로써 혼란 속에 끝나고 말았다.

황제의 집무실로 황태자가 들어서자.

퍼———억!

"읏!"

서책이 날아들어 황태자의 가슴팍에 꽂혔다.

놀란 황태자가 고개를 들자, 자리에 앉은 황제가 얼음처럼 차가운 눈으로 황태자를 노려보고 있었다.

"전장으로 가겠다? 고작 그것이 네가 내린 결론이더냐?"

묵직하게 내리깐 목소리.

황태자는 황제의 목소리가 서늘하게 제 숨통을 죄어 오는 듯했다.

가슴이 답답하고 숨이 막혔다.

"실책을 만회하기 위해 생각한 것이 고작 전장이냐? 멍청한 놈!"

"……!"

차라리 소리를 질렀으면.

크게 소리를 질렀으면 이렇게 답답하지도, 이렇게 질식해 죽을 것처럼 괴롭지 않았을 텐데!

이제는 기대든 뭐든 다 내려놓은 듯한 목소리에 황태자의 심장이 덜컥 내려앉았다.

동시에 살아남고 싶다는 욕구가 솟아올랐다.

"차라리 잘된 것이 아닙니까."

살아남고 싶다는 욕망이 황태자의 마음에 독기를 불러일으켰다.

"뭐라?"

황제의 눈썹이 꿈틀거렸다.

하지만 속에서 터져 나온 독기가 겁을 상실케 한 듯, 황태자가 당당하게 황제의 눈빛을 마주했다.

"부황께선 언제나 강한 자식을 원하셨지요! 그래서 늘 제가 못마땅하고 제게 화가 나는데, 때마침 본인을 닮은 강한 황자가 눈에 들어오니 이제라도 저를 치우고 싶으신 게 아닙니까! 저를 치워 버리고 싶어 안달이 나실 터인데, 제 스스로 꺼져 드리겠다 했으니 부황께선 기뻐하셔야지요!"

"허!"

황태자의 말에 황제가 코웃음을 쳤다.

그 모습이 황태자의 독기에 불을 질렀다.

"늘! 늘 그런 눈! 왜요! 무엇이 그리 불만이신 겁니까! 저도 이렇게 약하게 태어나고 싶어서 태어난 게 아니란 말입니다! 저도 무림에서 아무 걱정 없이 무공만 쌓았다면 달랐을 겁니다! 뭘 그렇게 바라는 게 많으십니까! 나는 최선을 다했단 말입니다! 소자더러 대체 뭘 더 하라는 말입니까!"

한 맺힌 울음소리.

상처받은 짐승처럼 울부짖는 소리가 가슴 아프게 들렸다.

황제도 제 자식의 울음이 가슴 아팠다.

그러나 황제는 여느 아버지와 같을 수 없었고, 같아서도 안 되었다.

"난 단 한 번도 네게 뭘 기대한 게 없다! 약하게 태어난 네게 강해지라 한 적 없고, 무예를 익히라 강요하지 않았다. 네가 나처럼 할 것이란 기대는 애초부터 한 적이 없단 말이다!"

"……!"

황제의 말에 비수처럼 황태자의 가슴에 꽂혔다.

"불만? 네게 가진 불만은 진화 그 아이가 돌아오기 전부터 가진 거였지! 네가 무림으로 가서 걱정 없이 무공만 쌓아? 하! 기가 찰 소리구나! 넌 거기서도 뭐든 핑계를 찾아 네 스스로를 비참하게 만들고 동정했겠지!"

황제는 조정에서와 같이 크게 분노하지 않았다.

분노도 기대가 있을 때나 가지는 것이라, 조정에서의 분노는 그저 신료들에게 보이기 위한 것이었을 뿐.

지금의 황제는 오히려 황태자를 비웃고 있었다.

"네게 무슨 불만이냐고? 네 바로 그 태도! 천자의 자식으로 태어난 주제에 스스로를 비참하게 만드는 그 비천한 사고방식! 네가 태어나 지금까지, 네게 바란 것은 딱 하나였다. 네 외숙의 품에서 기어 나오는 것, 그것 하나!"

"……."

황태자의 눈이 바람 앞의 촛불처럼 위태롭게 흔들렸다.

곧 꺼질 듯 남은 작은 불씨로, 황제가 북풍한설 같은 한마디를 던졌다.

"그런데 넌 그것 하나를 못 하는 놈이지."

"아!"

황태자가 쓰러질 듯 비틀거렸다.

하지만 황제는 그런 황태자를 냉정하게 지켜만 보았다.

"전장으로 간다고? 좋다. 네 외숙과 표기군을 붙여 주지. 잘난 외숙의 그림자에서 벗어나기 힘들다면, 네 외숙의 반만큼이라도 닮아 와라. 적어도 표서량은 뛰어난 장수이기라도 하니까. 꼴도 보기 싫으니 나가 봐라. 좌장군에게도 널 수습하려 들를 필요 없다 전하고."

황제의 축객령과 함께, 황태자가 집무실을 나갔다.

얼이 빠진 듯 비틀거리는 황태자의 모습에 내관들이 안절부절못했지만, 황제의 냉정한 태도에 그를 혼자 보내야 했다.

그렇게 황태자가 가장 좋지 못한 상태에, 가장 좋지 못한 시기 그리고 절대 마주치지 말았으면 하는 장소에서, 황태자와 진화가 마주치고 말았다.

"너……."

황태자가 진화의 앞을 막아서며 진화의 턱밑에서 그를 노려보았다.

붉게 핏발 선 눈에는 증오가 가득했다.

조심스레 질투심만 비치던 이전의 눈빛과는 확연히 달랐다.

하지만 그것만으로는 진화에게 위협이 될 리 없었다.

"뒤늦게라도 감사 인사는 생각이 없나 보군. 뭐, 나도 구해 주고 싶어서 구해 준 건 아니니 인사를 받을 마음도 없었지만."

진화가 황태자의 위협을 무시하며 한 걸음 떨어졌다.

"너무 붙지 마."

여유로운 진화의 모습에 더욱 화가 난 듯 황태자가 치를 떨었다.

"네가 이겼다고 착각하지 마라! 부황이 지금은 네 편을 들지만, 언제 바뀔지 모른다. 황제는 여느 아버지와 다르니까. 그분은 여느 아버지처럼 자식을 사랑하는 분이 아니거든. 그리고 용좌는 아버지의 사랑으로 결정되는 게 아니고."

"허!"

"나 하나 보냈다고 기분이 좋은 모양인데, 겪어 봐라. 부황이 네 편을 든 것만으로도 너는 이제 큰 경쟁자가 되었으니, 황궁의 온갖 살쾡이들이 너를 노릴 것이다."

마치 저주를 퍼붓듯, 황태자가 진화를 노려보며 악담 같은 경고를 남기고 휙- 하니 지나갔다.

등을 꼿꼿하게 세우고 온몸으로 독기를 뿜어내며 대전을 나가는 황태자의 모습에, 기다리고 있던 좌장군이 미소를 지으며 그 뒤를 따랐다.

"황자님……."

황태자와 진화의 충돌을 보고 있던 태감이 걱정스러운 듯 진화를 불렀다.

황태자의 뒷모습을 보고 있던 진화는 고개를 돌렸다.

그리고 아무 일도 없었다는 듯 대전으로 들어갔다.

"찾으셨습니까."

진화가 안으로 들어오자 황제가 고개를 들었다.

황태자의 상태를 보아선 뭔가 일이 있었던 듯한데, 황제의 모습에선 전혀 그런 것이 느껴지지 않았다.

순간 진화의 뇌리로 황태자의 말이 스쳐 갔다.

'황제는 여느 아버지와 다르다 했던가? ……확실히.'

황제는 아버지라는 말과 함께 진화의 머릿속에 자연스럽게 떠오르는 남궁경과 전혀 달랐다.

물론 남궁경도 여느 아버지들 같지는 않았지만.

"조정에서 황태자를 공격하는 건 잘못된 일이다."

"그렇습니까?"

"……그렇다."

진화는 오히려 황제의 이런 모습이 더 대하기 편했다.

한숨을 쉬며 인내하는 모습이 어쩐지 남궁가주와 비슷한 것 같아서일까.

적어도 황제는 진화에게 가장 어려운 감정표현을 바라진 않는다는 점에서, 진화에게 가장 편한 상대였다.

"적사문주는 황태자를 죽이려 했다는데, 설마…… 황태자를 죽이려고 손을 뻗지 않았겠지?"

"그럴 리가요."

불안한 듯 확인하는 황제에게 진화가 가볍게 웃어 주었다.

"황태자를 죽이는 데 손까지 뻗을 필요도 없습니다."

"……빌어먹을. 내가 강한 놈을 좋아한다고?"

진화의 말에 황제가 뭔가 불만인 듯 구시렁거렸다.

진화의 귀에 그게 안 들릴 리 없었지만, 진화는 그것을 못 들은 척 무시했다.

황제가 그러했듯, 진화도 황제의 감정 표현에 신경 쓰지 않았다.

"당부할 것이 있어 불렀다."

"하명하십시오."

진화가 자연스럽게 고개를 숙였다.

혈연에 의해 맺어졌지만, 상명하복으로 이어 가는 편안한 관계.

진화는 황제를 대함에 있어서 자연스럽고 편안한 선을 찾은 듯했다.

오히려 진화에게 어려운 것은 자신에게 그 이상을 바라는 다른 가족들과의 관계였다.

"곧 삼황자의 탄신연회가 있을 것이다. 사흘 연회 중 황실 연회에서 황후를 부탁하마."

"……."

그중에서도 특히 어려운 일이었다.

진화가 말없이 멀뚱멀뚱 보고 있자, 황제가 골치 아픈 얼굴로 엄 태감에게 손짓했다.

황제가 축객령조차 귀찮다는 얼굴로 손짓하자, 뒤쪽에 조용히 시립해 있던 엄 태감이 나타났다.

잔뜩 힘을 준 입꼬리와 가늘게 떨리는 수염.

웃음을 참고 있는 얼굴이었다.

"모시겠습니다."

진화가 하나 아쉬운 것 없다는 얼굴로 돌아서자, 등 뒤에서 다시 한번 한숨 소리가 들렸다.

동시에 바로 곁에서 푸우— 하고 바람 빠지는 소리도 들렸다.

대전을 나오며 진화는 여전히 볼을 푸르르 떨고 있는 엄 태감을 신기한 눈으로 보았다.

"뭐가 그리 웃긴 것입니까?"

"푸흐흐흐!"

진화가 묻자, 엄 태감은 대답을 하기 위해 입을 열다 그만 참고 있던 웃음을 흘리고 말았다.

진화가 더 의아한 눈으로 엄 태감을 보았다.

"후후후, 주인의 기쁨은 종의 기쁨이 아니겠습니다. 폐하께서 저토록 즐거워하시는 모습은 오랜만이군요."

"……아까 그것이 말입니까?"

진화가 이해할 수 없다는 얼굴로 되물었다.

그러자 엄 태감이 진화를 보며 흐뭇하게 미소를 지었다.

"제왕의 자리는 참으로 고독한 자리입니다. 천하가 우러러보는 자리이지만, 누구도 바라는 것 없이는 고개를 들지 않지요."

"……?"

진화가 고개를 갸웃거리자 엄 태감의 눈빛이 어린 손자를 보듯 따뜻하게 변했다.

순진한 황자였다. 빛나는 황좌는커녕 고작 황자의 자리조차 아직 낯설어하는 모습이 역력한.

그런데 황제의 고집스러운 눈썹과 황후의 아름다운 외모를 빼다 박았다.

누구도 핏줄을 의심하지 못할 정도로 닮은 외모로, 천하를 가지려는 황제와 황후의 욕심은 닮지 않은 것이 신기할 정도였다.

"폐하께서는 어쩌면 아무런 바라는 것 없이 마주 보아 주는 사람을 기다리셨는지도 모르겠습니다."

진화는 여전히 이해를 하지 못한 얼굴이었지만 엄 태감은 혼자 씩씩거리면서 내심 좋아하고 있을 황제를 생각하며 고소를 머금었다.

대전 밖에는 진화를 기다리는 내관들이 있었다.

이제 진화를 모시는 건, 진화를 담당하는 건희전 내관들에게 넘겨야 할 때였다.

"살펴 가십시오, 저하."

"예, 그럼."

엄 태감의 공손한 인사에 진화도 마주 인사를 하고 돌아서려 했다.

그런데 고개를 든 엄 태감의 눈빛이 진화의 발길을 붙잡았다.

"무슨……."

"아까 황태자 전하의 말씀들 중에 어떤 부분은 귀담아들으셔야 합니다."

"네?"

"이 황궁에서, 황제 폐하의 총애를 받는 건 실로 큰 축복인 동시에 가장 위험한 일이지요. 앞으로 많은 눈들이 저하의 일거수일투족을 따를 것입니다. 황궁을 이루고 있는 모든 화려하고 아름다운 것들이 저하를 향해 독을 뿜을 것입니다. 부디 몸조심하시기를."

"아, 충고 감사합니다."

엄 태감의 진실 된 충고에 진화가 조금은 얼떨떨한 표정으로 고개를 숙였다.

그에 엄 태감이 자애로운 얼굴로 미소를 지었다.

"마지막으로 이 늙은 환관이 충고를 드리자면…… 누구에게도 고개 숙이지 마십시오. 그리고 한낱 환관 나부랭이에게 존대를 하셔서도 안 됩니다."

"아!"

엄 태감의 말에 진화가 크게 눈을 떴다.

저도 모르게 경계를 풀고 있었다.

이전 생에 진화에게 쏟아지는 시선은 늘 불호(不好)였던지라, 진화는 자신도 모르게 상대의 호불호보다는 살기가 있으냐 없느냐에만 신경을 쓰고 있었다.

하지만 무림과 달리 황궁은 그보다 훨씬 이해관계가 복잡하고 예법은 그보다 더 복잡했다.

"태감의 조언은 새겨듣겠네."

진화가 사르르 웃으며 진심으로 엄 태감에게 감사를 전했다.

살포시 짓는 미소가 어찌나 아름다운지, 말린 꽃봉오리가 열린 듯 순간 코끝에 향기가 스친 것 같았다.

'어허, 어쩌면 괜한 충고였나? 허허허.'

엄 태감은 대전 밖에서 건희전 내관들이 진화를 맞는 모습을 보며 너털너털 웃고 말았다.

어릴 적부터 황궁 생활에 닳고 닳아 윗전을 향해 마음껏 웃는 법이 없던 건희전 내관들이 진심으로 진화를 반기고 있었다.

하긴 어찌 아니 그렇겠는가.

잠시의 만남이지만 늙은 환관조차 참지 못하고 입을 놀릴 정도였으니.

진화의 입궁으로 창신궁과 건희전에 춘풍이 부는 것과 달리, 황태자가 있는 동궁전은 숨소리조차 조심스러울 정도로 매서운 샛바람 불고 있었다.

턱.

소리가 나도록 털썩 의자에 앉는 황태자를 좌장군이 가만히 지켜보다 그 맞은편에 앉았다.

황태자의 허락이 없었기에 비례(非禮)를 지적해야 마땅했지만, 동궁전 환관들 중에 그것을 말하는 자는 아무도 없었다.

순간 황태자의 미간이 구겨졌다.

하지만 소리쳐 탓할 수도 없었다.

주인인 제가 먼저 좌장군에게 예외를 허락했기 때문이다.

아니, 정확히는 주인인 저조차 좌장군에게 비례를 지적할 수 없었기 때문이다.

"네가 태어나 지금까지, 네게 바란 것은 딱 하나였다. 네 외숙의 품에서 기어 나오는 것, 그것 하나!"

"그런데 넌 그것 하나를 못 하는 놈이지."

황태자의 머릿속에 황제의 책망이 맴돌았다.

그때.

"잘하셨습니다."

뜬금없는 칭찬에 황태자가 한껏 찡그리고 있던 것도 잊어버렸다.

놀란 눈으로 앞을 보자 좌장군이 흐뭇하게 웃으며 저를 보고 있었다.

"숙……부님?"

"잘하셨다고 했습니다, 전하."

대체 뭘 잘했다는 것일까.

황태자의 얼굴은 칭찬을 처음 받아 본 아이처럼 어리둥절하기만 했다.

"폐하께 큰소리를 치신 것. 그리고 이황자에게 경고를 남기신 것, 모두 잘하셨습니다."

"그걸 어떻게!"

"이래 봬도 제가 제국의 장군입니다."

놀라는 황태자에게 좌장군이 능청스럽게 말했다.

제국의 다섯밖에 없는 대장군.

그 말만으로도 황태자는 이해가 된다는 듯 고개를 끄덕였다.

하지만 사실 황태자는 좌장군의 무위를 실제로 본 적 없이 없었다.

이번에 같이 나가 민란을 제압할 때도 좌장군은 단 한 번도 그의 창을 휘두른 적이 없었다.

황태자가 적사문주에게 당할 뻔했던 그 순간에도.

"그렇지요. 외숙께서도 무림인들처럼 귀가 좋으시지요."

황태자가 좌장군을 향해 말했다.

입가에 미소가 지어져 있었으나, 어쩐지 그다음 말은 이어지지 않았다.

하지만 누군가 그것을 눈치채기 전, 좌장군이 먼저 말을 이었다.

"허허, 군문과 무림은 많이 다릅니다만 신체를 단련한다는 점에서는 뭐, 비슷할 수 있겠습니다."

분위기를 풀려는 듯 좌장군은 황태자의 모든 말을 긍정할 듯 웃으면서 답했다.

"어쨌든 지금쯤 폐하께도 한번 소리를 높일 때가 되었지요."

"잘못을 하고 대드는 것에도 때가 있습니까?"

"허허허, 백성들 몇 죽인 게 무슨 잘못이랄 것까지야 있습니까. 애초에 폐하께서도 이황자를 오해한 일로 근신 정도 내리시려던 것을요. 오히려 전하께서 전장에 나가신다 하니, 폐하께서 표정 관리를 못 하셨지 않습니까."

좌장군의 말에 황태자는 대전에서 눈이 휘둥그레졌던 황제를 떠올렸다.

그러고 보니, 자신을 집무실에 따로 불러 혼을 낸 것도 오랜만이었다.

"북회군이 아니라 표기군을 따라가라 하시더군요."

"호오, 집무실에서 말을 바꾸셨습니까? 거보십시오! 북회 장군을 붙였다가 말을 정정하시다니, 폐하답지 않은 일이 아 닙니까. 폐하도 자식 문제에는 어쩔 수 없는 것입니다."

좌장군의 말에 황태자도 점점 표정이 풀렸다.

그러나 풀어진 얼굴 한편으론 여전히 풀지 못한 응어리 하 나가 붙어 있었다.

"외숙의 반이라도 닮아 오라 하시더군요."

여전히 마음에 남은 말.

하지만 이번에도 좌장군의 생각은 달랐다.

"흐흐흐, 그러니까요."

음흉하게 웃는 소리에 황태자가 의아한 듯 좌장군을 보았 다.

그러자 좌장군이 미소를 싹둑 잘라 버리고 진지한 얼굴로 황태자와 눈을 마주쳤다.

"기대도 않는 자에게는 무엇을 시키지도 않습니다, 하물 며 제국의 대장군을 닮아 오라는 소리는 더욱더."

"아!"

좌장군의 말에 황태자의 눈이 커졌다.

황제자의 눈빛에 금방 응어리가 사라지고 희망이 차올랐 다.

그 모습을 보며 좌장군이 다시 입가에 미소를 머금었다.

"차라리 잘된 일입니다. 다른 사람들이 황궁에서 쓸데없이 힘을 허비하고 있을 때, 우린 이 전쟁으로 힘을 키울 것입니다."

"외숙의 말대로 그렇게 쉽게 신 제국을 이길 수 있을까요?"

"아무 걱정 마시고 저만 따라오시면 됩니다, 전하. 파군의 전장은 우리에게 유리한 무대로 마련될 것입니다."

불안해하는 황태자를 향해 좌장군이 자신만만하게 단언했다.

좌장군이 동궁전을 짧게 혀를 찼다.

'쯧, 녀석도 이제 대가리가 컸다고 자꾸 한마디씩 더 붙이게 만드는군.'

좌장군은 오늘도 징징거리는 황태자를 잘 달랬다고 생각했다.

다만.

'황제가 날 경계하고 있을 줄은 몰랐군.'

황태자는 잘 달래면 그만이었지만, 황제는 아니었다.

황좌를 차지하고도 배고픈 맹수의 눈빛을 이글거리는 황제는 위험한 사람이었다.

언제라도 제 목을 물어뜯고 배를 채우려 하기 전에 제 목숨을 대신할 무언가를 그 입에 넣어 줘야만 하는.

'황태자를 날 닮게 하라고? 진짜 군공을 세워 주라는 말이

군.'

아무리 대전에 사람을 비워도 어떻게든 말이 새어 나오는 것이 황궁이었다.

황제가 그것을 모를 리 없었다.

좌장군 자신이 직접 엿들을 것이라 예상하진 못해도, 어떤 경로로든 자신의 귀에 들어갈 것이라는 건 알았을 것이다.

어쩌면 애초에 자신에게 전하는 말일지도.

'군공. 그런 거라면 어렵지 않지.'

좌장군이 주변을 돌아보았다.

꽃들이 만연한 멋진 정원을 두고, 그는 다른 뭔가를 찾는 듯 매서운 눈으로 주변을 살폈다.

아름다운 정원에는 쥐 새끼 한 마리도 보이지 않았다.

좌장군이 만족스러운 얼굴로 웃었다.

좋아. 네 주인에게 함께하겠다고 전해라.

좌장군이 느긋하게 동궁전을 지나치는 순간, 바람이 풀숲을 스쳤다.

신 제국 선건궁.

춘풍이 부는 한 제국 황궁과 달리 신 제국의 선건궁은 고요하기만 했다.

대전이 있는 동궁은 사정이 조금 나았으나, 귀천성의 손님들이 주인의 자리를 꿰찬 선건궁은 정체 모를 흑의인들이 궁인들과 병사들의 자리를 대신해서 발소리도 없이 움직이고 최소한으로 남아 있는 궁인들은 죽은 동태처럼 생기 없는 눈을 하고 의무적으로 몸을 움직이고 있다.

그 속에서 혼현마제는 자신의 처소에서 서류 작업에 매진하고 있었다.

"파군과 장기군의 전쟁은 확정입니까?"

수오가 망설임 없이 도장을 찍고 넘어가는 문서들을 보며 물었다.

신 제국 조정이야 벌써 역천마제에게 겁을 먹고 귀천성이 장악한 지 오래지만, 상대는 또 달랐기 때문이다.

"그곳에 있는 놈에게 가장 급한 것을 미끼로 흔들었으니, 우리 손을 잡지 않고는 못 배길 것이다."

혼현마제는 자신만만하게 웃으며 다음 문서에 도장을 찍어 갔다.

그런 혼현마제를 보며 수오가 쓴웃음을 지었다.

이전의 혼현마제는 아무리 확실한 일도 제 손으로 확인하고 또 확인한 후에 일을 진행했다.

그때와 비교하니, 달라진 모습이 새삼 실감이 되었다.

'대체 무엇이 스승님을 이렇게 급하게 만든 겁니까.'

애틋하고 먹먹해지는 가슴.

하지만 이미 혼현마제를 배신한 자신이다.

수오는 속으로 혼현마제에 대한 질문을 삼키고, 늘 그렇듯 조용히 다음 서류를 올려놓았다.

최근 정의맹의 공격이 예사롭지 않았다.

혼현마제가 최대한 귀천성 소속 문파들의 집결지를 바꾸며 단속을 하고 있었지만, 그중에는 정의맹이 한발 더 빨리 주요 거점들을 파괴하는 일이 왕왕 벌어졌던 것이다.

"어디서 정보가 새는 걸까요?"

"글쎄. 그렇다고 하기에는 정보가 너무 산발적이다. 그것보다는 정의맹 군사부가 예측을 잘한다고 해야겠지. 제갈가주는 이렇게 순발력이 좋지 않았는데, 새로 합류했다는 남궁의 소가주가 주도하는 일이라 봐야겠구나."

"남궁진휘요?"

"후후, 창천신룡이라 불리는 정의맹 최고의 기재다. 그런데 무공보다 지략으로 더 유명하지."

남궁진휘를 칭찬하는 듯한 혼현마제의 말에, 수오가 놀란 듯 혼현마제를 보았다.

"스승님께서도 그자를 높이 평가하시는 겁니까?"

조심스러운 물음.

혼현마제는 그 속에 들어 있는 질투심이 귀엽다는 듯 눈만 살짝 들어 수오를 보았다.

갑자기 혼현마제와 눈이 마주친 수오가 놀라서 눈을 피했다.

"허허허, 부끄러우냐? 하나 질투는 향상심을 부른다. 그렇게 뛰어난 또래가 있다면 응당 질투하고 경쟁심이 발동해야지."

혼현마제는 수오를 향해 자애롭게 웃었다.

하지만 곧 눈빛이 차갑게 가라앉았다.

"제갈가주가 남궁진휘를 신뢰하고 있어. 애송이의 순발력이 저보다 좋다는 걸 인정하고 판단을 맡기고 있지. 거기에 틈이 있는 것이다. 조심스러운 제갈가주와 달리 남궁 애송이의 판단에 자만심이 깃드는 순간, 우리에겐 절호의 기회가 생길 테니. 잠깐은 이렇게 작은 기회들을 내주는 것도 필요한 일이지."

혼현마제의 말에 수오는 가슴이 서늘하게 식어 내리는 것 같았다.

남궁진휘의 마음에 오만함을 심기 위해 지금의 패배를 미끼처럼 휘두르는 혼현마제의 모습에서, 잠깐 혼현마제의 변화를 내려다보며 오만해질 뻔한 제 모습이 떠올랐던 것이다.

"전쟁을 제물로 바치고 본성의 부활을 앞당길 것이다. 그러니…… 음?"

혼현마제가 중원에 뿌려 놓은 미끼들을 회수할 날을 기다리며 눈을 빛내던 때.

혼현마제가 말을 하다 말고 눈을 크게 떴다.

"왜 그러십니까?"

수오가 놀라며 물었다.

하지만 그때까지도 혼현마제는 문서에서 눈을 떼지 못했다.

"한수림이 사패천으로 돌아갔다고?"

혼현마제는 수오의 말이 들리지도 않는 듯, 빠르게 눈동자를 굴렸다.

한수림이 돌아가?

어떻게? 왜?

혼현마제가 고개를 번쩍 들었다.

"의선문에서 한수림이 머문 곳, 그곳의 출입자와 일행, 사람이 머문 시간까지. 모두 알아 와라! 빨리!"

혼현마제의 눈이 매섭게 번뜩이며 수오를 재촉했다.

❦

황궁은 넓고 그 안에는 크고 아름다운 수많은 궁전들이 있었다.

하지만 그 많은 궁전 중 자신의 궁(宮)을 가지고 있는 인물은 황제와 황후뿐이었다.

귀빈 원씨와 미인 허씨, 황태자 한유강이 그보다 아래인 염녕전과 영수전, 동궁전을 가졌고, 그 외 황자들과 공주들은 어머니의 거처에서 별채를 받아 지냈을 뿐이다.

더 품계가 낮은 후궁들에게는 그마저도 없었다.

법도가 그러했다.

원귀빈과 허미인은 각자 집안 배경도 빵빵하거니와 그들의 장자가 약관을 넘는 때에 지금보다 품계가 올라서는 것이 기정사실이었다. 그들은 품계에 따라 어쩌면 더 큰 거처를 받을 수 있을 것이나 그 또한 전(殿)이었다.

게다가 그들의 자식인 황자와 공주 들은 그럴 수 없었다.

성인이 된 황자나 공주가 자신만의 거처를 가지고 싶다면 궐 밖으로 나가거나 혼인을 하는 수밖에 없었고, 계속 궐에 있고 싶다면 어머니의 거처에서 함께해야 했다.

이황자 한진화가 나타나기 전까지는 그러했다.

건희전(建喜殿).

실종되었다가 나타난 이황자의 거처였다.

황제는 이황자를 찾은 기쁨으로 이황자에게 전(殿)을 선물했다.

황후의 창신궁과 가장 가까운 곳이라는 명목이었지만, 건희전은 황제의 장추궁과도 가까워 모든 후궁들이 탐내던 곳이었다.

동궁전보다 작지만 황궁에서 가장 아름다운 곳.

황제는 이황자에게 건희전을 주기 위해 '적통 황자는 자신의 전을 가지고 황궁 안에 머물 수 있다.'는 법령까지 만들었다.

한 제국에 적통 황자는 한진화뿐이었고, 법령이 적용된 사람도 진화뿐이라. 진화 한 사람을 위한 법령은 진화에 대한 황제의 총애를 보여 주는 것이었다.

건희전은 그런 총애의 상징 그 자체나 다름이 없었다.

단지 잃어버린 아들을 찾은 기쁨이 컸다고 하기엔 너무도 거대한 상징물이 궁궐 안 여러 사람의 심기를 불편하게 만들었다.

그리고 불편한 시선들은 이번 조정 회의에서 황제가 노골적으로 진화의 편을 들면서 수면 위로 떠오르기 시작했다.

"쥐새끼들이 더럽게 속삭대는군."

남궁교명이 담벼락 뒤에서 들리는 소리에 불편한 심기를 드러냈다.

건희전 안에는 황후가 직접 고른 궁인들로 가득했지만, 담벼락 너머에서 염탐하는 이들까지는 어찌할 수 없었다.

"하하하. 놔둬. 언제 한번 '함부로 무림인들 뒤를 밟으면, 자다가도 똥간에 빠져 죽을 수 있겠구나.' 느끼게 될 테니까."

"……."

언제 한번 자는 놈을 잡아다 똥간에 빠뜨리겠다는 뜻일까.

남궁교명은 남궁구를 쳐다보다 말없이 고개를 끄덕였다.

건희전 궁인들은 재밌는 농담을 들은 듯 웃음을 흘렸지만, 남궁교명은 남궁구가 실제로 그렇게 하고도 남을 놈이라고 확신했다.

"좀 더럽긴 하지만, 저 똥파리 같은 놈들은 그렇게 당해도 싸다."

건희전의 별채에 묵고 있는 남궁교명도 담벼락 밖에서 속삭이는 소리들이 여간 거슬렸던 것이 아니라, 이번만큼은 남궁구를 말리지 않겠다고 결심했다.

하지만 남궁교명이 스스로 자각하지 못하고 있는 것이, 이제까지 남궁구가 뭔가를 할 때에 남궁교명은 한 번도 말려본 일이 없었다.

"……똑같은 놈들."

"푸읍!"

진화가 흘리는 말에 참고 있던 동 태감마저 웃음을 터뜨리고 말았다.

놀란 궁인들이 동 태감을 보고, 동 태감도 어지간히 당황한 듯했다.

하지만 윗전인 진화가 아무 일도 없다는 듯 행동하는 터라, 동 태감은 조용히 고개를 숙이며 스스로 반성할 따름이었다.

'허어, 궁 생활을 육십 년이나 해 놓고 웃음을 흘리다니. 나도 참 편해진 모양이군.'

늘 살얼음판을 걷는 듯하던 전대에서는 상상도 못 할 일이었다.

황궁의 궁인들은 윗전의 말을 들어도 못 들은 척하는 것이 궁의 법도이고, 혹여 윗전의 심기를 거스른다면 채찍질을 당하거나 귀가 잘리는 일도 허다했다.

특히 성정이 거친 황족들은 궁인들을 짐승보다 못한 취급을 하기 쑤라, 당금 황제의 치세에 많이 나아지긴 했지만 지금도 다른 궁의 나인들은 손찌검을 당하는 일이 예사였다.

하지만 그들의 주인은 달랐다.

진화는 궁인들을 어색해하긴 했지만, 궁인들을 보는 시선이 다른 사람들을 보는 시선과 전혀 다르지 않았다.

'밖에서 자라 그렇다기보단…… 그래, 타고난 성정이시지.'

평생 윗전의 심기를 살피며 살아온 궁인들이다.

눈치가 곧 명줄이라, 그들은 진화의 행동이 진심인지 아닌지 금방 읽어 낼 수 있었다.

'좋은 분이셔, 주인으로서도, 제국의 황자로서도.'

동 태감과 건희전 궁인들이 진화를 향해 따뜻한 미소를 지으며 조용히 일에 집중했다.

그리고 그런 궁인들의 분위기를 누구보다 빨리 알아차린 사람은 남궁구였다.

장난스럽게 지어진 미소와 함께 고개를 돌리는 순간, 남궁구의 눈빛이 순식간에 사람들의 표정을 읽었다.

'내부에는 첩자가 없는 모양이네.'

궁인들에게 눈치가 생존이라면, 남궁구도 마찬가지였다.

가벼운 농담과 웃음으로 궁인들과 어울리면서 진화의 안전을 살피던 남궁구는 이제 조금씩 경계를 내려놓는 중이었다.

하지만 그럼에도 진화와 남궁구, 남궁교명은 셋이 중요한 이야기를 나눌 때는 모든 궁인들을 물렸다.

"당문에서 연락이 왔어. 정의맹에서 전서를 보냈는데, 백매단이 환마제의 꼬리를 밟았다는군."

"위치는?"

"아직. 무슨 교단처럼 성녀를 두고 그 밑의 사제들이 움직이는 구조인데, 백매단의 생각에 그 성녀가 환마제인 것 같다는군. 그래서 지금 그 성녀의 위치를 쫓고 있고. 다만, 우리가 장안에서 보았을 때도 웬 여자를 앞에 세우고 환마제는 뒤에 숨어 있었잖아. 이번에도 그럴 가능성은 염두에 두고 움직이느라 신중할 수밖에 없대."

남궁구의 말에 진화와 남궁교명이 동시에 고개를 끄덕였다.

거동도 하지 못할 정도로 육체가 붕괴한 환마제는 아름다운 이국의 여인을 조종하며 움직였다. 환마제의 수하들도 여인을 환마제 본인을 대하듯 섬겼고.

그때를 기억하며 진화와 남궁교명은 백매단의 판단에 동의했다.

"그 운명의 중첩이라는 거, 놈들도 알고 있을까? 아니, 좀 이상해서. 뭔가 특별한 이유가 있는 게 아니라면, 그 교활한 놈들이 이렇게 추적당하는 위험을 감수하면서 계속 일을 벌일 리 없잖아."

"글쎄."

진화도 생각하고 있던 의문이었다.

운명에 대해 알고 있다면, 어째서 역천마제와 광마제는 서로 손을 잡았단 말인가.

적어도 진화가 아는 광마제라면 적이 될 인물을 살려 두는 사람이 아니었다.

"어쨌든 여기 연회인지 뭔지가 끝나는 대로 바로 적호단에 합류하지. 이번에 환마제를 완전히 죽인다면, 이제는 다시 가져다 채울 것도 없을 테니까."

진화는 당장 눈앞에 닥친 싸움에 집중하기로 했다.

다만 이때까지도 진화는 더 가까운 곳에서 자신이 알지 못하는 싸움이 벌써 시작되었을 거라곤 전혀 생각하지 못했다.

신 제국 선건궁.

한 제국 황궁보다 규모는 작지만 화려하기로는 뒤지지 않는 신 제국 황궁에 이렇게 고요한 곳이 있을 거라곤 누구도 상상하지 못했다.

주인이 아닌 이방인이 자리를 차지한 선건궁은 이제 신 제국의 황궁에서 완전히 다른 분위기를 풍기고 있었다.

그리고 이질적인 선건궁에서도 한 곳.

선건궁에서도 가장 중심에 있는 전각은 사람의 숨소리조차 들리지 않을 정도로 조용했다.

뚜벅. 뚜벅.

눈앞이 보이지 않을 정도로 깜깜한 어둠 속에 발소리가 울렸다.

끼-익.

발소리가 문 앞에 닿았을 때, 문은 손도 대기 전에 저절로 열려 손님을 맞았다.

발소리의 주인은 자연스럽게 안으로 들어갔다.

깜깜한 방 한가운데에는 웬 장년인이 홀로 의자에 앉아 명상을 하고 있었다.

화려한 의자에 편하게 기댄 자세와 상관없이 장년인에게서는 신선과 같은 선연한 기운과 제왕의 기상이 동시에 느껴졌다.

툭.

방으로 들어온 손님, 어둠 속에서도 은은하게 빛나는 도포 밖으로 단단한 풍모의 자랑하는 사내가 장년인의 앞으로 죽 간 하나를 던졌다.

스르륵.

멋들어진 백염과 백미가 꿈틀거리고, 조용히 장년인의 눈꺼풀이 열렸다.

붉은 정광이 번뜩이다 사라졌다.

"구훤, 그게 무엇인가?"

"독마제가 찾아왔다는 혼현마제의 비록이라는군. 보겠나?"

광마제 구훤의 대답에 장년인, 역천마제가 제 앞에 있는 죽간을 보았다.

하지만 곧 실소를 흘리며 고개를 저었다.

"안 봐도 되겠군."

"호오, 혼현을 믿는 것인가?"

"적어도 자네보다는?"

광마제가 역천마제를 도발하는 듯했지만, 이번에도 역천마제는 그에 말려들지 않았다.

"허허허, 이번에는 이것인가?"

역천마제의 손짓 한 번에 방 안의 불이 환하게 켜졌다.

역천마제는 친근한 태도로 광마제에게 맞은편 자리를 권했다.

"자네의 힘은 여전한가?"

"절반만."

"그렇군."

역천마제의 물음에 광마제가 퉁명스럽게 답했다.

역천마제가 차분하게 고개를 끄덕였다.

잠시 가라앉은 분위기.

하지만 곧 역천마제가 죽간을 보며 가볍게 웃었다.

"이걸 내게 순순히 가져온 것을 보니, 아직 아무것도 못 찾은 모양이군."

"놈이 우리를 속였다는 건 알았지."

수오라는 놈의 말에 따르면 이건 가짜라고 했다.

혼현마제가 그렇게 말을 했다고.

전부 믿는 것은 아니지만, 적어도 혼현마제의 말보다는 신뢰하는 편이었다.

"그러면?"

"왜 속였는지를 모르겠네."

광마제가 죽간을 보며 눈을 빛내는 것을 보며, 역천마제가 조용히 차를 따랐다.

"어찌하려는가?"

"어찌하는지 이제부터 보려고. 흐흐, 내가 이것을 자네에게 가져왔잖나. 혼현이 어떻게 나오는지 궁금하지 않나?"

광마제가 씨익 웃으며 묻자, 역천마제가 못 말리겠다는 듯 고개를 저었다.

"꼭 못된 장난을 치기 전 아이 같군."

"흐흐, 자네는 내 장난을 한 번도 말린 적이 없고, 이번에도 말리지 않겠지?"

"혼현의 일을 방해하는 일은 없어야 할 것이네. 우리에게 중요한 때일세."

"걱정 말게. 그냥 혼현이 약간 바빠질 뿐 우리 일에는 좋을 테니까."

역천마제가 타이르는 어른처럼 광마제에게 당부를 하고, 광마제는 자신만만하게 웃어 보였다.

잠시 후,

"뭐야! 그게 왜 그 미친 늙은이의 손에 들어가!"

광마제가 죽간을 들고 역천마제를 찾은 일은 당연하다는 듯 얼마 지나지 않아 혼현마제의 귀에 흘러들어 갔다.

하지만 그 사실에 혼현마제보다 당황하는 사람은 따로 있었다.

'이런 미친 늙은이! 그걸 대놓고 역천마제 님께 가져가다니, 대체 무슨 생각이야!'

수오는 등에 식은땀이 날 정도로 당황했다.

심장 소리가 너무 커져서 혼현마제에게 들릴까 봐 걱정될
정도였다.

"뭐가 미친 늙은이의 손에 들어갔다는 거예요?"

"죽간!"

독부의 물음에 혼현마제가 화가 난 듯 대답했다.

그에 독부가 미간을 찡그렸다.

"대체 무슨 죽간인데 그래요?"

독부도 화가 난 듯 퉁명스럽게 물었다.

갑자기 상대의 화를 맞는 것은 아무리 사랑하는 사람이라
도 짜증스러운 일이었다.

하지만 혼현마제의 반응이 심상치가 않았다.

살기까지 번뜩이며 독부를 노려본 것이다.

"너와 내가 이야기할 죽간이면, 무슨 죽간이겠나."

순식간에 침착해진 목소리.

독을 뿜기 전 냉정해진 뱀처럼 차갑고 살기가 가득한 목소
리에, 독부의 눈이 커졌다.

"설마? 아니, 그게 왜 그자의 손에 들어가요?"

"그러니까. 그걸 이제 알아봐야 하지 않겠어?"

도발하는 듯한 눈빛.

냉정한 혼현마제의 말에 독부의 눈동자가 흔들렸다.

"지……금 혹시 날 의심하는 건 아니겠죠?"

"그럴 리가. 하지만 내 주변에 쥐새끼가 있는 건 확실하니

얼른 찾아야지. 너도 협조해. 우리가 거짓말을 하게 된 걸 주군이 아시는 건 너와 나, 우리 모두에게 결코 좋은 일이 아닐 테니까.”

“알겠어요.”

“나는 주군께 다녀오지.”

그 죽간이 가짜라는 걸 역천마제나 광마제가 아는지 모르는지 그것부터 확인할 때였다.

혼현마제가 상황을 알아보기 위해 급히 역천마제를 찾아나갔다.

혼현마제가 나가고 독부가 신경질적으로 찻잔을 바닥에 던졌다.

쨍그랑—!

“아악—! 젠장! 대체 어떤 빌어먹을 쥐새끼야!”

독부는 오랜만에 가지는 다도 시간을 방해받은 것도 짜증났지만 이 일로 혼현마제의 심기가 틀어졌다는 것에 더 화가났다.

“빌어먹을 쥐새끼! 뼈도 남기지 않고 썩어 문드러지게 만들어 주지!”

치를 떨며 분노하는 독부의 모습을 보며 수오는 작게 떨리는 손을 옷소매 안으로 숨겼다.

다음 날.

건희전에는 뜻하지 않은 손님이 찾아왔다.

쨍그랑-!

"까---악!"

"무슨 일이냐!"

건희전 나인이 비명을 지르고, 바르르 떨던 새는 결국 피를 토하고 죽어 버렸다.

뒤늦게 달려온 내관은 그 모습을 확인하고 급하게 동 태감에게 달려가고, 동 태감은 희게 질린 얼굴로 진화를 찾았다.

"황자님!"

동 태감의 비명과 같은 목소리에, 건희전 담벼락 밖에 있던 사람들도 조용히 몸을 움직였다.

다음 권으로 이어집니다

꿈의 도약, 로크에서 하십시오
(주)로크미디어에서 신인 작가를 모십니다

즐거운 세상, (주)로크미디어는 꿈을 사랑하고 도전을 두려워하지 않는 작가분들의 참신한 작품을 기다리고 있습니다. 21세기 장르 문학계를 이끌어 갈 차세대 선두 주자 (주)로크미디어에서 여러분의 나래를 활짝 펴 보시길 바랍니다.

모집 분야 판타지와 무협을 포함한 장르 문학
모집 대상 아마추어 작가, 인터넷 작가
모집 기한 수시 모집
작품 접수 시 유의 사항
　　1. 파일명은 작가명_작품명.hwp 형식을 갖춰 주십시오.
　　1. 파일에 들어갈 내용은 다음과 같습니다.
　　　　─ 성명(필명인 경우 실명을 밝혀 주세요), 연락처, 이메일 주소.
　　　　─ 제목, 기획 의도.
　　　　─ A4용지 1장 분량의 등장인물 소개.
　　　　─ A4용지 2장 분량의 전체 줄거리.
　　　　─ 본문.
　　1. 작품이 인터넷에 연재되고 있다면, 게시판명과 사이트의 구체적이고 정확한 주소를 기재해 주십시오.

선택된 작품은 정식 계약 후 출판물로 간행되어 전국 서점에 유통됩니다.
작가분은 (주)로크미디어의 전폭적인 지원하에 전속 작가로 활동하시게 됩니다.
※ 자세한 내용은 로크미디어 홈페이지(rokmedia.com)를 참조하세요.

(03920)서울시 마포구 성암로 330 DMC첨단산업센터 3층 318호
(주)로크미디어 편집부 신간 기획 담당자 앞
전화 : 02)3273-5135
www.rokmedia.com　　이메일 : rokmedia@empas.com

One for all
원포올

일라잇 스포츠 장편소설

작렬하는 숏, 대지를 가르는 패스
한계를 모르는 도전이 시작된다!

축구 선수의 꿈을 품은 이강연
냉혹한 현실에 부딪혀 방황하던 중
운명과도 같은 소리가 귓가에 들어오는데……

당신의 재능을 발굴하겠습니다!
세계로 뻗어 나갈 최고의 축구 선수를 키우는
'One For All' 프로젝트에, 지금 바로 참가하세요!

단 한 번의 기회를 잡기 위해
피지컬 만렙, 넘치는 재능을 가진 경쟁자들과
최고의 자리를 두고 한판 승부를 벌인다!

실력만이 모든 것을 증명하는
거친 그라운드에서 당당히 살아남아라!

기갑천마

거짓이슬 퓨전 판타지 장편소설

종말을 막지 못한 절대자
복수의 기회를 얻다!

무림을 침략한 마수와의 운명을 건 쟁투
그 마지막 싸움에서 눈감은 무림의 천하제일인, 천휘
종말을 앞둔 중원이 아닌 새로운 세상에서 눈을 뜨는데……

"천휘든 단테든, 본좌는 본좌이니라."

이제는 백월신교의 마지막 교주가 아닌 평민 훈련병, 단테
그럼에도 오로지 마수의 숨통을 끊기 위해
절대자의 일 보를 다시금 내딛다!

에이스 기갑 파일럿 단테
마도 공학의 결정체, 나이트 프레임에 올라
마수들을 처단하고 세상을 구원하라!